长篇青春励志小说

无高考不青春

WU GAOKAO
BU QINGCHUN

董鸣鹤◎著

图书在版编目（CIP）数据

无高考，不青春/董鸣鹤著. —合肥：安徽文艺出版社，2018.8
ISBN 978-7-5396-5935-0

Ⅰ．①无⋯ Ⅱ．①董⋯ Ⅲ．①长篇小说－中国－当代
Ⅳ．①I247.5

中国版本图书馆CIP数据核字(2018)第062348号

出 版 人：朱寒冬
责任编辑：汪爱武　　　封面设计：厦门方勺文化　　褚　琦
....
出版发行：时代出版传媒股份有限公司　www.press-mart.com
　　　　　安徽文艺出版社　　www.awpub.com
地　　址：合肥市翡翠路1118号　　邮政编码：230071
营 销 部：(0551)63533889
印　　制：安徽联众印刷有限公司　　(0551)65661327
....
开本：700×1000　1/16　印张：23.25　字数：450千字
版次：2018年8月第1版　2018年8月第1次印刷
定价：58.00元
....
(如发现印装质量问题，影响阅读，请与出版社联系调换)
版权所有，侵权必究

目录

序幕 / 001

一　鸟二哥董鸣鸟成长记之一 / 003

二　鸟二哥董鸣鸟成长记之二 / 008

三　鸟二哥董鸣鸟成长记之三 / 019

四　走向鸟语与花香 / 030

五　走进鸟语与花香 / 046

六　鸟语花香之"热烈欢迎鸟二哥董鸣鸟" / 054

七　超世界一流吃货猪五哥 / 069

八　神人与美人 / 082

九　一条小黄狗、两个大男孩，爱与恋 / 099

十　"美人如花隔云端" / 113

十一　小黄快乐与猪五哥之间的恩怨情仇 / 117

十二　鸟语花香之"拯救小黄快乐与白面郎君" / 129

十三　猪五哥的"胡须"与鸟二哥的"精神病" / 162

十四　"神经病+精神病"米是金老师 / 184

十五　猪五哥的丰功与伟绩之一 / 209

十六　猪五哥的丰功与伟绩之二 / 237

十七　猪五哥的丰功与伟绩之三 / 247

十八　鸟语花香之"满园春色关不住" / 257

十九　虫三哥"误入歧途、改邪归正"之一 / 285

二十　虫三哥"误入歧途、改邪归正"之二 / 297

二十一　虫三哥"误入歧途、改邪归正"之三 / 306

二十二　虫三哥"误入歧途、改邪归正"之四 / 313

二十三　世界该有多么阳光灿烂——春光明媚 / 320

二十四　鸟语花香之鸟语与花香 / 325

二十五　那一年刻骨铭心 / 349

二十六　"春风得意马蹄疾,一日看尽'千山万水'花" / 364

尾声 / 370

序　　幕

　　一天,我睡着了,睡梦之中,我变成了一只蓝色的大鸟,醒来之后,我坐在电脑前,赫然眼前,键盘上一行行飞鸿雪泥——一朵朵蓝色的莲花。

　　电脑突然自动打开,一个文档弹出来,一部长篇小说的定稿,蓝色的宋体字,书名《无高考,不青春》,作者:黄鹤鸣。

　　很快,我就被这部小说吸引住了,一直往下看,仿佛置身于一片蓝色的汪洋大海之中,看到最后一行字的时候,泪如雨下。

　　窗外一声奇异的鸟鸣,面前的文档随之消失,电脑屏幕上显现出一句话来——"善哉,子之心而与吾心同"。

　　很快,电脑就自动关闭了。

　　我醒了,我躺在异乡的一张熟悉而陌生的大床上。

　　月光漫进来,若水,若海。

　　我离开房间,走下楼,推开院门,一轮皓月当空,万籁俱寂。

　　"欲渡黄河冰塞川,将登太行雪满山。"

　　我深知自己目前的困境,我深感疲惫不堪,我想放弃多少年以来一直为之奋斗不息的梦想与追求了。

　　"问渠那得清如许,为有源头活水来。"

　　这是一部青春励志小说。

　　这是一个永不妥协、永不放弃之人,无论多么艰苦卓绝,无论多么漫长,一直"向死而生",一直"面朝大海,春暖花开"。

当头一棒,醍醐灌顶。

仰望星空,我从悲观之中振作起来。我大踏步地走向前方,我听见从浩瀚的星空上传过来浑厚的声音——"大鹏一日同风起,扶摇直上九万里"。

那年那月那日,夜深人静的时候,我拜读的那部长篇小说《无高考,不青春》内容如下。

一　鸟二哥董鸣鸟成长记之一

金榜题名时

　　我叫董鸣鸟,第二次高考,成绩一下来,我就离家出走了。

　　嗨,董鸣鸟,你个二鸟,成绩下来了,高兴得要死都来不及,还离什么家,出什么走呀?金榜题名时,"春风得意马蹄疾,一日看尽长安花",人都已经不在了,还"花与马"个屁呀!有病呀,你!还二鸟呢,一鸟都够呛,难怪都第二次高考了!我呸,十足鸟样子,第三次高考依旧落榜;呸呸呸,百足鸟不鸟样子,第四次高考照样泡汤!本人一次搞定,吧唧,鲤鱼跳龙门,呼啦啦,一飞冲天;哎哟哟,掉进名牌大学"姹紫嫣红大学"姹紫嫣红起来。不到半个学期,扑通,一头栽进一个大鹏展翅的大二女生怀抱里小鸟依人!

　　嘿,首先隆重声明一下,鄙人不是二鸟,是鸟二!鄙人吃的盐巴多,路过的大桥、小桥多,第一次参加高考之前就如同一只大鸟,或者一只小鸟,在社会上飞来飞去好几年了,因此,大家都尊称我鸟二哥。
　　金榜题名哥,好羡慕您呀,您老人家不仅挤过了千军万马独木桥,不缺胳膊,不断腿,还大鸟美人在怀。唉,人和人是没法比的,可怜小人家我大冬天一头栽到粪坑里,"寻寻觅觅,冷冷清清,凄凄惨惨戚戚"。我啊我,日日夜夜都恨不得吐口唾沫水活活地将自己淹死,只可惜唾沫水淹得死人,淹不死我。

无论我叫鸟二,还是二鸟,都二。可是,我董鸣鸟还不至于傻到已经到嘴的肥肉什么滋味都没尝就一溜烟逃之夭夭了。

问题是,成绩下来之后,我不得不面对再次高高挂起来了的钢打铁铸的事实。不仅如此,还挂得比第一次凄惨寒骨得多了去了!

第一次名落孙山,父母体谅了我,我随即原谅了自己。毕竟一杆定乾坤的凤毛麟角嘛!第二次高考,我充满了信心以至于信誓旦旦,什么问题都没有,可怜父母望子成龙心切,就连庆祝的鞭炮都早就借钱准备好了。结果,问题简直大上天去了!

噩耗一传开,父母的天一下子就坍塌了,我的天不得不随之崩溃。

无颜见江东父老面,我赶紧溜之大吉了。

人总得有条出路呀

我离家出走的目的地是江苏常熟。一路上,不但不能只拉不吃,而且不能仅靠两条腿长途跋涉。可是,我满脑子钞票漫天飞舞,身上却没有几毛钱。

逃之夭夭的我,如同一只公鼠,扑通,掉进黑暗料理王国的黑暗料理里,被一伙脑袋被驴踢了的美女母猫围追堵截,心惊而胆战,仓皇至极,根本就来不及从家里要钱。

来得及也是白搭,我家穷得只剩下穷了。

无可奈何之下,我只得四处流窜,死皮赖脸地拉起"离家出走赞助费"来。

我之所以选择去常熟,是因为那儿有我第一次复读时的好友老操。

不知道"复读"是从什么时候开始的,更不知道猴年马月才会终结,只知道现如今还有众多高四、高五、高六……在日日夜夜奋战着。

至今我还佩服之至一个男同学,人称"老人头"。我第二次复读时,老人头第八次复读,头蓬、面垢,眼圈一圈圈发黑,牙齿一颗颗发黄,一步一个飘忽不定，说话有气无力的。不幸中的万幸是，第八次，老人头终于修成正果了。高中之后，我就再也没见过这位仁兄了，听说他现在很是发达。

读书的的确确是农家子弟的一条出路。

老操忍无可忍复读，一个学期不到就逃离了，不顾左邻右舍的说三道四，不顾父母的强烈反对。他第一次高考的成绩还是可以的，一次复读不行，不出现意外之中的意外，两次，乃至三次，肯定不成问题。

那个年代，老操的所作所为是需要莫大的勇气的。

人总得有条出路呀！

老操一离开学校就到常熟做裁缝去了。

起初，老操为别人打工；后来，别人为他打工。

事实证明，即使那个年代，高考也并不是农家子弟的唯一出路。

要么钓鱼，要么上树

我和老操一起复读的短暂而漫长的岁月里，真可谓难兄难弟。

他越来越讨厌读书。我旧病复发，愈来愈读不下去书。一开始是他旷课，我奉陪；后来是我逃学，他作陪。

老操旷课，要么钓鱼，要么上树。

钓鱼，鱼没钓上几条，差一点就被鱼钓走了。

一天，在学校附近的水塘里钓鱼。鱼呢？鱼呢？是不是都忙着复读与高考去啦？太阳漫不经心地东升西落，我都快要急死了，老操一副怡然自得的样子。鱼上钩了，天哪，我的一颗心就要蹦跶出嗓子眼啦！鱼拽着钓鱼线跑，钓鱼线拽着钓鱼竿跑，钓鱼竿拽着老操跑，老操拽着我跑，我们一起下水了。老操坚信水塘里有一条比水塘还要大的鱼，接连苦守三天。三天万里无云，艳阳高照。第三天，夕阳西下时，老操终于钓起一条鱼来，大得足够蚂蚁三口之家饱餐一顿。一气之下，他一口将大鱼活生生地吞下去，我目瞪、舌结，口水一直下流。

老操上树摸鸟蛋,树上了一棵又一棵,鸟窝摸了一个又一个,蛋没摸到,摸到了一条蛇。烤蛇吃时,我们惊喜地发现蛇腹里有好多蛋。

萍水相逢

到了常熟之后,依照老操写给我的信上的地址,我找啊找,汗流满面得都快要泪流满面了,终于找到了。

我没找到老操,找到了他的一个同事——张大哥。张大哥最打眼的是他的一身衣服,虽然破旧,但是,干干净净。他告诉我老操早就离开了,到什么地方去了他也不知道。当头一棒,悬崖上的我摇摇欲坠。

快到吃中饭的时间了,张大哥留我一起吃饭,我求之不得。他得知我的困境,问我:"小兄弟,常熟你还有什么熟人吗?"

"没有。"

"周边的城市呢?"张大哥双眉紧锁。

我一下就想起我母亲的小姐姐——我的四姨来,脱口而出:"有,四姨,在盐城!"

张大哥掏出二十七块钱塞给我,低声说:"小兄弟,非常对不起呀,我身上只有这么多钱了,你去盐城找你四姨吧!"

下午,我握手道别张大哥。

"小兄弟,一路平安!"张大哥一脸的凝重。

我的泪水夺眶而出。

张大哥转过身去,步步离开。

我的脑袋沉重起来,泪水直往下掉。

"小兄弟,到了盐城之后记着早点回家呀!"张大哥掉过头来。

我转过身去,抹起眼泪来。

当年,我在常熟见到的张大哥并不比我大多少,双眉之间沟壑参差不齐,眼角鱼尾纹纵横交错。上有老,下有小,一个卑微的打工者,打磨人的是岁月,更是心灵境遇。尽管张大哥是老操的同事,可是,我和他毕竟只是萍水相逢,他即使没有给我路费,即使没有留我吃饭,也无可厚非。再说了,他自己都还挣扎在人生、生命、命运之中。

二　鸟二哥董鸣鸟成长记之二

"若教眼底无离恨，不信人间有白头"

盐城的四姨，孩提时代曾经短暂地相聚过一次，可是，我早就忘记她的模样了。父母常常提及——四姨玩杂技，钻水泥管小菜一碟，走钢丝一碟小菜；四姨夫会气功，掌劈大石头喊里咔嚓，腹压汽车九牛一毛。读书时，我年复一年地对同学吹嘘他们，骄傲得口水下流，滋滋有味。

很小很小的时候，四姨被路过的一个马戏团收留，带走了。当时，外公、外婆家两间破屋，摇摇欲坠，一大家子，挨饿受冻是家常便饭。母亲小名小多，就是因为多了她这个小不点儿，必须要穿点衣，吃点饭。

"若教眼底无离恨，不信人间有白头。"

雨打浮萍，霜重落花，马戏团天涯海角流浪，谁都不知道下一站是什么地方。死别最是令人悲痛，外公、外婆和大姨、二姨、三姨、大舅、小舅以及母亲与四姨的生离即死别。

要不是若干年后，长大成人的四姨依靠小时候的模糊记忆，千辛万苦地找回老家，找到了亲人，我们就真的再也见不到她了。

可是，外公、外婆早就离开人世间了。

"哀哀父母，生我劬劳。"

最可怜的是四姨，被马戏团带走时，哭着死活不愿意离开，好不容易回到老家，双亲都已经不在了，哭得死去活来。

四姨

四姨在盐城市京剧团工作。傍晚时分,我终于找到了淹没在一个犄角旮旯里的京剧团。四姨家没人。夕阳的余晖洒落在近处的屋檐上,远方的屋檐上。我站在四姨家门口,一株雨打的漂萍。邻居看见了我,三言两语之后,一路小跑着去找四姨。半个小时不到,四姨冲到我跟前,一头的汗水。她和母亲长得几乎一模一样,只不过看起来比母亲要年轻得多,大千世界、茫茫人海之中,偶遇她,我会误以为她是我母亲的。

"孩子,你是从我老家千山万水县来的?你是我哥哥、弟弟的孩子,还是我姐姐、妹妹的孩子?"四姨拉住我的双手,声音一直颤抖着。

我强忍着泪水,说:"我是从千山万水县来的,我是您妹妹的孩子。"

"你是小多的孩子?"

"是!"

四姨抱住我,大哭起来。

第二天,四姨带我去菜市场买菜,见熟人就说,我是从她老家千山万水县过来看望她的,是她妹妹小多的孩子小狗,县重点的尖子生,将来考上重点大学绝对没有问题。当时的我很坏,欺骗四姨我是暑假过来探亲的。坏是要遭报应的,四姨跟熟人说一次,我就揪心一次。

几天下来,我深感四姨不仅长相上如同母亲,性情上也大同小异。她和母亲一样,精神,热心肠,喜欢和人拉家常,一拉起来没完没了。不过,她比母亲见多识广多了去了。

四姨围着我团团转,我跟在她屁股后面屁颠屁颠的。

天杀的

千里之外,母亲想围着我转转不了,也没有我跟在屁股后面,这还在其次,关键是她不知道我身在何方,夜以继日地担心我。担心我的还有祖母,祖母年岁已高,疾病缠身,卧床不起;还有父亲以及姐姐和妹妹。

我打小就顽皮至极,一惹祖母生气,她就骂我天杀的。
当年的我真的活该天杀。
第三次参加高考前四天,祖母突发脑溢血,不到一天就悄然离开人世间了,死不瞑目。

晴天一声霹雳!
我的身心开始下坠。狂风在我心中呼啸着,暴雨在我心中鞭打着。夏之狂风与暴雨化作秋之落叶枯黄满地,化作春之斜风细雨冷冷清清,化作冬之天寒地冻大雪纷飞;化为一抹夕阳,年复一年,一年三百六十五日,西下。

我听妹妹说,临死之前,祖母猛然间从床上坐起来,手指着北方,吐出一大口血来,呻吟着,咽下最后一口气。
我在北边读书,我在遥不可及的北方。
祖母的那一大口血是那一轮残阳,一直"残阳"在我心中。
心中滴血。

恶习

四姨夫不但学识渊博,而且吹拉弹唱样样精通。我对他愈来愈敬重,以至于都五体投地、六神无主、七窍流血了。
虽然如此,但是,我偷他的烟抽。
高中辍学之后,我染上了抽烟的恶习。
我偷四姨夫的烟抽,一开始一天两三根,后来一天五六根。
如果有钱买,我绝对不会偷的。到四姨家之后,我已经身无分文了。
从老家的平安市动身前往常熟市之前,我买了一些面包,一路上精打细算地充饥,还剩下几个"窝"在装着我的行李的塑料编织袋里。

一路奔波,塑料编织袋早就损坏了,苟延残喘在四姨家的床底下,无颜见天日。

塑料编织袋里面的面包都已经发霉了,我还一直都舍不得扔掉呢!

有总比没有好,在天津做油漆工学徒时,我尝够了饥饿的滋味。

当年的我,非常纳闷四姨夫怎么就一直没发觉我的偷偷摸摸呢?现在想想,时间长了,谁都会发觉,更何况大半辈子走南闯北的他。四姨夫包容我,睁一只眼闭一只眼罢了。十有八九,他已经告诉四姨了。四姨溺爱我、袒护我,一直闷声不吭罢了。

"神经错乱"

才到四姨家不久,一天,我和四姨夫下象棋,我输了。不输才怪呢,四姨夫走南闯北时摆过棋谱谋生。不过,他赢得很艰难。四姨夫惊叹,我不是一个人才,是一个天才。第二天,他的一个朋友慕名前来挑战我,三下五除二,我输得一塌糊涂。四姨夫的朋友目瞪口呆他,认为他神经错乱了;四姨夫瞠目结舌我,坚信我神经错乱了。

四姨夫没有神经错乱,我早就神经错乱了,漫长岁月里,时好时歹,备受折磨,备受摧残。

初二时我就有些神经衰弱了,尽管如此,我还是以全校最高的成绩考上了县重点高中——龙腾虎跃中学。高一下学期,我的神经衰弱全面爆发,苦苦熬到高二上学期,我开始出现精神强迫症状,两个多月下来,不得不"被走进精神病院",不得不"被休学"了。

好不容易从省精神病院出来之后,休学在家的日子,最害怕的是看见精神病人。不要说在现实生活之中了,就连在电视剧里看见精神病人,我都两腿暗暗地发颤,心头偷偷地发抖起来。

我家隔壁的村子,有一个人叫"神佑",接二连三受到很大的刺激,疯了。

疯了之后,神佑不骂人,更不打人,白天、黑夜,幽灵一样出没在他家附近的几个村子里。

读小学以及中学时,上学和放学的路上,偶尔,我会遇上神佑。如果是迎面撞上的,他每次都会笑呵呵地让到一边,让我先过去,我走过去之后,回头看看,他依旧一脸的笑容。

我"被精神病"休学在家了,出个门,只要离家超过一里地,就必定会遇上神佑,提前约好了似的。每次,他都照样笑呵呵地给我让路;每次,我都赶紧绕道而行。一次,回头看看,他依旧一脸的笑容,我一身的冷汗,疯狂地逃窜起来。一个月下来,大老远的,一见到他,我就掉头转身,一路狂奔起来。

复学,从理科班转到文科班之后,精神强迫症状不减反增,愈演愈烈,万般无奈之下,期中考试之后,我不得不辍学做学徒学油漆手艺去了。

打小,虽然喜欢玩耍,但是,一读起书来,我认真、勤奋到了极点。

我之所以如此,主要是因为两点——

一、童年的经历;二、父母以及祖母的期望。

小时候,由于出身的缘故,我经常被几个小伙伴围殴,双拳都敌不过四手,更何况他们还是好几个人!他们乐呵呵地抱起团来了,我挨打是必然的。我天性倔强,即使被打惨了,也照样不可能求饶。因此,我肯定还要被打,还要被打得更惨。

天地之间,一个孤独的小男孩,被打倒了,爬起来;爬起来,被打倒了。

小男孩咬紧牙关,从不流一滴眼泪。

他们终于打累了,终于懒得打了,为首的小伙伴"大黑子"一声令下,立刻作鸟兽散。

小男孩找个没人地方,东张张、西望望,无声地抽泣起来。

一次，我被彻底激怒了，一砖头下去，大黑子顿时头破血流。

大黑子的母亲赶过来，拉开要弄死我的架势，一看砖头还在我的手中，坐到地上，哭天喊地起来。我的母亲哭着跑过来，浑身抖个不停。面对大黑子母亲的疯狂羞辱，我的母亲一直低声下气地赔着不是，一直说着各种好话。

我是知道母亲的，她这样做，是为了避免我这个独生子遭受到任何可能的伤害。可是，我早就受到伤害了，我经常被那几个小伙伴打得鼻青脸肿。

回家之后，父亲揍了我一顿，下手之重，从未有过。

从那以后，那几个小伙伴一见到我就绕道走。

父亲的饱揍，家常便饭，我早就皮厚肉糙，早就习以为常了。然而，母亲的低声下气以及那些讨好对方的话，却深深地刺激了我。更加刺激我的还是，我清清楚楚、明明白白地感觉到了母亲的恐慌。

"慈母爱子，非为报也。"

母亲的恐慌，比几个小伙伴所有的痛殴加起来还要令我痛苦不堪。这是另外一种形式的"挨打"！我宁可被小伙伴们打死了，也不要这种"挨打"，一点一滴、一丝一毫都不要！

那次经历之后，我暗自发誓，我要通过读书来改变我的"挨打"的命运，我要通过考试成绩来证明我比他们优秀得多，比他们强大得多。

我的祖父曾经是私塾先生，我的祖母出身于大户人家。不到三十九岁，祖父就活活饿死了。祖母好不容易活了下来，独自艰难地拉扯着三个尚未成年的孩子。

我的父亲天资聪慧，可是，小学就辍学了；我的母亲家境贫寒至极，没读过一天书。

我的父母望子成龙，我的祖母望孙成龙。

他们希望我能够借此摆脱成为一个农民或者一个农民工的命运，从而过上好日子；他们渴望自己失去的梦想在我的身上得以实现。

在我的读书上，他们达成了共识，高度一致，都严厉要求，毫不含糊，以至于苛刻之至。

高一期中考试，我考了全班第三名，父亲还责怪我怎么就没有考第一名呢！

"富贵必从勤苦得，男儿须读五车书。"

初中时，我就严于律己，读书极其认真——较真。

一脚踏入高中大门之后，同学都是优中选优，竞争大得多了去了，我更加苛求自己，精益求精，追求极致与完美。

高二文理分科，从小酷爱文学的我非常不幸地分到了理科班。我原本坚持要去文科班的。分到理科班原因有二：其一，班主任接着带理科班，我是他的得意门生；其二，理科比文科考上大学的概率要大得多。

考场即战场，一到高二，高考紧张的气氛汹涌而至，劈头盖脸，我加快、加大逼迫自己的步伐。

天才百分之九十九来自勤奋固然是对的，可是，万事皆有度，人的大脑是需要休息的，绷得太紧太紧，时间长了，不崩溃才怪呢！

"问君能有几多愁，恰似一江春水向东流"，愁心、焦心，夜不成寐，食不甘味。

天哪！

班上的同学，或前或后，包括我在内，总共三个精神出现异常，不得不休学或者辍学了。

无论如何，过去的都永远过去了，今天旧事重提，绝对没有丝毫埋怨、责怪任何人的意思。

可怜天下父母心！

可是——

从小，我就是一个非常自尊、非常懂事的孩子，当年，如果父母不是给我加压,而是减压,也许我就不会神经衰弱,更不会得精神强迫症了,我的人生也许就会顺利得多了。

虽然往事不堪回首,但是,可以回味,没有"不堪回首"的往事,我也就成不了一个作家,此时此刻,我也就不会坐在电脑面前敲敲打打这部作品,敲敲打打作品之中的四姨和四姨夫了。

《朱门》和《红牡丹》

四姨夫酷爱读书,床边一个大书架子,上面摆满了书,我惊喜地发现了两本林语堂的小说——《朱门》和《红牡丹》。

高一时,课余时间,我常常忍不住往学校图书馆跑,因此,喜欢上了林语堂、梁实秋等人的作品。

我如痴如醉地读起《朱门》来。

"书中自有颜如玉,书中自有黄金屋",我看书,四姨心里欢喜,逢人就夸。

《跛豪》和《新白娘子传奇》

我在四姨家待了将近一个月。

一天晚上,表哥带我去看电影《跛豪》,我一直热血沸腾,俨然自己就是跛豪了,愈挫愈勇,豪气冲天。

"小狗,等你将来发达了,一定要记得来盐城投资哟!"回去的路上,表哥笑盈盈地对我说。

"好嘞,表哥!"我高高昂起头颅,结结实实地说。

我之所以在四姨家待了一个多月,其中一个很重要的原因是,正在播放电视连续剧《新白娘子传奇》。我一下子就看入迷了,不仅迷高雅的赵雅芝,还迷活灵活现的叶童。

《新白娘子传奇》还没看完,我就恋恋不舍地离开盐城了。

四姨不想我离开,不得不让我离开。她家只有一间房子,中间帘布隔开,她和四姨夫的床在里面,表哥的床在外面。我到四姨家后,表哥去同学家寄住,我睡他的床。表哥长时间地住在同学家,越来越不好意思了,我早就知道他不好意思了,一直装作不知道,因为《新白娘子传奇》太有意思了!

若干年前,大年三十晚上,我打电话给四姨拜年,她兴高采烈地告诉我,她家终于"分"到一套新房子了,三室一厅,我去了有地方睡了,无论待多长时间都可以。

我漂来泊去多少年,终于在一个城市安顿下来了。

一天晚上,我正在写作《无高考,不青春》这部长篇小说,突然接到千里之外的老母亲的电话,老母亲哭着告诉我,四姨上午走了。

月明星稀。

我走到阳台上,一根接一根地抽烟。

要是四姨还在,该多好呀!

我很想她看看我正在写的这部小说,看看我是怎么写她关心与照顾我的。

尽管人算不如天算,尽管人在江湖,身不由己,可是,我原本早就可以抽空去看望看望四姨的。

前文写到的老操,现在就在盐城经营一家企业。一年的年初,我去老操家玩,我离开他家之后第二天他就开车回盐城了。要是那时我和老操一起去盐城,正在写这部小说——正在写四姨的我,也就不会如此揪心了。

"树欲静而风不止,子欲养而亲不待。"

直到今天,《新白娘子传奇》的主题歌《千年等一回》一响起来,我就仿佛回到了盐城,回到了四姨身边。

花儿

在四姨家时,邻家女孩花儿对我触动非常之大。

花儿在南京师范大学读大一,我对她艳羡至极。花儿学的是高深莫测的哲学,老子、庄子、尼采、叔本华等等,如鱼得水,信手拈来。她的气质、修养以及博学,令鬼迷心窍的我神魂颠而倒之、倒而颠之,恨不得朝朝夕夕拜倒在美丽、阔大的石榴裙下。

唉——

虽然"朝闻道,夕死可矣",但是,此道非彼道,我和她已经不是一条道上的人了。

花儿热心肠,不仅带我去她的母校盐城中学溜达,还带我去公园消遣美丽的花儿一样的时光。

盐城中学让我想起了我的母校,想起了我的老师、我的同学,想起了我的高中岁月,想起了……

我心里面一直堵得慌。

公园树丛之中的亭子里,一群从南京过来游玩的大学生一直在吹拉弹唱《花儿为什么这样红》。

我陷入深深的沉思之中。

告别

虽然我舍不得四姨,舍不得花儿,舍不得《新白娘子传奇》——舍不得"白娘子"赵雅芝,但是,我必须离开了。

我不想再次打工,我想回家读书了。

四姨含着泪水塞给我一百块钱路费,送我去盐城到南京的车站。大街小巷，人声、车声。四姨扛着我的行李，我一步步地紧跟着她。

"小狗，四姨家日子还不是太好，只能给你一百块钱了！"四姨三番五次对我说。

等车期间，四姨一直在抹眼泪，一直在和我说话，我已经听不清，甚至听不见了，我舍不得她。临上车之前，四姨又塞给我十块钱。车子开动了，我挥手告别，忍不住泪如雨下。

"孩子，回去一定要好好读书呀！"四姨跟在车子后面跑，哭喊着，"考上了，千万别忘了跟四姨报喜呀！"

我看不见四姨了！

世事沧桑、苍凉，我做梦都想不到，我和四姨的这一次离别即永别。

三 鸟二哥董鸣鸟成长记之三

到处都是人——到处都是陌生人

到了南京之后,归心更似箭,可是,我越发不敢回家了。父亲脾气暴躁到了极点,高考落榜顶多也就大发雷霆罢了,离家出走不打死我才怪呢!举目头顶上的天空,一轮烈日,化为一条毒蛇,变成一根根扁担,一根根劈头盖脸砍下来。

南京的大街上,前边是高楼大厦,后边是高楼大厦;左边是高楼大厦,右边是高楼大厦。一条大路宽阔,车水马龙。宽阔的是大路,不是我,更不是我的人生。热闹与我无关。

我不知道何去何从,站在大街上,到处都是人——到处都是陌生人,我仿佛置身于荒郊野外。一辆辆车子从我身边呼啸而过,带走的是荒凉的听觉,留下来的是荒芜的视觉。我深感不是我站在大地上,而是大地站在我身上。

"等闲识得东风面,万紫千红总是春"

我突然想起妹妹的初中同学云儿来,她和妹妹是好朋友,经常到我家玩,我早就和她熟透了。云儿亭亭玉立,鸭蛋脸上的雀斑此起彼伏,一颗比一颗气焰嚣张,一颗比一颗飞扬跋扈。我热爱极了她脸上的雀斑,一粒粒"蓝色"的宝石,闪闪发光、熠熠生辉。穷人家的孩子早当家,云儿勤俭节约,什么农活儿都干过。

中考一落榜，云儿就到浙江慈溪打工去了。第一次复读时，我和她频繁通信，不止一次含含糊糊地表达了一些青春期的美妙、奇妙想法，她一直都不置可否，反而更加诱惑我了。复读时，我的财政收支一直入不敷出，云儿数次慷慨解囊，我高兴得嘴巴都笑歪了，落下个歪嘴的毛病，尘埃落定，相伴终生。

大海亲吻着岩石，森林拥抱着花海

我直扑慈溪，直扑云儿的两团"母爱"之间。事与愿违，我没有扑进去温暖与怜爱，扑到一个男人硕大的屁股上。按理说，无论男人的屁股，还是女人的屁股，都应该是无比柔软的，可是，此君的屁股钢打铁铸，我差一点就疼晕过去了。至今，一到下雨天，还隐隐作痛。

云儿的面前矗立着一座天神一样的黑塔，我亲热地喊云儿"姐姐"，黑塔转过身来，恶狠狠地瞪我一眼，好家伙，两把铁锤直直地砸下来，我赶紧低下头去。

"凶什么凶？这是我老家来的弟弟！"云儿杏眼圆睁。

往事，一片蓝蓝的天上一朵朵白云，云儿比我小，我死活要叫她姐姐，她就是不肯，我屡败屡战，她只得高高地举起两团硕大的"母爱"来，圆润而姹紫嫣红地缴械投降了。

黑塔闷闷不乐地离去，整个人矮了大半截。

云儿将我带进女工宿舍里，一张小脸笑盈盈的。不大的宿舍里，六张钢丝高低床，你挤着我，我挤着你，挤来挤去，挤不出一点油渣子来。

远方，大海亲吻着岩石，森林拥抱着花海。眼前，无论太阳公公，还是月亮婆婆，以及星星小孩，都不见了。

世界浓缩、定格在一个小小的女工宿舍里。

我关上宿舍门,一双死鱼眼死死地盯上云儿,"小时不识月,呼作白玉盘",云儿的胸部起起伏伏,博大"博爱"。

"你要干什么呀,'小'弟弟?"云儿紧张兮兮的,声音里颤抖出水一样的温柔与火一样的性感来。

"云儿……"我努力镇定下来。

"我不是你姐姐吗?"云儿低下头去,小声说。

"我不是你弟弟!"我大声说。

云儿抬起头来,飞红满面,望梅能止渴,饮鸩亦可止渴,我恨不得咬一口她的飞红的脸,滋润滋润我的喉咙。

"天上两个太阳,两只太阳鸟——两只太阳鸟,两只鸟、两只鸟……"我语无伦次。

"刚走的黑黑的大高个子已经是我的、我的……我不能出尔反尔,失信于人。他人看起来凶巴巴的,可是,知冷知热,对我好!"云儿庄重地说。

江湖上失传已久的隔物使力的独门功夫

晚上,黑塔请客,一桌子丰盛的饭菜。黑塔不停地往云儿碗里夹菜,云儿不停地往我碗里夹菜。

"小家伙——小不点儿,到底是你小子小,还是我老婆大呢?"黑塔一杯酒下肚,一本正经地问我。

"谁是你老婆呀?"云儿大叫起来。

"女朋友,女朋友!"黑塔笑得可灿烂了。

"这还差不多!"云儿笑吟吟的。

嗨,有必要当着我的面这么热乎乎、火辣辣吗?考虑没考虑我的感受呀!

"我比云儿大多了!"我大声说。

"真的?"黑塔一脸的狐疑。

"就大两岁多啦!"云儿紧接着说。

"无论大多少,都是大!大的,怎么反而成弟弟了呢?臭小子,你是不是有病呀?"黑塔黑塔一样地说。

"不许你说我弟弟,你才有毛病呢!"云儿一扬眉,大声说。

云儿扬眉的时候,满脸的雀斑欢呼雀跃起来,我晕眩在"呼"与"跃"之中,饭菜塞进鼻孔里,不停地咳嗽起来。云儿连忙拍起我的背来,黑塔赶紧拍起云儿的手背来。

我怀疑黑塔会江湖上失传已久的隔物使力的独门功夫,要不怎么他老人家上阵之后,云儿没感觉怎么的,我疼死了呢?

"羞答答的玫瑰静悄悄地开"

黄昏姗姗来迟,万物夕阳浸润,一切都染上梦幻般的唯美色彩。

黑塔带我去他工友的宿舍睡觉。

宿舍非常大,特像我在龙腾虎跃中学复读时的大混合寝室。不同的是,床不是高低床,周围拉上了各式各样、各种颜色的布。

工友不在。

"我已经打过招呼了,你晚上就和他同床共枕呀,你和他一起睡觉舒服极了。不过,半夜起来方便,你可千万不要上错了床呀,我的小姐夫——小兄弟!"黑塔笑眯眯的,一脸的山重水复与柳暗花明。

上错了床?怎么可能?

黑塔匆匆忙忙地离开了。

我非常纳闷他为什么那么着急,虽然我有神经病,但是我不是笨蛋,更不是傻瓜,很快,我就明白过来了,他是急急忙忙地去找云儿一起急急忙忙了。

我坐在床上,左等右等,不见任何一个人过来。四周基本上都等到了,全是女人,年轻的居多。这到底是男宿舍,还是女宿舍呀?群居,杂居。这是原始社会吗?

我以为熄灯之后女人都会像小鸟一样飞走,毕竟是男性大混合宿舍嘛。奇迹发生了,几乎都留下来了。

唉,尽管林子大了什么鸟都有,可是,也不能这么"鸟""鸟""鸟"呀,更何况宿舍里还有我这么一个"羞答答的玫瑰静悄悄地开"的孤家寡人青少年呢!

熄灯之后,各种声音蹦蹦跳跳出来,此起彼伏,交叉、勾连、重叠在一起,扭打成一团,和"大型浑蛋交响乐"一模一样。

顺便说一句,这是迄今为止我听到过的最美妙的交响乐。

受不了啦!

熄灯之前,我就已经受不了了。那个时候就有一些声音了,一叶障目、掩耳盗铃,欲盖而弥彰。

至此,我才恍然大悟床周围拉起的布原来是人类江湖之中传说的遮羞布。阵容如此之大的遮羞布,平生还是第一次看见。真的是蔚为大观呀!难怪黑塔临走之前会那么郑重其事地嘱咐我半夜起来方便千万不要上错了床,我还以为他是脱裤子放芝麻点大的屁——太多此一举了呢!

天哪,动作和声音愈来愈强烈,越来越凶悍,一千个孙悟空一千种大闹天宫,一万个猪八戒一万种被嫦娥戏弄,受不了啦,彻底受不了啦!

我突发奇想,过来和我同床的是不是一个年轻漂亮的女孩子呀?

深更半夜,同床终于过来了,借着皎洁的月光一看,是一个比黑塔还要黑塔得多的彪形大汉!

大汉醉醺醺的,踹飞鞋子,一只脚脱掉一只脚的袜子,和衣上床,一上床就呼噜震天动地起来。

疯了!

孰料大汉不仅口臭、狐臭,脚还臭死了!

口臭一条条大河抽筋,狐臭一条条大江抽风,脚臭一片片汪洋大海。

唉——

火车、火车、火车,轰隆隆的呼噜声,与汹涌澎湃的大江、大河、大海混为一体,混作一团,化作一根巨大的鞭子,一下接一下,鞭打着我的身心,我就连死的心都有了。

……

大汉酣睡之中中邪了,不老实起来,反反复复搂搂抱抱我。搂搂抱抱就搂搂抱抱吧,还一通通乱摸。一通通乱摸就一通通乱摸吧,还口中念念有词:"宝贝,宝贝,我的又香又甜的宝贝!"

受不了啦,要死——要死死不了!

不知道晚上到底是什么时候睡着的。与其说是睡着的,倒不如说是被熏晕过去的。

早上醒过来,头疼死了,睁眼一看,"三臭大汉"不在了,上班去了。

宿舍里空空荡荡的,我想起了云儿,我感觉自己被整个世界遗弃了。

我赶紧从床上爬起来,凉席滑到地上,目睹下面一只只用过的"小雨伞",吓得我转身就跑,一路上嗷嗷直叫,也不知道到底在叫些什么玩意儿。

这是迄今为止我耳闻目睹过的一次最奇特的"性教育",这次"性教育"坚定不移了我回家接着读书的决心。

我不想成为黑塔,更不想成为黑塔的工友。

早霞缤纷

好一个大晴天,早霞缤纷,大海一样汹涌!

云儿一枝花在我眼前,一夜不见,一张小脸红扑扑的,叫嚣着,呼啸着,蹦蹦跳跳的,就连杂七杂八、蓬蓬勃勃在小脸上的雀斑都给人感觉红红的,简直就是可爱得要命!

我第一反应是太阳晒的。可是,云儿打着一把斑斑点点的花伞呢!再者说了,即便敞着脑袋,也不会晒成这副模样的,太阳公公都还没起床哟!

云儿打着伞走在前面,扭动着细小的屁股,婀娜一路多姿开放。我尾随着她浮想联翩花儿与蜜蜂与蝴蝶。

我特想和云儿共伞,这样我就可以近距离地观察她脸上"红艳艳"的雀斑,近距离地考察她脖颈之下的大海与波涛了。

"海上生明月,天涯共此时。"

云儿不是在走路吗?

说不定还能听见波涛汹涌声,"看见"一轮明月与一轮明月呢!

明月好大,明月好美,在大海之中冉冉升起来。

云儿扭头看了看我,一脸的欢天与喜地。

我非常不好意思起来。

不是太阳就连升都还没升起来吗?此时就要求同在一个屋檐下,岂不是太明目张胆,太胆大妄为了?

比蜗牛还要一百倍的蜗牛

我和云儿走进小巷深处。

阳伞上的斑斑点点,和云儿脸上的雀斑一样迷人。可怜我深陷其中,口水比长江还要长,比黄河还要黄。

云儿一直大踏步地往前走,我清清楚楚地听见了她甜美的笑声。

我是一只苍蝇,流光、溢彩,化作一只只苍蝇,死死叮在云儿的身与心上。估摸是我叮得她头皮发麻,浑身起鸡皮疙瘩了,她猛地扭回头来,小脸显得更红了。

我眩晕在阳光的灿烂之中。

"鬼鬼祟祟的,想偷鸡还是摸狗呀?"云儿大叫起来。

我以为她说的是我,遂深深地低下头去。

"一个大男人,跟在我们屁股后面干什么呀?回去,回去,赶紧回去——看家!"云儿一百个大喇叭,声音美妙至极,远方拈花惹草的蝴蝶与采蜜的蜜蜂都能听见。

回头一看,是黑塔,脑袋低得比我还要低。刹那间,我恍然大悟云儿的脸红与太阳无关,与我更不相干,与黑塔紧密相连。

好不容易,黑塔终于转身离开了,十二万分心不甘、情不愿。

我心里十分欢快。

啊哈,啊哈,啊哈哈,原来,我也不是什么好鸟呀!

黑塔慢腾腾地行走着,比蜗牛还要一百倍的蜗牛,很沉重,很沉重,给人感觉就连两颗眼珠子都重若千钧,都快要把他压垮了。

我心在蓝天白云之上飞翔,飞翔,飞翔。

啊哈哈个屁呀,你本来就不是什么好鸟!

一只蓝色的大鸟从空中飞过

走出深巷,阳光飞金走银,一切豁然开朗起来。

"我男朋友是一个高中毕业生,家里穷得叮当咣当地响,复读了三次,一次比一次考得少。他出门打工三年了,太苦,太累了,我好希望他回去复读,考上大学。可是,无论我怎么说,他都坚决不干。一怕年龄太大,学校不要他了;二怕一旦又失利了,再也受不了了。一天晚上,他抱住我,婴儿一样哇哇大哭起来,说他不是不想接着读书,他是得了复读与高考综合征,害怕得要命,恐惧得要死。我把他搂进怀里。后来,他没走,我就和他、和他……"云儿一边往前走,一边对我说。

一只蓝色的大鸟,从高空飞过,蓝色的羽毛一根根飘落,若雪,若大雪纷飞。

"到底和他怎么啦？"

"和他好上了！"

蓝色的大鸟顿时伤痕累累，瞬间杳无踪影。

若干年后，高考年龄放开了，黑塔成了第一批吃螃蟹的，一大把年纪参加高考，考上了重点大学——"龙凤呈祥大学"。三年之后，云儿参加高考，考上了与黑塔同一座城市的一所专科学校——"春眠醒不了专科学校"。

绿树花开，绿水草碧

绿树甘霖心灵，绿水细柳心情。

慈溪公园的亭子里，我再次遇上那群从南京过来游玩的大学生，他们照旧吹拉弹唱《花儿为什么这样红》。

我估摸他们接下来要去福建厦门或者其他什么地方"花儿为什么这样红"，可是，送君千里，终须一别，我不能奉陪到底了，我要回去读书了。

一只红色的蝴蝶飞向一只黑色的蝴蝶。

云儿陷入沉思之中，脸蛋花儿一样红，估计是在回味什么，抑或在纠结什么。

我非常之稀奇古怪，他们自己就是一朵朵红红的花儿，为什么还要反反复复地追问花儿为什么这样红呢？

"认识你自己"，难道他们是通过这种方式（这种仪式）认识自己的吗？

难道我就不能花儿一样红吗？我就不信这个邪！打你，打你，打得你像花儿一样红。绿树花开，绿水草碧，我恶狠狠地扇了自己一耳光。

"弟弟，你打什么打？"

"打苍蝇呀!"

"没苍蝇啊!"

你说没有就没有呀?两只苍蝇在云儿乌黑的秀发上谈心,一只蚊子飞过来。

"打蚊子!"我昂首挺胸,仿佛一柱在擎天。

"打一只小小的蚊子,用得了这么大的力气吗?自己的脸蛋自己不知道心疼,姐姐我可心疼了!我摸摸,摸摸……"云儿全身心地凑上来。

我和云儿在公园里溜达来溜达去,再次经过古色古香的亭子,那群大学生还在那儿吹拉弹唱《花儿为什么这样红》。

"你们还记得我吗?"我走到他们跟前,热情、赤诚地说。

"你是谁呀?"他们停止吹拉弹唱,异口同声。

我大踏步地离开,云儿追上来。

"鸣鸟弟弟,到底是怎么回事呀?"

"我也不知道到底是怎么回事!"

"你自己都不知道到底是怎么回事,那究竟是怎么回事呢?"云儿更加云里雾里了。

"花儿!"

"花儿?"云儿显然是更加莫名其妙了。

回首公园的亭子,那群大学生仍然在吹拉弹唱《花儿为什么这样红》,我怀疑他们会天长地久地吹拉弹唱下去,以至于天荒地老。

云儿啊云儿

中午,云儿带我吃好吃的。

"他们当中好几个是高中毕业生,都复读过,只不过次数不等罢了!唉,他们都对高考有解不开的强大的心结,一说起高考,一个个脸色都变了。可是,尽管如此,内心深处没有一个不或深或浅恋恋不舍高考的!昨天晚上和你'同床共枕'的比我男朋友黑塔还要黑塔的大汉,过几天就要辞职回家复读了。他对我说,这一次一定要坚持到底,直至金榜题名,从而光大门楣、光宗耀祖!不到黄河心不死,不见棺材不落泪,好样的,太有种了,姐姐我欢喜死了!"云儿时不时地往我碗里夹菜。

云儿啊云儿,什么同床共枕呀,同床而已,"共枕"门都没有,同床都恐惧不已,"共枕"我还不得恐怖死了呀!

云儿啊云儿,我百分之一百理解你,你受与男朋友黑塔"同床共枕"之影响太深了!

云儿啊云儿,我知道你的良苦用心,你是在劝我回去接着读书呀!

云儿啊云儿,你知道你为什么那么可爱吗?你心地善良而热情,时刻都会考虑到别人的心里感受。

四　走向鸟语与花香

那个独自一个人行走在暴风雨夜晚之中的高考落榜生

无论酸甜,还是苦辣咸,一旦经历过了,就成为人生的一部分了;一旦大悲大喜过,就成为人生之骨与人生之心了。

夜已深,暑气蝉鸣,我坐在一部"万紫千红"牌笔记本电脑前,面对的是从浙江慈溪赶回老家的那个两度高考落榜生,那个独自行走在暴风雨夜晚之中的高考落榜生,百感交集,百转而千回,心中时而一阵阵发寒,时而一阵阵温暖。

曾经的雨过天晴在温暖,曾经的凄风苦雨在发寒。

从浙江慈溪回家,一路磨折,一路熬煎,好不容易在千山万水县龙潭虎穴镇下了车,天快要黑了,我扛着一斤斤沉重的行李,一步步走向久违的家与久别的家人。

雨一直在下,风一直在吹。

走过树林,走过田野,走在心上。

暴风撕扯着骤雨,骤雨厮打着暴风。

夜色太大,越来越厚实;夜幕太阔,越来越厚重。一切湿漉漉的。仿佛到处都在凋零,仿佛到处都在枯萎。

"绿树村边合,青山郭外斜",青山之外有青山,绿树之下有绿树。

家在远处,家在前方。

一颗心,早就飞回家了。

风还在呼啸,雨还在滂沱。

天地之间一个人。

一步、两步、三步……步步为营,步步为赢。一步挣扎,两步挣扎,三步挣扎……

天地之间一家人。

我跟跟跄跄地走到了院门口。

院门竟然没有锁上,竟然是洞开的,我的泪水夺眶而出,院门为我洞开着,一直为我洞开着。

夜已深,厨房的灯还是亮的,父母的交谈声传了出来,凄神寒骨。

我推开房门,落汤鸡一样出现在他们面前。

"儿子回来了,儿子回来了!"母亲从灶台下面站了起来,一个趔趄。

父亲手中的香烟掉到地上,双手接过去沉重的行李,张大嘴巴笑了,露出两排被香烟熏得焦黄焦黄的牙齿来。

我说,我还要去读书!

母亲刹那间停止了哭泣;父亲的一颗颗牙齿一颗颗地哈哈大笑起来,黄灿灿的。

我很少见到父亲的笑,即使是微微一笑。他要不板着一张脸,要不一腔怒火在喷薄。岁月早就大刀阔斧地苍凉上他了,他哪里还有心思笑出声来呀!"年年岁岁花相似,岁岁年年人不同",笑声早就活活地将他抛弃了,他早就死死地将笑声抛弃了。

天堂开花

晚上,我和祖母睡在一起,老人家一张老脸笑成一朵花,仿佛十分健康,仿佛年轻而漂亮。

半夜醒过来,我看见祖母依旧斜靠在床上,一脸的欢天与喜地。

天堂在她的心中。

我再次沉沉入睡，梦想开花，从再次复读意欲前往的鸟语花香中学一路开到天边，天边心想事成。

鸟语花香中学

鸟语花香中学坐落在千山万水县搓衣板小镇搓衣板街。搓衣板街四面环山，群山一路澎湃，一路磅礴，直上云霄。

鸟语花香中学背靠一座小山，一只蓝色的大鸟鸟二哥美其名曰——美人山。春夏之际，绿染青山，绿横碧空。秋天，一棵棵松树纵横天地之间，一棵棵枫树独立不羁，风乍起，绿波之中红浪翻滚。冬日，漫天大雪，漫山纯洁。

鸟语花香中学匍匐在美人山山坳之中，山坡上曲径通幽，一道山泉清清浅浅校园，四季婉转。

学校前面一条公路，晴天尘土，雨天泥沙。公路另外一边，一条小河。小河之中，水草依依，鹅卵石活润，小鱼自由自在相亲相爱；小河两岸，垂柳风中摇曳，阳光风情，月光幽静。小河过去，田野起伏不定，村舍散落其间，鸡鸣树巅，狗吠深巷，炊烟袅袅。田野之外，山倚靠着山，山勾连着山。

搓衣板街，一个鸟巢；鸟语花香中学，一只振翅欲飞的小鸟。校园里，"江南草长，杂花生树，群莺乱飞"；青春美少女与青春美少年，"清水出芙蓉，天然去雕饰"。

"精神病"

打小，我就非常之欢喜"荡胸生层云，决眦入归鸟"，十分之向往"会当凌绝顶，一览众山小"。千山万水县搓衣板小镇鸟语花香中学，势必会成为我再次复读的首选。可是，即使我正常得不能再正常了，鸟语花香中学文科复读班都已经开学这么长时间了，能够被收留下来，也实非易事，更何况我还是"一个彻头彻尾的精神病人"!

虽说好事多磨,但,磨得太深重了,太频繁了,还会是好事吗?

鸟语花香中学会大发慈悲,网开一面,收留我吗?

但愿!

我——"精神病",早就沸沸扬扬了,不仅父老乡亲铁板钉钉,就连我的父母都认定了。

父母是最后一道心理防线,可是,他们依旧是凡夫俗子(肉体凡胎)。

我无处可逃,唯有沉默。

"无可奈何花落去,似曾相识燕归来",我原本内心孤独,我不再孤独了,我更加孤独了。

"生年不满百,常怀千岁忧",没有任何一个人的人生是一帆风顺的,没有任何一个人的生命从来都没有疼痛过。

大千世界,茫茫人海,总有那么一些人,心地良善,多愁而善感,经历了这样那样的遭遇,七想八想,胡思乱想,久而久之,不由自主地"精神病"了。

"冬天到了,春天还会远吗?"

春天到了,油菜花绽放在希望盛开的田野上,一片黄,一海黄,黄了大地,黄了天空,美得刺眼,美得晃心。

这个季节是最容易犯精神类疾病的。

一到春天,我的"病"要么就发作了,要么就更加严重了。

"大江东去浪淘尽,千古'疯狂'人物",精神分裂与精神强迫症(忧郁症、疑病症等)之间,仅仅相隔一条细线一样的河流,线越细,河中越暗潮汹涌。

是谁日夜徘徊在"线"这边?

是谁没日没夜疯狂在"线"那边？

千万不要跨过去呀！
无论如何，都要咬紧牙关，一直坚守着。跨过这条细线，从炼狱到地狱，一念之间。一旦跨过去，就一辈子都回不来了。

为了将自己摁在"线一样的河流"这边，我抵挡着来自河流那边的召唤。
过来吧，孩子，过来了，就一切都浑浊了，一切都混沌了，就不再痛苦不堪，不再生不如死了。
啊——
不、不、不！

休学在家的时候，天气已经转凉了，我穿着一条裤衩（一条红色的三角裤衩），在家乡的田野上不要命地奔跑着，一条疯狗，一条精神与思想上孤苦伶仃、无依无靠的疯狗。
绿色的田野一望无际丰收与希望，三角裤衩万绿丛中一点红。
前方，前方。
我的眼中只有前方了，我只剩下前方了，我已经没有任何退路了。
前面荆棘丛生，后面万丈深渊。往后退一步，一头栽进去万丈深渊；往前进，即使遍体鳞伤，即使死无葬身之地，至少也更有尊严。
无论什么时候，尊严，对于一个人来说，都是最重要的。

"红"一直深深地处在"绿"的包围之中。
我一边奔跑，一边叫啸，响天彻地，我要以叫啸的方式宣泄自己，我要以奔跑的方式放松、放下、放空自己。

一个人看见了我，两个人看见了我，三个人看见了我……
一个人一脸的慌张，一个人一脸的惊恐。一个人差一点就被我撞进高堤之下的深水田里；一个人手忙脚乱地避让我,掉进绿油油的、茂密的水田里。一个人一见我掉头就跑,一溜烟,了无踪迹。

唉——
"知我者谓我心忧,不知我者谓我何求！"

鸟二哥呀鸟二哥,你这不是关起门来脱裤子放屁——多此一举、自作自受吗？"忧"什么"忧"？"求"什么"求"？忧个屁呀！求个屁呀！跑就跑了呗,求之不得呢！不跑不干不净,跑了一干二净——干干净净！

天下熙熙,天下攘攘,世事哪有你想得那么简单呀！否则,我们这个独一无二的人类社会还会被称为"江湖"吗？"桃李春风一杯酒,江湖夜雨十年灯。"此江湖非彼江湖也！此江湖酒逢知己千杯少,彼江湖无风都三尺浪,更何况原本就清清楚楚、明明白白地存在一股怪异之风,一股从省精神病院刮来的强劲的"精神强迫症"之风。

"小狗真的疯了！"
我没疯呀！我没疯呀！我不是疯子！我不是疯子！

"小狗光着身子到处乱跑！"
"小狗光着身子汪汪汪！"
"小狗是一条狗！"
"小狗是一条疯狗,疯狗咬死人是不赔命的！"
"小狗的屁股是红的,猴子屁股一模一样！"
"小狗是一只猴子！"
"小狗猴子一样地抓人！"
"小狗整个人都是红的呢！"
"比红砖还要红！"
"比红糖还要红！"

"蜡烛、蜡烛,红色的蜡烛!"

"小狗往人家姑娘的跟前跑!"

"疯了,疯了!"

"小狗把人家姑娘吓疯了!"

"疯了,疯了!"

"假作真时真亦假,无为有处有还无。"

上面那些人说的那些话,除了第一句话——"小狗真的疯了",都是当年的我、当时的我,胡思乱想,臆想出来的。

风声鹤唳,草木皆兵。

当一个人遭遇了莫大的不幸,心灵高压,思想与精神难以承受如此之重的时候,心不由己,身不由己,到处乱跑,到处"乱喊乱叫"起来。我们以为他已经疯了。其实,他并没有疯。不过,他的确快要疯了。否则,他是不会以这种激烈而极端的方式呈现(暴露)自己于人群的熙熙攘攘之中的。因为他深深地知道,如果他这样做了,人群会迅速地抱团取暖起来,一个比一个坚信他是不正常的。于是乎,情有可原,理所应当,他被排除在所谓的正常人之外了。到了那个时候,无论他多么想回归人群,多么努力成为一个正常人,都几乎是不可能的了。所以,即使要号叫,他也要找到一个偏僻、阴暗之处,独自号叫,自己倾听自己的倾诉,自己抚摸自己,自己怜爱自己。此时,他还是有一定的自控力的。此时,他的悲哀与痛苦还没有集中起来。累加、累加,加剧、加剧。一朝集中起来了,就不得不爆发了。爆发——爆炸!他将自己暴露于大庭广众、众目睽睽之下。与其说他无所顾忌,倒不如说他顾忌不了了。因为他已经处于恍恍惚惚之中了。可是,即便他再怎么恍惚,他"一路狂奔"以及他"大喊大叫",就足以说明他还是正常的。他是以这种方式反抗,反抗他的命运——他的"精神病"的命运。与其说他是在以一种极端的方式反抗,倒不如说他是在求救。他忧愁不已,忧愁太满了,他的心脏就要爆破了。他痛苦不已,痛苦太重了,他整个人就要垮塌了。他求助、求救于人群,无论是熟悉的,还是陌生的。他成了一个透明人,他成了一个天真无邪的孩子。

然而,大千世界,茫茫人海,不是人说话,而是话说人。
他到处"乱跑",他疯了!他到处"乱喊乱叫",他疯了!
一传十,十传百,他不是一个疯子,也成了一个疯子。
大江东去,大浪淘沙,在无所事事的"平庸的恶"的重重包围之下,他不得不疯了,他不能不被精神病了。

鸟二哥我被精神病了。可是,我不甘心!救人先救己,度人先度己。我必须自己拯救自己,否则,岂止死翘翘呀,简直就是死无葬身之地!

在父母与祖母以及早就离开人世间的祖父的深刻影响下,打小,我就给自己定下了远大的目标,我要成为一个大学教师,我要成为一个作家!
一个农家子弟,谈何容易!
现在回想起来,经历了那么多的困难、苦难、灾难,我之所以没有倒下,之所以挺过来了,与其说是我自己拯救了我自己,倒不如说是我的理想(梦想)拯救了我。
纵使在那段最艰苦卓绝的,各种"精神病"反反复复发作的高中岁月里,我也从未放弃过我的梦想——我的理想。

"诚既勇兮又以武,终刚强兮不可凌。"
高中休学在家期间,为了锤炼自己的胆量与勇气,从而战胜"战无不胜"的精神病,接着求学,以实现自己的理想与梦想,我坚持每天凌晨六点起来跑步,从家里往拙作《打工外传》里写到的"鬼都"跑。
"鬼都"是我们那个小山村埋葬死人的地方。据父老乡亲说,那儿经常有鬼魂出没。

一路狂奔到"鬼都"之后,我更加精神抖擞起来,在水塘边做俯卧撑,在松树上做引体向上,在草地上打滚……

碧水荡漾在眼前,绿草在心里开花。

我仰望头顶上的天空,天空哈哈大笑,倾泻下来白色与蓝色。

我和一个"鬼魂"(一副棺材)说起话来——

嘿,自我介绍一下吧,我是董鸣鸟,小名小狗。我之所以小名叫"小狗",是因为狗好养。我从小就喜欢读书,是一个书呆子。小学与初中期间,我几乎每次考试都第一名。我考进了县重点中学,成绩照样非常之优秀。可是,好景不长,好景不长呀,我读不下去书了,再也读不下去书了,我走进精神病院,我被诊断为精神强迫症,我不得不休学了。

天空上一朵硕大无比的蘑菇云,蘑菇云一声尖叫,一头栽下来,笔直地下冲我貌似钢打铁铸的脑袋,吓得我直往棺材下面钻。

钻进去容易,爬出来难。

我终于爬了出来。

一个彪形大汉刚好路过,以为我是从棺材里爬出来的,掉头就跑,被树根绊倒,死磕在一块大石头上,彪形大汉滚爬起来,捂住两腿之间呻吟,扭头看了一眼我,转身一路狂奔起来,口中直嚷嚷:"鬼、鬼!"

从此以后,每次大驾光临丰富多彩的"鬼都",我都会使出吃奶的力气,拔这根深埋在茂密的草丛之中的大树根,口中念念有词——

"害人不浅哪!"

"你这是要绝人后呀!"

"我拔,我拔!"

"斩妖除魔、斩妖除魔!"

"我死活都要拔出来!"

"拔出来之后,把你这个害人精当作美味红薯烤了吃了!"

"好吃、好吃,太好吃啦!"
……

"我在'鬼都'看见小狗的鬼魂了!"
"我也看见了!"
……

啊哈、啊哈,啊哈哈,一传十,十传百,很快,我就成了一个活着的"鬼"了。

"咬定青山不放松,立根原在破岩中。千磨万击还坚劲,任尔东西南北风。"
不亦快哉,不亦乐乎!
我都已经不怕鬼魂了,还怕精神病吗?还怕有人说我精神病吗?

大海在千里之外咆哮,疾风在耳边呼啸。
来得更猛烈些吧!
大海冲撞岩石,岩石岿然不动;疾风冲击劲草,劲草生机勃勃。

去你的精神强迫症,去你的精神病!男子汉大丈夫,与其跪着生,宁可站着死。风也罢,雨也罢;雷也罢,电也罢。我们就较量较量吧!看看到底谁"强迫"得了谁,看看究竟谁才有"病",才有精神病!

父亲的言语　父亲的眼神

同乡高仁义是千山万水县搓衣板小镇鸟语花香中学的化学老师,父亲去找高仁义老师的父亲,请他让高仁义老师帮忙。高仁义老师的父亲热心人,连忙告知了高仁义老师,高仁义老师二话不说,欣然应允。

启程搓衣板小镇前一天,父亲要去附近的塘岭街买烟与酒,我觉得太丢脸了,连忙极力阻止。

"孩子,这社会,找人办事不带点东西怎么可以呢?"

我拧,父亲比我还要拧,我受得了他的言语,受不了他的眼神。

夕阳在西下,一直在西下。

我坐在大门口的台阶上,苦思冥想过去、现在以及未来。

祖母躺在床上,祖母早就躺在床上了。"人有悲欢离合,月有阴晴圆缺。"祖母已经时日不多了,在不久的将来要离开人世间,离开我。

残阳如血。

寒血。

父亲驼着背,拎着两瓶酒、两条烟走进院子,走进星星点点寒血之中。

人是现实环境之中的人,尽管父亲是一条汉子,铁骨铮铮,可是,终究逃脱不了环境的围困。现实终归是现实。

我又何尝不是如此呢?我又何尝不是一直都如此呢?

"路漫漫其修远兮,吾将上下而求索"

在父亲的陪同下,我又一次踏上了为了理想与梦想发奋图强的征途。

茫茫苍天在上,莽莽大地在下,未来高深莫测,等待我的究竟是成功还是失败,谁都不知道,谁都无法知道——无从知道。

一切皆有可能,意味着一切皆有不可能;一切皆有不可能,同样意味着一切皆有可能。

"路漫漫其修远兮,吾将上下而求索。"

莫道艰难险阻,莫道千山万水、山高水远。

热爱生命,天道酬勤。

但愿如此,坚信如此!

爱是一种力量

我和父亲上了一辆破破烂烂的三轮车,将身家性命交付给了司机,交付给了冥冥之中的苍天。

热风穿梭在山林之中,热浪滚滚;热风卷起沙尘来,突突突进三轮车里,热浪越发令人难受起来。

三轮车上,我想起了卧床不起的祖母。

我是祖母带大的,初中住校之前我一直和她睡在一起。

祖母人美,德馨,乡里乡亲有口皆碑。

记忆中,她很少提及祖父。祖父英年早逝,她中年守寡,心中之痛一直在压抑着,永远在压抑着,到死都不想敞开,至死都无法解脱。

少年时代,青壮年时期,父亲到底遭过多少罪,祖母一直默默地看在眼里,记在心上。父亲姊妹三个,一个姐姐,一个妹妹。祖母思想保守而传统,自然最爱父亲。然而,人终归是历史环境与现实环境之中的人,更何况瘦小孱弱的祖母,她看见了父亲的遭遇又能怎么样,搁在心上了又能如何?

我出生了,长大了,读书期间一直是尖子生。祖母看到了我的希望与未来,看到了自己的希望以及未来,看到了英年早逝的祖父的希望以及未来。希望之后是失望,巨大的失望,沉甸甸的失望。希望来自爱,失望同样来自爱。"爱是生命的火焰,没有它,一切变成黑夜。"爱还在,更加强烈,更加炙热了。爱一直在,永远在,更加深沉,更加内敛了。

可是,鸡飞蛋打的早就鸡飞蛋打了。

谁能料想到我会神经衰弱,精神强迫症?

谁能料想到我会走进精神病院?

谁能料想到我会休学,谁能料想到我会辍学?

谁能料想到我会去做油漆工学徒？

谁能料想到我会北上天津打工？

……

虽说世事难以预料，但是，祖母万万没想到的是，竟然会有这一天，她最疼最爱的孙子一声不响地离家出走了。

世界那么大，大得沧海桑田、斗转星移，大得人心里发慌。

到底去哪儿了呢？

一直杳无音信！

会不会饿着肚子呀？会不会被人欺负呀？

还是一个孩子呢！

莫非已经……

想都不敢想！

最可悲的是虚无，最痛苦的是绝望。我离家出走的一个多月时间里，祖母该有多么痛苦，多么绝望呀！望眼欲穿不穿，肝肠寸断不断。

时间一天天地过去，一时一刻地过去——一分一秒地过去。

日光昏暗，一根根"扎"眼；月光晶莹，一根根"伤"心。

祖母年岁已高、疾病缠身、卧床不起，死神一直在她床边徘徊。

死神出现在祖母的眼前，她艰难地闭上两只眼睛。

"老人家，您准备好了吗？"

"我的孙儿，我的孙儿……"

死神闭上两只眼睛，祖母长吁一口气。

死神再次显现在祖母的眼前，她努力地睁大两只眼睛。

"老人家，准备好了吗？"

"我的孙儿还没回来呢！"

死神瞪大两只眼睛,祖母一声长叹。

死神来了,死神走了;死神走了,死神来了。
祖母一直在和死神抗争着,苦苦地等待我的平安归来。

"悲歌可以当泣,远望可以当归。"
悲歌是可以当泣的。悲歌,不仅是面子,还是里子;悲歌,骨子里是哭泣。
远望真的可以当归吗？远望,即使看得再远,也难以看到千里之外;当归,只不过是一种自我欺骗罢了！

"岁月无多人易老,乾坤虽大愁难著。"
日升日落,月盈月亏。老而朽的,是肉体;老而大的,是灵魂。
祖母愁的不是自身,而是千里之外的孙子。
对于历经沧桑的祖母来说,自己的生死,早就无所谓有、无所谓无了,我的安危像一万只老鼠疯狂地抓挠着她的一颗日益苍老、日益苍凉的心。

以心知心。
祖母啊祖母,您是不是经常深更半夜从噩梦之中惊醒过来呀？您是不是经常通宵达旦合不上眼呀？
"谁言寸草心,报得三春晖。"
祖母啊祖母,您一定要好起来,一直好好的——一直好好的,长命百岁！您不在了,我该怎么办呀？您的恩情,孙儿还未来得及报答……
来世太遥远,遥不可及,我要今生今世报答您！
"生年不满百,常怀千岁忧。"
祖母啊祖母,您过过那么多苦日子,一直默默地忍受着,咬碎钢牙往肚子里咽;您一直好心肠,一辈子为这个着想,为那个着想,唯独不为自己。
您不开心,大半辈子守活寡,大半辈子辛苦,大半辈子处在家庭的风浪之中、风浪之外,苦苦煎熬着,好不容易有所好转了,孰料晴天霹雳,您最亲最爱的孙儿病了,您最亲最爱的孙儿离家出走了!

老天有眼,祖母的爱打动了老天爷,死神迟迟未带走久病缠身(卧床不起)的老人家。

我千里迢迢地回到了祖母的身边,毅然决然地踏上又一次冲击高考的征程。

可是,死神留给祖母的时日已经不多了。

飞上蓝天

山村贫穷,山路险峻,悬崖峭壁就在身边,血盆大口,虎视眈眈。三轮车一路颠簸,一路险象环生。

一个急转弯,差一点就被撞上了;一个急转弯,差一点就撞上了!

司机早就习以为常了,叼着一根呛人的香烟,时不时地扭头和车里的熟人以及陌生人东家长、李家短——

张三家的公狗和李四家的母狗搞上了。

狗蛋家的鸡被狗剩家的猫咬死了。

大秃子家的女儿和小秃子家的儿子好上了,一个肚子大了,一个肚子小了。

大王二麻子家的娃屁股上长痔疮了,小王二麻子家的娃卵气肿了。

大和尚和小和尚是兄弟,同父同母,平日里好得什么似的。分家时,干上了,为了一只尿壶。一个头破了,一个腿断了,都还在卫生院里躺着,压根儿就不用干活儿呢!

……

天空浩大,高高在上,高不可攀;一轮烈日,天马行空,独立不羁。群山巍峨，一条大河奔腾。田野一层层绿，村庄一声声鸡鸣狗吠。

积满灰尘的三轮车上，我陷入沉思之中——

无论如何，我都要改变我的命运，改变一辈子面朝黄土背朝天的命运，改变一步步地成为大和尚抑或小和尚的命运。

怎么办？通过高考，唯有通过高考！即便头破血流，也值！

人活一辈子！

我的理想（梦想）飞向远方，飞上蓝天，飞翔在无垠的坚定与无限的激情之中。

五　走进鸟语与花香

生命不可承受之重

父亲和我一前一后走在鸟语花香中学的校园里。

我昂首挺胸,心潮大海一样地汹涌澎湃。

父亲一直低着头,手中拎着两瓶酒和两条烟。两瓶酒和两条烟严严实实地包裹在一个黑色袋子里。

黑色的袋子,"黑色"的掩人耳目,"黑色"的遮羞布。

烈日当空,一根根打在头顶上。

我暗暗发誓,这一次一定要马到成功,为大半辈子劳心劳力——大半辈子穷苦的父母长脸,借此报答他们的养育之恩。

"言在耳目之内,情寄八荒之表。"

地球这边,太阳在天空上欢笑;地球那边,月亮在天空上欢笑,星星在天空上欢笑。

宇宙载歌载舞起来。

我仿佛看见自己坐在宽敞明亮的大学教室里,我仿佛看见祖母看见我坐在宽敞明亮的大学教室里。

阳光下,一条癞皮狗开怀大笑起来,那条癞皮狗是我。

"上有蔚蓝天,垂光抱琼台。"

祖母在天上笑,笑出永恒的蓝天与永远的白云来。

天空——天堂。

祖母很快就要在天上笑了。

大操场上,一只白色的蝴蝶飞过去,一只黑色的蜻蜓飞过来。

我的心花一直在怒放,流光而溢彩,怒放在碧绿的大海之上的蓝天白云之上,怒放在祖母眼里与心中。

我扑哧笑出声来。父亲回头看了看我,一脸的病树与山重水复。我低下头,欢笑撕扯着嘴角。父亲转过身去,我看不见了他的眼神。

不知道从什么时候开始,我和父亲之间很少说话,几乎无话可说了,彼此之间的交流,差不多就只剩下眼神了。

眼神也是一种交流。

父亲大半辈子辛苦操劳一大家子,眼神——生命不可承受之重。

教学楼前,一个男生从我眼前走过,一群女生从我面前飘过,青春"美丽"激情,激情"美丽"青春,春风顿时在夏日里荡漾起来,春雨顿时在夏"日"下甘霖起来,一切有声有色,一切有滋有味。

烈日在上,父亲一言不发,我同样一言不发。

鸟语花香中学校园,鸟语花香,姹紫与嫣红一起绽放,绿色四处飞溅。一簇簇四季青,天地之间隐居;一排排挺拔的松树,一树树桀骜不驯;一棵棵高大的法国梧桐树,一把把遮阳伞,一把把温馨、阴凉。野花遍地,杂草蔓生,诗情而画意,气韵"意趣"情味。

天地之间,惊异粘连着美好,在我的心中接连不断地开放,一直开放到我的童年。

一朝沉默,永远沉默;一旦陌生,永远陌生

搓衣板小镇鸟语花香中学校园里,我走在父亲身后,走在流光溢彩的花

草树木之间,目睹他佝偻的背影以及闪耀在背影之上的黑发之中的一根根银丝,沉思起来,天高而水远,山高而路长,恍恍惚惚之中,我一步步地走进他的世界——走进一个农民父亲的世界。

父亲一年到头与泥土打交道,早就感觉不到花草树木之美了。

太阳高高在上,风雨喜怒无常。父亲的脑袋被太阳抽得生疼,被风雨打得开花。诗与画,早就远离他了;歌声,对于他来说是陌生与沉默。

一朝沉默,永远沉默;一旦陌生,永远陌生。

父亲一辈子面朝黄土背朝天,眼中的山水,是山,是水;心中的山水,同样是山,是水。

"稻花香里说丰年,听取蛙声一片",属于辛弃疾,不属于父亲。父亲的生活里没有诗情画意,只有微不足道的生存,活着死,死着活。

一只只蚂蚁。

"锄禾日当午,汗滴禾下土。谁知盘中餐,粒粒皆辛苦。"

多收一颗都是好。

田野,不仅是希望,还是失望。

无论丰收,还是歉收,一家人都要活下去——好好地活下去,能够越过越好就太好了。这是农民父亲的悲哀,这又何尝不是他们短暂而漫长的一生中点点滴滴的快乐呢?

往事随风而逝,过去终生伴随。

经年累月,父亲和母亲风吹雨打在田与地里,烈日炎炎在田与地里。

一次耕田,一不小心,铁耖之齿洞穿了父亲的脚背,赤脚医生处理之后,他赶紧穿上一双雨靴接着耖田。双抢、双抢,抢的是时间,抢的是粮食!大家都在忙,都自顾不暇了,只能自己上,硬上!一步步地,父亲将自己的生命踩在脚下,将一家人的命运扛在肩上。我不知道当年他是怎么熬过来的。岁月飞逝,沧海桑田,估计他自己都已经记忆模糊,甚至忘记这档子事儿了。

上有老,下有小,这对于他来说,是一桩小事,根本就不值得一提。

"雨足高田白,披蓑半夜耕。人牛力俱尽,东方殊未明。"
"双抢"(抢收、抢种)农忙时节,拔秧、挑秧、插秧、除草、割稻、打稻、挑稻,我也曾置身其中,热浪滚滚,热火朝天,备受折磨,备受煎熬。

从开始就盼着结束,可是,一直遥遥无期,越疲惫不堪越遥遥无期。

父亲屡屡语重心长地告诫我,一定要考上大学,只有考上大学了,才不会风吹雨打太阳晒,才不会起早摸黑,才不会和他一样遭罪,才不会和他一样被人瞧不起。

我之所以对父亲的教诲深信不疑,不仅仅是因为我对"遭罪"以及"被人瞧不起"有切肤之痛,还因为我非常向往外面的世界,不想一辈子窝在偏僻、闭塞的小山村里。我要以最体面的方式,最有尊严的方式,从灵魂与肉体的双重贫困之中冲出去。我要活出真正的人样来!

世上毕竟还是有不少好人的

我和父亲在鸟语花香中学校园里绕来绕去,终于绕到了高仁义老师低矮、破旧的单身宿舍。

高老师身材矮小,精气神十足,说话铿铿锵锵,极具感染力。

"孩子读书是好事,帮忙让他读书情理之中。"

"乡里乡亲的,帮这点小忙,多大点事呀!"

"我也是农村出来的,农村人家,有一个孩子读书都不容易,更何况你家还有三个。"

……

一束束阳光,射进父亲的眼里,射进我的心中。我的心窝温暖如春起来,父亲的眼睛明亮起来。

父亲死活要高老师收下烟酒,他死活不要。我肃然起敬高老师。父亲连声说他是一个好人。

高老师的的确确是一个好人,一个大好人,烟酒是借钱买的。我和姐姐、妹妹三个孩子一起读书,家里一贫如洗,学费几乎都是借的,年复一年,借了还,还了借……父亲爱面子,借钱——母亲去借,母亲同样爱面子。

"烟酒已经买了,退回去肯定会吃亏的,要不这样吧,带给洪老师,他是孩子的班主任呢!"高老师笑吟吟地说。

父亲连声说是。

我是一个地地道道的农家子弟,鸟语花香中学是我人生一大转折点,高仁义老师的一臂之力功不可没。与其说贵人相助,倒不如说医者仁心。"师者,所以传道授业解惑也。"尽管高老师没有"授业解惑"我,可是,"传道"了,做人之道。他的"传道",一次短暂而切身的"传道",刻骨铭心,一直影响着我。

口中除了苦,还是苦

风,不知道躲藏到那个犄角旮旯里,一起狂欢去了;大雨、中雨、小雨,集体失踪了,音信全无。

烈日下,肉体和灵魂掐上了,对掐,死掐。

在同乡高仁义老师的引领下,我们来到洪大毛老师家。洪大毛老师热情洋溢,两只眼睛放出灿烂的光来,寒冬腊月一把把柴火。父亲死活要他收下烟酒,他死活不要。我低下头去,我的脑袋大,头无比沉重。

"足蒸暑土气,背灼炎天光。力尽不知热,但惜夏日长。"

父亲是一个地地道道的农民,一辈子面朝黄土背朝天。天空一直在他的头顶上,高高在上,高不可攀;大地一直在他的脚底下,泥土味儿,草香、粪香,涌进鼻孔,涌上心头。

洪大毛老师的父亲同样是一个农民。

父亲一脸的笑,洪大毛老师一脸的笑。
笑比哭好,哭比笑好。
父亲比洪大毛老师大得多了去了,常年风吹雨打日晒辛苦操劳的缘故,满脸沧海桑田沟壑纵横,一笔一画,春夏与秋冬。

烈日击打得屋顶噼里啪啦直响。
"天哪,怎么能收学生家长的礼呢?"
洪大毛老师瞬间收敛一脸的笑容,掉头转身离开,三两步,端坐在客厅角落里一把古色古香的太师椅上。
太师椅让我想起了古代的私塾先生。
父亲屈身向前,走向太师椅,一步、两步、三步、四步,背驼得愈来愈厉害,愈来愈深重。
我浑身燥热,恨不得找个地缝钻进去,再也出不来了。
"洪主任,你就收下吧,这是家长的一番心意呢!你不收下,人家过意不去呀!"高老师舒展开紧皱的眉头来,笑呵呵地说。
冷风,在我的心里寒冷地吹了起来。
"天哪,既然我不收下,人家实在是过意不去,那么,我就勉为其难地收下吧!"
洪大毛老师笑吟吟地说,笑眯眯地接下父亲双手递过去的两瓶酒、两条烟。
我顿时口中好苦好苦。

"此情无计可消除,才下眉头,却上心头",直到今天,一回想起这一幕,口中除了苦,还是苦。
父亲铁骨铮铮顶天立地,又何尝不重颜面呢?只不过是为了我,纵使颜面扫地又何妨!儿女是父母的命。

一个大得出奇的酒糟鼻子

青山、绿水,漫天阳光,一只只蜻蜓,一只只蝴蝶。

洪大毛老师开始谆谆教诲我,一脸的庄严与肃穆,父亲不住地点头,我好不自在。你应该这样,应该那样,洪大毛老师越说越来劲儿。父亲的点头一下接一下磕在我的心坎上。

我的心坎上,祖母年岁已高,疾病缠身,卧床不起。祖母的心坎上,安息着英年早逝的祖父。

一束束阳光抱着青山与绿水射进来,青山与绿水团成一团团。

一只硕大的苍蝇载歌载舞在洪大毛老师的一张小脸上,红得发紫,紫得发黑。

奇怪!

那么肥美的苍蝇,弄来弄去,洪大毛老师怎么就没一丁点儿感觉呢?那么色彩斑斓的苍蝇,叫来叫去,父亲和高老师怎么就没看见,没听见呢?

洪大毛老师说个不停,你不应该这样,不应该那样。父亲的点头一下接一下戳在我的心窝里。

我的心窝里,祖母疼醒了,祖父紧跟着苏醒过来。

山水是阳光的婴儿,阳光是山水的母亲。

苍蝇骤然变绿,不断地变大,洪大毛老师无动于衷,仿佛脸不是自己的抑或自己本无脸;父亲和高老师依旧如故,给人感觉早就见怪不怪,习以为常了似的。

洪大毛老师的教诲没完没了,一直没完没了。烦死啦!

一束阳光冲进来,山水在阳光之中绽放,花儿一样红。

苍蝇覆盖、囊括洪大毛老师的脑袋,洪大毛老师的脑袋成了一只苍蝇,嗡嗡嗡;苍蝇覆盖、囊括洪大毛老师,洪大毛老师成了一只苍蝇,嗡嗡嗡。

我想大叫,接二连三打起喷嚏来。

洪大毛老师的教诲戛然而止。

洪大毛老师的脸上没有苍蝇,有一个大得出奇的酒糟鼻子,红得发紫,紫得发黑。

万水千山总是情

洪大毛老师领我去文科复读班教室,一路上笑盈盈的。父亲跟在他的屁股后面,一路上笑呵呵的。

一望无垠的天空上,飞过一只蓝色的大鸟。

洪大毛老师跷起兰花指,恍恍惚惚之中,蔚蓝、碧绿,我深感如临仙境,天大、地大、心旷而神怡。洪大毛老师对我指了指一排低矮、破旧的平房中的一间,匆匆忙忙地转身离去。

"人到情多情转薄,而今真个不多情"

父亲驼着背走了,驼背上一颗巨大的烈日,烈日火烧大地,大地一直沉默不语。

我不知道步步离去的他到底在想些什么,事后也从来都没有问过他。

世事古难全,聚散终有期。

有些事,一旦过去,就过去了;有些事,一辈子都绕不过去;有些事,想倾诉或者倾听的时候,已经晚了,来不及了。

江湖太大,太深;心中之江与湖,太"人到情多情转薄,而今真个不多情"。

人在江湖,心不由己。

这是一个人的悲哀,这又何尝不是一个人的无奈呢?

六　鸟语花香之"热烈欢迎鸟二哥董鸣鸟"

一个个小萝卜头

父亲和洪大毛老师都走了。

大山沉默不语起来,大海风平浪静起来。

我一步步地走近文科复读班教室,文科复读班教室恰似一锅沸腾的粥,我一步跨进去,教室里安静下来了。

讲台上面,空落落的;讲台下面,一个个萝卜,一个萝卜一个坑,一个坑一种生命境遇、一种心路历程。

天空上,一颗烈日高高挂起,轰隆隆四面与八方。

我站在教室里,不知道何去何从,心中一片茫茫然。

大大小小的萝卜,形状各异,用各种神情看着我,一个比一个"一往而情深"——

一个家伙,一双兴高而采烈的眼睛,一对牛铃铛,兴奋地发出牛铃铛的声音来。

一个家伙,一个硕大的鼻子,仿佛持续发酵的第三只眼睛,比另外两只眼睛还要犀利而深刻。

一个家伙,毛发一根根地竖起来,一束束冲天炮耀武而扬威;两只眯细眯细的小眼睛,在整齐划一的冲天炮的护卫下,岂止是气焰嚣张呀,简直就是飞扬跋扈!

一个家伙,两只眼睫毛贼长的眼睛在看着我,一张吞象大嘴巴也在看着我。

我在一个家伙眼里看见了一个又一个惊叹号,在另外一个家伙的眼里看见了一个又一个疑问号。这也就罢了!还有那么一个家伙,两只明亮的大眼睛里,"疑问号"和"惊叹号"飞快地轮流交替着。

一个家伙看见了我,如同看见了一只被耍得团团转的猴子,乐开怀,浑身每一个细胞都载歌载舞起来。真是的,我有那么可笑吗?一个家伙看见了我,恰似看见了景阳冈上被行者武松醉酒后活活打死的那只吊睛白额虎,两只斜斜的眼睛惊慌地、歪歪倒倒地瞪了出来,一根肥大的舌头从开张的嘴巴里爆了出来。真是的,我有那么可怕吗?

唉——

我是一个外星人吗?我是一个怪物吗?我不是人,我是一个精神病人?

生旦净末丑,这都是些什么人呀,莫非都跟我一样地糊里糊涂地去过精神病院?莫名其妙地吃过安定片?

我浑身直冒冷汗,深深地陷进对往事的回忆之中,风卷残云,雨打浮萍,镜头快速地向前推进着。

引火上身

几分钟之后,教室里议论纷纷起来。

"这人谁呀?人,一出世就见过;这人,打小就没见过。"

"见过父母,就算见过人了?井底之蛙,鼠目寸光!"

"一副滴溜溜乱转贼头贼脑相,要么是小偷转世,要么是流浪汉再生!"

"小偷转世,就一定还是一个小偷吗?流浪汉再生,就一定还是一个流浪汉吗?你这种思想太腐败,太腐烂,太封建主义了!"

"这人岂止是目中无人呀!简直就是目空一切,不是痴呆,就是疯子!"

"痴呆怎么啦?我们有几个不是痴呆呀?疯子怎么啦?我们又有几个

不是疯子呀？"

"一个个吃饱了撑的，裁布不用尺量——胡扯，我敢打天大的包票，这人百分之百是学校厨房师傅。我姐昨天晚上偷偷摸摸地告诉我，厨房来了一个师傅，气焰嚣张、飞扬跋扈，家里很有背景，江湖人称毛小毛。"

"你姐用得了偷偷摸摸地告诉你吗？神经病！师傅不在厨房待着，来教室干什么？抓几个上课吵闹的过去红烧吗？"

"来教室看我们饿不饿呀！"

"我早就饿得要死了，无论来的是天皇老子，还是虾兵蟹将，都太无关紧要了，要紧的是地理老师大发慈悲提前下课，这样就他好我好——哥俩都好了。"

"美不死你！"

"美死你！"

"这人穿的是什么玩意儿呀？T恤吗？"

"什么眼神呀？连衣裙、连衣裙！"

"穿连衣裙的，稀稀拉拉的胡子，怪鸟一只，爱死姐姐我了！"

"这人不是人，是一团火，大家说话千万小心点，否则的话，引火上身，必定死翘翘矣！"

"烧死我们？怎么可能呢？还没烧死我们之前，他老人家就自焚了！"

……

我一定要将自己从水深火热之中拯救出来

春花、夏日、秋风、冬雪。

我第一次复读时的班级，一个赫赫有名的县重点高中的文科复读班，一年三百六十五天，一直死气沉沉的，如同一个偌大的坟墓。

"风声雨声读书声，声声入耳；家事国事天下事，事事关心。"

入耳，入耳！关心，关心！

鲤鱼跳龙门,金榜题名;光大门楣,光宗耀祖。

我想"入"耳,可是,我已经身不由己了;我想"关"心,可是,我已经不由自主了。

拖拉机、拖拉机,轰隆隆的读书声,嗡嗡嗡、嗡嗡嗡,细针一样地穿刺在我的眼睛与心脏上,我心里在发慌,一直在发慌。我就要晕倒了。狂风暴雨、狂风暴雨,呼啦啦的翻书声,沙沙沙、沙沙沙,铁锤一样地敲打在我的精神与灵魂上,我喘不过气来,一直喘不过气来。我就要窒息了。

读还是不读?

读,读不下去;不读,无法和父母交代——无法和自己交代。

父母面朝黄土背朝天。

天在上,一直高高在上;黄土在下,永远低微在下。

岁月有心而无情。

我们的父母是广阔无垠的黄土地上,一棵棵默默无闻的稻子抑或麦子,终有一天,死于黄土,归于黄土,无影无踪,无声无息。

可是,旧病反反复复地发作,无论读,还是不读,都是死路一条。

风雨交加,电闪雷鸣,大地在沦陷,大海在沦陷,我深深地陷入大地,陷入大海。

一切都深不可测,一切都深不见底;一切都茫茫然,一切都惶惶然。

"执手相看'神经衰弱'与'精神强迫症'泪眼,竟无语凝噎。"

我屡屡逃离,于是乎,更被视作疯子了。

我开始妖魔化自己,开始恶心自己的所作所为,开始自己"精神病"自己;我越来越妖魔化自己,越来越恶心自己的所作所为,越来越自己"精神病"自己。

我自己视自己为疯子!

一旦自己心中都有鬼了,就不是鬼缠身,而是鬼缠心了。

要么一直坠落,坠入万劫不复之中;要么自己拯救自己,唯有自己拯救自己。

我不想坠落,我决不坠落,我一定要将自己从水深火热之中拯救出来。

宇宙起源于独立　世外桃源根源于纯真

"墙角数枝梅,凌寒独自开。遥知不是雪,为有暗香来。"

暗香。

梅有"独自开",我亦有独自开,我愈来愈与众不同起来。

唉,呜呼哀哉,"大江东去,浪淘尽",我疯了!

鸟语花香中学、鸟语花香中学,文科复读班、文科复读班,比应届班还要活泼泼,还要风生水起,呼啦啦漫天飞扬,一群乌合之众,吃饱了撑的闲得发霉、发臭,相互取乐、相互取暖、相互减压,天马行空,独立而不羁。

我站在教室里,深感自己陷入的不是一个教室,而是一个偌大的麻雀窝。窝里的麻雀,没有几只是脑子正常的。

"人以类聚,物以群分",南无阿弥陀佛,观世音菩萨保佑,我终于找到了内心深处渴盼已久的同伴,或者说同类。

真正的同伴是失散多年的亲人。

一旦相遇,则同病相怜;一朝相识,则相依为命。

"天下熙熙皆为利来,天下攘攘皆为利往。"

与其说我们被世界隔离了,倒不如说我们情之所至,在有限的范围内,力所能及地远离了熙熙攘攘的世界,远离了熙熙与攘攘。

在还葆有纯真的年龄,我们风云际会,"自娱自乐"地创造出一个小小的世外桃源来。

一辈子放牛，一辈子放牛娃

一缕缕阳光，飞舞进鸟语花香中学文科复读班教室，飞舞进一个小小的世外桃源，一个偌大的"麻雀窝"。

原来世界是这么美妙，这么美好！

我心，飞扬起来，绽放开来。

鸟二哥呀鸟二哥，你还叫什么"鸟"二哥呀！干脆叫"蠢"二哥得了！简直就是见所未见、闻所未闻，匪夷所思到了极点，如此之糟糕透顶的班级，一天到晚胡作非为，时时刻刻浪费大好光阴，你鸟二哥——蠢二哥居然还就喜欢上了！你——你们，还复什么读，高什么考呀？你们呀，一群不自量力、恬不知耻的小屁孩儿，都病入膏肓了！你们干干脆脆一起放牛去得了！一辈子放牛，一辈子放牛娃！

事实是最有发言权的。

那一年高考，"放牛班"考上了很多，包括一些重点大学，甚至名牌大学，创造了"空前绝后"鸟语花香中学文科复读班的奇迹。

"风萧萧兮易水寒"

我穿着一件火红火红的T恤，一束天外来客之火，熊熊燃烧在鸟语花香中学文科复读班教室里。

往事不是黑色的，也不是白色的，而是蓝色的。

第二次高考惨痛落榜，我无颜再见江东父老面，离家出走，路上，无可奈何之下，我仓皇逃窜到盐城四姨家。

几天之后，四姨的女儿和女婿——我的表姐和表姐夫，郎才女貌地一起过来看我。吃中饭的时候,我睁大一双眼睛,扫描来、扫描去。表姐夫恍然大悟,笑呵呵地从身上脱下才买不久的T恤来,恭恭敬敬地双手奉送给我。表姐夫牛高马大,我又矮又瘦,他的T恤我穿在身上,塞得进去两三个小巧玲珑的女生,姹紫与嫣红。什么是酷?这就是!

新学期新气象,鸟语花香中学第一天,我特意穿上这件火红火红的超大T恤。不到黄河心不死,不见棺材不落泪,"风萧萧兮易水寒",我这次求学,是抱着"不成功便成仁"的决心的。我已经复读过一次了,我要用火红火红的超大T恤来冲冲一身乌黑乌黑的晦气,从而一飞冲天,一鸣惊人。

"狐朋狗友"

"鸟二哥,鸟二哥!"我听见有人叫喊,东张张、西望望,是"狐朋狗友"之中的胡朋朋,人称虫三哥。"董鸣鸟,董鸣鸟!"我听见有人叫喊,定睛一看,是"狐朋狗友"之中的苟友友,人称刀四哥。

虫三哥胡朋朋和刀四哥苟友友,是我从天津打工回来插班龙潭虎穴中学文科应届班时的两个好朋友。

两个难兄难弟,就连复读都一直一条绳子上的蚂蚱,一起蹦蹦跶跶。

据说他们俩是穿同一条开裆裤长大的,一个馒头一直分着吃;据说他们俩的开裆裤都是破的,馒头都散发出来一股穷酸味儿。

据说他们俩喜欢过同一个女孩子,被同一个女孩子抛弃过;据说他们俩因此一起上吊,体重加起来二百五,绳子承重二百四十九,绳子断了。

鸟语花香中学这一年复读,虫三哥和刀四哥终于都考上了大学,一个专科,一个重点师范大学,棒打鸳鸯散,他们俩终于各奔东西了。分别的那一天,两个人抱头痛哭,哭着,哭着,一起蓝天白云般大笑起来。

虫三哥和刀四哥不约而同地飞窜过来,一左一右架起我就往教室后面冲撞起来。

"这是赫赫有名的鸟二哥董鸣鸟!"虫三哥说,"董卓的董,一鸣惊人的鸣,'鸟'立鸡群的'鸟'!"

"鸟二哥是过来复读的,是我们的同学!"刀四哥说,"敬请大家日后多多关照,多多关照!"

"天堂有路尔不走,地狱无门自来投"

日月星辰,天地乾坤无数人——天地乾坤一个人,一个人哭泣在心里,欢笑在心里。

感谢虫三哥,感谢刀四哥,要不是他们俩,我又要陷入"个人的历史"的短暂而漫长的沉思之中去了。

教室里再次七嘴八舌起来——
"原来是一正儿八经学生特能装神弄鬼!"
"正经什么呀?求求你,你就别侮辱'正经'这个词语了吧!"
"怎么就不是一个女生呢?男女生比例已经严重失调了,这下子,大爷我更没戏可唱了!"
"你就歇歇白日美梦吧,就你那歪瓜裂枣样,只有你'万红丛中一坨黑',你也没任何戏可唱。"
"原来是一只美丽的丹顶鹤!"
"还美丽的丹顶鹤呢!老人家我长得鼻子是鼻子,眼睛是眼睛,帅得要死死不了,这家伙长得比我老人家还成问题,丑陋的丹顶鹤还差不多!"
"你见过丹顶鹤吗?没见过就不要信口污秽长江成'黄河'!我姐前天晚上偷偷摸摸地告诉我,只要是只丹顶鹤就超级好看。"
"你姐用得了偷偷摸摸地告诉你吗?神经病!"
"你怎么老是掐我呀?"
"以其人之道还治其人之身,来而不往非礼也!"
"乌鸦、乌鸦,丑陋的乌鸦行不?"

"你说乌鸦就乌鸦呀?乌鸦是你同学,你是乌龟吗?除了乌鸦,就是乌龟,好端端的文复班被你活生生弄成了一个'乌'类动物园。钉是钉,锤子是锤子,小狗嘴里终究吐不出大象牙来!"

"原来是一只小小鸟,海阔凭鱼跃,天高任鸟飞,为何偏偏飞进文复教室里呢?复读,不是人复的;高考,不是人考的。天堂有路尔不走,地狱无门自来投!"

"原来是一个亦鸟亦人的鸟人。"

"你是一个猪头,他是一个鸟人,将来一不小心在一起了,弄出一个娃来,到底是叫猪头鸟人,还是鸟人猪头呢?"

"董卓鸟立鸡群一鸣惊人——董鸟鸣,这名字好是好,往我们中间一站,他老人家的的确确一鸣惊人,我们转眼间都成鸡了!"

……

前世今生瞌睡虫　千秋万代睡神

我被"狐朋狗友"架到座位上,最里面倒数第一排,长条桌破旧,长条凳嘎吱吱响。一个人靠墙趴在课桌上呼呼大睡,乳白色的口水汨汨而出。恶心!你不怕被自己的口水淹死,我还怕被你的口水淹死呢!"人固有一死,或重于泰山,或轻于鸿毛。"千万不能就这样死掉啦,果真如此,死得该有多么冤枉,多么猥琐呀!

兵临城下,战火即将纷飞,此君除了优哉游哉之外,仿佛什么都已经不复存在了。"泰山崩于前而不变色,麋鹿兴于左而目不瞬。"我好羡慕。人贵自知之明。我唯有羡慕。

我真心不愿意有这么一个同桌。是不是搞错了?同桌根本就不应该是这个概念呀,纵使不是一个貌美如花的女生,至少也不能是这副模样、这样德行的!可是,仅有这么一个空位子,我没有任何选择的余地。

"鸟二哥喜欢坐里面。"刀四哥幽幽地对虫三哥说,"咱们和前世今生瞌睡虫商量一下吧。"

"不说还就忘了,鸟二哥'窝在爱情遗忘的角落里好办事'呢!"虫三哥一脸的坏笑,"这还用得了商量吗?'脱裤子打麻将——多此一举'!"

虫三哥一下子就将前世今生瞌睡虫抱了起来,我赶紧坐到里面,虫三哥将前世今生瞌睡虫砸到外面。

虫三哥"力拔山兮气盖世",换了鸟二哥我绝对散架了,前世今生瞌睡虫依旧梦乡遨游,看样子早就上半身风花,下半身雪月了。无量天尊!这人实在是不简单,岂止是前世今生瞌睡虫,简直就是千秋万代睡神!

"热烈欢迎"

"大家热烈鼓掌欢迎董鸣鸟!"坐在我前面的男生噌地站起来。

"会说话吗?你!都已经是资深复读生了,还犯用词不当的低级错误。好意思吗?你!"男生的同桌紧接着说,"大家鼓掌热烈欢迎董鸣鸟!"

"热烈鼓掌欢迎"姓马名平安,绰号瓢,人称瓢六哥;"鼓掌热烈欢迎"姓牛名健康,绰号老实,人称鱼七哥。

鱼七哥,一对金鱼眼怎么冒都冒不出来,照样冒冒冒,没日没夜,昏天黑地。瓢六哥,从小痴迷于瓢虫,对瓢虫的世界了如指掌,恨不得自己成为瓢虫大家族的一员。

瓢六哥和鱼七哥是发小,一天到晚形影不离,两个人一个人似的。哥俩有事没事对掐。瓢六哥掐起鱼七哥来,不屈不挠、誓不罢休、气势汹涌;鱼七哥掐起瓢六哥来,有条不紊、循序渐进、心平气和。两个都闷葫芦子,还掐什么掐?一对火药桶子,掐着,掐着,不鸡飞狗跳、同归于尽才怪呢!

一株栀子花树

掌声响起来,热烈而长久,一个个的,也不嫌手疼。有鲜花就十全十美了,瓢六哥以迅雷不及掩耳之势,将两朵栀子花插到我的两只招风大耳朵上,我顿时光彩照人起来,美得很。

雪白栀子花,晶莹盛开,是冷不丁从一个女生头上扒拉下来的。

女生头上戴满栀子花,阳光漫不经心地照射进来,秀发乌黑似瀑,与灿烂的阳光相映生辉,女生仿佛一株栀子花树,明媚婀娜。

栀子花女生姓水名中央,绰号"宛在水中央",人称九妹,脸色苍白,一副弱不禁风的样子。

挪亚方舟

我走进教室都大半天了,教室里早就炸开了锅,同桌仍然酣睡淋漓,口水山洪暴发,泛滥成灾,一片汪洋大海。

恶心!

天哪,口水,还在流——还在流,再流,再流,鸟二哥我就被汪洋大海重重包围啦!

同桌稳如泰山在茫茫大海之中的挪亚方舟里,坚若磐石,"口水大海"陡然横空起来,一股脑儿倒进我心中。

太恶心了!

眼不见心不烦,我紧闭起双眼来。可是,一不小心我就黏黏扯扯上了。虽然我很想很想给同桌一巴掌,但是,于心不忍,于是乎,我狠踩同桌一脚,同桌一点反应都没有。

呜呼,升天了吗?

打雷 下雨

上课铃响起来,地理老师一步跨进教室。我酝酿、憋屈了大半天的喷嚏,不失时机地打了出来。地理老师应声倒退出教室。同桌一个冷战,醒了。

喷嚏接二连三,一声比一声雄壮,一声比一声威武,长江、黄河、尼罗河、亚马孙河,一发不可收拾。

地理老师踉踉跄跄地走上讲台。

"打雷了,要下雨了吗?"同桌死揉着迷迷糊糊的双眼。

哄堂大笑。

地理老师扶住讲桌。

好大一会儿之后,教室里才安静下来。

喧闹期间,地理老师一脸的风平浪静,一会儿抬头看看屋顶,一会儿低头看看脚上。

屋顶上,除了一只只苍蝇和一只只蚊子,什么都没有。左边脚上,两只苍蝇滋滋有味地交配;右边脚上,三只蚊子不可开交地三角恋。

经典

地理老师开始上课,地理老师姓罗名锁,上课"经典"三段论——

第一段,亲自出马"念课"十分钟左右,一种语气,一样的神情。

天地祥和,日月生辉。五分钟不到,教室里睡意沉沉一大片;七分钟不到,教室里昏昏入睡一大片。睡"美"人——睡美人,青春美少年、青春美少女,绿叶衬红花,红花更红,绿叶亦更绿。

罗锁老师高度近视眼,视而不见。

第二段,总结陈词(从而以逸待劳):大家早就都是复读生了,一个比一个资深,一个比一个元老!要学习的内容,早就都学习过了;要考试的内容,早就都考试过了!重复等于啰唆,啰唆等于重复,我就不再重复了,不再啰唆了。总而言之,言而总之,概括起来说,复读、复读,反反复复地读,反反复复地读。接下来的时间,你们就自己反反复复地读吧!

罗锁老师一总结陈词,声音就变了,荆棘丛生,刺耳,扎心,我们都不得不从睡梦——美梦之中醒过来,包括我的"口水大海"同桌。

我们开始反反复复地读,有摇头晃脑的,有一本正经的,有豪气冲天的,有声若蚊虫的……

突然间,我的同桌呼噜声响起,震天动地。

不一会儿工夫,呼噜声此起彼伏起来——

有呼噜"大弦嘈嘈如急雨",有呼噜"小弦切切如私语",有呼噜"嘈嘈切切错杂弹,大珠小珠落玉盘",有呼噜"间关莺语花底滑,幽咽泉流冰下难",有呼噜"冰泉冷涩弦凝绝,凝绝不通声暂歇",有呼噜"银瓶乍破水浆迸",有呼噜"铁骑突出刀枪鸣"。

最不可思议的是,竟然还有呼噜打起嗝来,还有呼噜放起屁来!

罗锁老师一对小巧玲珑耳,充耳不闻。

第三段,众声喧哗,我们自己背书。

叶公好龙,滥竽充数;刻舟求剑,拔苗助长;一叶遮目,掩耳盗铃;井底之蛙,夜郎自大;缘木求鱼;自相矛盾……

罗锁老师坐在讲台上,睁大眼睛——瞪大眼睛,两只耳朵呼风唤雨,整个人梦乡之中神游。

罗老师不下一百次谆谆教导、循循善诱我们,背书,声音越大越有效果。

黄河在咆哮,长江在怒吼,浪打浪,一浪高过一浪。

一段时间,刀四哥热衷于模仿罗老师上课,第二天有地理课,头一天必定模仿,与罗老师第二天的上课内容以及语调以及神态一个模子刻出来的。时至今日,一想起罗老师就扑面而来刀四哥,两个人的地理课在脑海里掐架,分不清谁是罗老师,谁是刀四哥。地理课原本就令人昏昏入睡,刀四哥这么一搅和,不睡都对不起一天到晚沉重的脑袋了。

噩梦

鸟语花香中学读书期间,罗老师的"总结陈词"是我们共同的、巨大的噩梦。

我们捉摸不透他的奇特而怪异的"变声",为之苦恼不已。

一天,我们的胖师母,一袭白色的长裙,冲进教室,对罗老师一通破口大骂。

天哪,师母的声音和罗老师的"变声"几乎一模一样!

师母上下几千年、纵横几千里大骂的时候,罗老师站在三尺讲台上,嘴唇翕动着,发不出声音来,口形与师母一模一样。

震耳欲聋

大江东去,大浪淘沙,往事在目、在耳。

突然间,呼噜声响起,震天动地。

每次都是他,每次都是他!最遭殃的是我,我是他的同桌。震耳欲聋、震耳欲聋呀!

罗老师双手靠在屁股后面,慢慢悠悠地走过来,一只肩膀高,一只肩膀低。我赶紧扯起嗓子来背书,掩护我的同桌。罗老师走到跟前,看着我,完全无视我的同桌肥大的存在。

有没有搞错呀?

没有搞错!

几十次下来,我恍然大悟——

罗老师是嫌我的声音太突出了,太震耳欲聋了,太不利于整体上的和谐了。

罗老师转身离开,一只肩膀更高,一只肩膀更低。

"疼!"我的同桌在睡梦之中呻吟起来。

"肚子疼吗?"我说。

"耳朵疼!"瓢六哥说。

"我的耳朵也疼!"鱼七哥说。

"你们就不能小点声吗?头疼死了!你这样,极大地降低了我的睡眠质量,知不知道呀?"我的同桌揉了揉迷迷糊糊一千年的眼睛,接着一万年沉睡起来。

屁股破墙而出

我一个天大而地大的喷嚏,将酣睡之中的同桌打醒了。同桌的口水江河湖泊溪流,同桌抹了抹,糊一脸的长江、一脸的黄河,长江与黄河拉拉扯扯,哈欠连天,锈迹斑斑。

岂止是恶心呀!简直就是恶心死人!

"你是谁?你是怎么进来的?"同桌感觉到了我的存在,大声嚷嚷起来,一股口臭扑面而来,跋扈、嚣张,击打得我头昏脑涨。

"我是人——我是新人——我是新来的学生,我是从门外进来的。"我扭头呕而不吐。

"这还用说吗?你必须是人!你只能从门外进来,不能从门外出去!问题是你是怎么到我里面去的呀?我明明是靠墙睡着的!"口臭冲进耳朵,从口中奔腾出来,我昏天黑地起来。

"破墙而入的。"我背对同桌。

"你很幽默,我非常舒服,我也喜欢猫在里面发展第二、第三产业,换了别人,我才不乐意换呢,你小子例外!"口臭击打得后脑勺发出碎裂声来,我就连死的心都有了。

"小点声,地理老师会听见的!"我猛地转身。

"地理老师以为我们在大声地背太平洋,高兴都来不及了!"同桌凑上来,笑嘻嘻的。

天哪,嘴巴都快亲吻嘴巴了!

我屁股破墙而出。

七　超世界一流吃货猪五哥

一副光辉形象

　　我的同桌姓朱名时务,绰号死肥猪,人称猪五哥,中等身材,肥得令人乍一见瞠目结舌。

　　猪五哥是我在浙江慈溪遭遇的牛高马大的"三臭大汉"(脚臭与口臭与狐臭),两头挤压,挤压,再挤压而成的。

　　祸不单行!

　　你说我这人怎么就这么命苦哟!一个口臭也就罢了,还俩!那一个,命苦归命苦,同床(不共枕)一夜;这一个,同桌一年、一年哪!

　　你不命苦谁命苦呀?

　　说什么人话呀?为什么单单就我命苦呢?

　　因为没有任何一个人愿意和猪五哥同桌,所以才剩下这么一个空位子。有总比没有好,知足吧你!谁叫你愚蠢至极一时冲动离家出走,从而姗姗来迟呢?要不,你去换别人和猪五哥同桌试试?不要说门,就连门缝都没有!阿弥陀佛,菩萨保佑,你就认命吧,小和尚!

　　小和尚?

　　小和尚命苦!

　　猪五哥之所以成就出来这般一副光辉形象,一小半是因为天生,一大半是因为吃。天生的,想改变都改变不了,他确凿无疑是他父母吃饱了撑出来的。后来的,就只能怪自己了。你就不能少吃点吗？少吃多餐,有利于身体健康；多吃多餐,一直吃,一直餐,不肥才怪呢！

我和猪五哥同学同窗不到一年,最刻骨铭心的是,猪五哥同志一天到晚除了吃,还是吃。

唉——

吃吃吃,吃吃吃,一头死肥猪,长此以往,总有一天不活活撑死才怪呢！

呜呼哀哉！

"降压饼干"与老鼠下崽

一天上课,猪五哥埋头吃饼干,吧唧吧唧,口水一直下流。

语文老师,姓——米,名——是金,大踏步地走过来,高跟皮鞋踩出哐当哐当声,撒下一地的鸡毛,飞起一路的艳羡来。

我用胳膊肘捅猪五哥。

"我吃饱了,你再吃也不迟。"

天哪,你猪五哥吃饱了,我鸟二哥还有的吃吗？我就从没见你吃饱过,活脱脱一百〇一个饿死鬼转世！苦海无边,回头是岸,再不悬崖勒马,你小子就西瓜淌水——坏摊啦！

米是金老师婀娜到猪五哥跟前,一根修竹玉立。猪五哥皱了皱眉头,抬起沉沉的头来。

班上的一个男生,小巧玲珑,鸟语与花香,因此,被大家昵称为"鸟语花香"。鸟语花香的一根别针红绿相间,掉到了地上,我们都听得一清二楚。

米是金老师一直看着猪五哥,猪五哥一直看着他。

"站起来,朱时务同志！"米是金老师败下阵来。

"你刚才说什么呢？"猪五哥一字一顿,"大言不惭！我和你是同志吗？我和你什么时候志同道合过？我和你向来都是志不同、道不合的！"

"你——"米是金老师一枚"定海神针"定心,"朱时务同学,请你站起来。"

"这还差不多。"

猪五哥慢腾腾地站起来,一打"降压饼干"掉到了地上。

最受校门口小店欢迎的顾客是猪五哥,猪五哥一天到晚马不停蹄地吃饼干,小店老板娘一见到他,就笑成了一朵古色而古香的鲜花。小店老板娘半老徐娘,风韵犹存,最是甜言蜜语,最是花言巧语,能将月亮说成太阳,会把星星说成太阳和月亮,私下里,我们称之为"饼干西施"。

一天晚上,大混合寝室里,面对鸟语花香非常之鄙夷的"娇滴滴:滴水"的质问,猪五哥振振有词——

"压力天大、地大,比一百个宇宙的大妈加起来还要大,吃饼干可以减压,可以降压!大家都不信,是吧?试试呀,不试不知道,一试吓一跳,岂止马到成功,简直就是一针见血,一剑封喉!我以我的脑袋保证,如若不能'降压',脑袋轰隆隆地上西天!"

你也有压力,怎么可能呢?除非北极一屁股坐进南极,赤道被压缩成了一块天大地大的压缩饼干!一天到晚,吃饱了撑的,闲得无聊至极,除了呼呼大睡,就是吃、吃、吃!还美其名曰"降压饼干"呢,我呸,一百个老太太靠墙喝稀粥——一百倍卑鄙、无耻、下流!

猪五哥好不容易弯下腰去,好容易捡起来"降压饼干",昂起首,挺起胸,吞咽下去——残存在金口之中的"降压饼干"。

"你就不能下课才吃吗?"

米是金老师紧锁双眉,一簇眉毛黑烟,一簇眉毛黑雾,烟雾在教室里缭绕起来。

"下课也没闲着呀!"

猪五哥鼻孔朝天,鼻毛气焰飞扬,一根、两根、三根……七根是乳白色的,剩下的都是死灰色的。

米是金老师朝一头死肥猪猪五哥弯下小蛮腰去,猪五哥显露出一副厌恶的模样来,轰隆隆地往里避让。

　　呜呼哀哉,可以悲剧,不能这么悲惨,猪五哥活活地将我挤成了一块"一堵墙壁"与"一头死肥猪"之夹心饼干之"奶酪铁饼心"。

　　疼死啦,一头死肥猪!

　　"你——裤裆怎么湿了?"米是金老师低声说。

　　"我尿尿了!"猪五哥低头看了看。

　　一头死肥猪猪五哥的文具盒里装满饼干,课桌里饼干成堆。米是金老师的两颗眼珠子惊诧不已,摇摇欲坠。幸好他没有检查猪五哥的书包和口袋、裤袋,要不,他的两颗眼珠子是会夺眶而出的,飞弹一样。

　　"朱时务,识时务者为俊杰,长此以往,你的课桌里是会老鼠下崽的!"米是金老师转身大步流星起来,哐当哐当……

　　米是金老师金口不开则已,一开就灵。几天之后,老鼠还就真的在课桌里下崽了。赤橙黄绿蓝靛紫,儿孙满堂一大窝子。不在猪五哥那边,而在鸟二哥这边。老鼠精、老鼠精,精着呢!那边粮仓,这边卧室,井井有条。

　　"子子孙孙无穷尽矣",也就罢了,还拉屎、撒尿!嘿,一石二鸟,卧室兼上厕所了!幸好老鼠屎不仅小,还干得快,有伤大雅,无伤大碍。

死于吃饱了撑的

　　米是金老师回到讲台上,一棵梨树,梨花盛开——梨花凋谢,渐渐石化成为一棵亭亭玉立的化石。

　　我们随之石化,除了一头死肥猪猪五哥。

　　好戏才刚刚开始呢,看戏、看戏,一只老鼠从洞中探出贼头贼脑来,一群老鼠从洞中探出贼头贼脑来,不怕更热闹,就怕不热闹,热热闹闹一大家子!

"朱时务,'生于忧患'下一句是什么?"米是金老师恍恍惚惚地从另外一个世界回归,冷不丁开口把话说。

"米老师,死于吃饱了撑的!"

"答对了!"

猪五哥笑成一朵花。

"不对,是吧?"米是金老师说。

猪五哥两根肥大的鼻涕。

"牛头不对马嘴!"米是金老师说。

猪五哥抹平鼻涕。

好戏、好戏,千载难逢,不看白不看,看了之后,笑口常开,长命百岁!

鸟语花香中学最热闹的是文科复读班啦,一群死猪不怕开水烫,我们爱死了!文科复读班最好玩的是一个准姐夫和一个准小舅子。一个特别是东西,一个特别不是东西。绝配呀!不是冤家不聚头。一旦冤家聚头了,我们这些观众与听众的心就开啦,我们的好日子就来啦!

一只老鼠比一只老鼠兴致勃勃,一只老鼠比一只老鼠心花怒放。

凡事过犹不及。

一只年轻漂亮的母老鼠(我们称之为"阿花")笑盈盈地离开鼠洞口,乐盈盈地走进教室。

"危险!"

一只苍老的公老鼠苍凉地言毕,使出浑身残存的所有力气,拽回来阿花。

"危险啥呀?小题大做——大惊小怪的,不就一群惹鼠笑的弱智的疯子吗?"阿花美滋滋地说。

"你知道个屁呀!黄毛小丫头一枚!他们窝里斗归窝里斗,对我们这些动物下起手来,可团结了,尤其是对我们这些鼠辈之流,那是见一只活生生地整死一只呀!"一只早泄、阳痿的中年公老鼠吱吱叫起来。

"太可怕了,我再也不看他们的热闹了,无量天尊,我还是回洞里调戏调戏隔壁老王的隔壁老王的隔壁老王,消消闷,解解气吧!"

阿花一边说,一边跳过那只救了它一只鼠命的苍老的公老鼠的尸体。

呜呼!
米是金老师在讲台上走来走去,好几次,差一点就一脚踩空了。

唉,米老先生已经被折磨得心神不定了!
唉,无论换了谁,谁都会心烦意燥,心慌意乱呢!
踩空多好呀!一踩空,脚就又崴啦!
你这人,也真是的,你这不是落井下石吗?
我不落井下石,谁落井下石?

天空蓝色与白色,倾泻下阳光来。
大江与大河生动活泼起来,溪流紧跟着活泼泼起来,大山不甘示弱,流光溢彩,豪气冲天。
美人山,鸟语花香中学背后的一座小山,淋浴在光线之中,仿佛一丝不挂。

"朱时务同学,请问'生于忧患'的下一句到底是什么?"米是金老师安定下一颗心来,高声说。
"'死于安乐'。"我捅了捅猪五哥,低声说。
猪五哥"落花无言,人淡如菊"。
"朱时务同学,请你认真地回答问题!"米是金老师看着猪五哥,目光幽深而悠远,令人不由得不心生疑虑——猪五哥到底是一头死肥猪,还是他的大美人姐姐朱美美?
"安乐死。"猪五哥猪头猪脑,含糊不清地说。
"这下对了!"米是金老师笑盈盈的,"完全正确!"

我喷猪五哥一鼻子鼻涕,猪五哥抹干鼻涕,喜上眉梢。

米是金老师一直仰着脖颈,一言不发。
我们一个个抬起头来,除了一头死肥猪猪五哥。
天花板上,不要说一个朱美美的倩影了,就连一头死肥猪的美貌都没有,苍蝇倒不少,一只比一只肥大,一只比一只五彩斑斓。
莫非大美人朱美美前世是一只光彩照人的苍蝇?
估计是脖颈累惨了,米是金老师低下头来,我们紧跟着低下头来。
猪五哥趁机在嘴巴里塞满了饼干。

"'后天下之乐而乐'的前一句呢,朱时务?"米是金老师甩开嗓门。
"先天下之'吃'而'吃',米老师!"猪五哥喷出饼干来,不停地咳嗽着说。
"吃,吃,吃,就知道吃!"米是金老师一蹦多高,"我米是金老先生教书多少年了,还是第一次遇到你这样超世界一流的吃货!"
如今回想起来,"吃货"这个词语,是我高中第二次复读时的语文老师米是金老先生气急败坏之下信口雌黄出来的,只不过好长时间之后才流行起来罢了。

"生当作人杰,死亦为鬼雄"

艳阳当空;远山,近水,金色世界、银色世界。
宇宙孤独,一枝花,楚楚动人——楚楚可怜。

在猪五哥的一通刺激下,鸟语花香中学文科复读班叽叽喳喳,东倒西歪一大片。
"别说话了,都给我坐好了,自己看书!"米是金老师声色俱厉,"这书,米老先生我再也教不下去了!"

我们第一次看见亲爱的米是金老师发这么大的脾气,一个个端坐起来。

蓝天成为白云的舞台,白云成为蓝天之上的舞者。米是金老师踱出教室,融进蓝天白云之中。

我们低下头去看"语文书",发现"语文书"瞪大眼睛看着我们,我们吓得心跳不已起来,怒火从"语文书"两只眼睛里喷出来,一条条神龙、一只只猛虎。

"我没有惹敬爱的米是金老师生气呀!"
"我没有惹亲爱的米是金老师生气呀!"
"怕死我了,我胆小如鼠、贪生怕死呀,您老消消气吧!"
"一头死肥猪才是罪魁祸首!"
"我不想做一只死得不清不白、死得冤枉的替罪羊呀!"
"死不瞑目!"
"死无葬身之地!"
……

一头死肥猪,你是痛快淋漓了,可怜我们小葱拌豆腐——一清二白,一个比一个极度无辜地成了你极其廉价的牺牲品了!交友不慎呀!怨不了天,怨不了地,要怨也只能怨自己。既然活该倒霉,那么就认命吧!不过,死也要死得干干脆脆——痛痛快快的,毫不拖泥带水!

我们做好了莫名其妙地壮烈牺牲的准备,孰料计划不如变化,"语文书"突然间泪如雨下起来。

"求求你,求求你,别哭啦,别哭啦!"
"你伤心,我比你更伤心呀!"
"我们敬爱的米是金老师,对我们有多好,我们有多么喜欢他,虽然我们嘴上都没有说出来,但是,深深地埋藏在心底呢!"

"亲爱的米是金老师!"
……

唉——

可怜"局外之人与局外之书"都已经如此之伤心欲绝,如此之热火朝天了,更何况"局内之人"米是金老师呢!

局外人终归是局外之人。

局内人米是金老师走进教室里,满面春光,一枝枝花漫天飞舞,给人感觉初吻抑或被初吻了一千年似的。

"语文书"破涕为笑,我们随之开开心心起来。

我们岂止如释重负呀,简直就是死里逃生,一会儿就要被吓死了,一会儿就要伤心死了!

一枚小作者黄鹤鸣呀一枚小作者黄鹤鸣,我是神人,你比我还要人神呀!

啊,我只是人,只是一个人呢!

"语文书"再怎么"语文",都只不过是一本书而已!天方夜谭,聊斋志异!一本书瞪大眼睛,一本书破涕为笑,怎么可能呢?胡说八道!脑子进一万只癞蛤蟆了!

一字一乾坤,一本书一个人——一颗心呢!

书之心——书心?

对呀,除了书心,还有文心呢!

文心?

"登山则情满于山,观海则意溢于海",文心雕龙呀!

无论雕龙的文心,还是一本书的书心,都是一颗心吗?

当然呀,不仅都是一颗心,还都是一颗颗人心呢!语文书,语文心;数学书,数学心;英语书,英语心……

别说啦,哪来那么多口水废话?你还真以为我和鸟二哥一样榆木脑袋不开窍,擀面杖吹火——一窍不通吗？历史书,历史心；地理书,地理心；动物学书,动物心；植物学书,植物心；生理卫生书,一颗生理卫生一样的心！

免费沐浴露

"富家不用买良田,书中自有千钟粟；安居不用架高堂,书中自有黄金屋；出门莫恨无人随,书中车马多如簇；娶妻莫恨无良媒,书中自有颜如玉。"

米是金老师接着上课,米老先生上课两大特色——

一、字力道大,龙飞凤舞,比狗爪子爬的好看多了；二、声音高亢、激昂,唾沫八面纵横,漫天发光、生辉。

前几排的同学双重沐浴粉笔灰与唾沫水,天长日久,除了一个男生（绰号毛大头）,都变得更加好看了,尤其是女生。免费沐浴露呀！能不有所改观吗？毛大头坐在第一排正中间,一直仰着一个大头,搞不清是在听课,还是不在听课,搞得清的是全盘"双沐",头日益见大,脸越发难看起来。

一枚跟屁虫

下课之后,猪五哥一直欢笑着,浑身的肥肉一颤一颤的,抖出一只又一只肥美的癞蛤蟆来。

"你小子是不是故意气米老师的？"我火大了。

"我有你那么笨吗？"猪五哥得意扬扬。

"你再说一遍！"

"岂敢,岂敢！"

"死于吃饱了撑的——安乐死,你呀你,真的是太过分了！"

"大爷我姊妹两个,只有一个姐姐,没有一个妹妹,姐姐对我可好可好了,一个巴掌拍不响,两个巴掌如胶似漆,我们俩一个人似的。原本大爷我是我姐姐的跟屁虫,孰料半路上杀出一个程咬金——一个小屁孩,莫名其妙地和我姐好上了,取而代之大爷我有事没事一天到晚屁颠颠地做我美丽的姐的跟屁虫。好景不长,好景不长呀!以前我姐眼里只有一枚英俊潇洒的大爷我,现如今只有一枚歪瓜裂枣的小屁孩米是金。破镜难圆,破镜难圆呀!大爷我早就可气可气了,刚才只不过是小报复报复而已,好戏——大戏还在后头呢!"

猪五哥语气沉重至极,给人感觉压根儿就不是一头死肥猪,而是一座山,泰山,泰山压顶。

爱与恋启蒙老师

"天大"的癞蛤蟆,一只只"地大"地死掉了。

一头死肥猪猪五哥一直等待着我的共鸣,我一直面无表情,他都要哭了,我说:"有这个必要吗?大水冲了龙王庙——一家人'过不去'一家人!有道是,大人大量,小人小气包。你都高考过了,还如此没见过世面;你都复读生了,还这样想不开!米是金老师做你姐的跟屁虫,你做他老人家的跟屁虫,不就得了!"

"言之有理!"猪五哥欢天喜地。

"鸟二哥出马——人仰马翻!"我自鸣得意。

"不对呀!小屁孩米是金跟屁虫大爷我姐,大爷我跟屁虫小屁孩米是金,我和我姐中间不是还有莫名其妙的米是金莫名其妙地隔着吗?这不是驴子换成骡子——照样不是马吗?"猪五哥垂头丧气。

我皱起两大簇眉毛来,猪五哥一头的凌晨五点零五分零五秒的雾水。

"不要张口大爷,闭口大爷了,天地君亲师,人家不仅是你亲姐夫,还是我们'包'老师呢!"

"二大爷,可以不?"

"不可以!"

"小爷小爷,总可以了吧?"

"只要是爷,就都不行!"

"不对呀,米是金——米大老师人影子都不在这儿呢,大爷我再怎么'大爷',他老人家都不知不觉呀!"

我拿眼睛瞪猪五哥。

猪五哥醍醐灌顶,大叫起来:"鸟二哥您也是我的老师,我至亲至爱的启蒙老师,您才是我大爷,我最亲最爱的大爷!"

"大爷我启蒙你什么了?"

"爱与恋!"

天哪!

是我主动收你为徒,"爱与恋启蒙"的吗?是你死皮赖脸、死缠烂打,拜我为师的!多少年苦练的功夫,一次性地几乎都倾囊传授了,除了最后一招必杀技。猫教老虎,还有所保留"爬树"呢!不要脸!大庭广众、众目睽睽之下,嚷嚷什么呀?太丢脸了!

捅

我捅猪五哥。

猪五哥大叫起来,被杀似的。

"叫什么叫?大爷我总共捅了你三次,一次比一次温柔,该叫的时候一次都不叫,不该叫的时候叫叫叫!"

"第一次,我不是正在吃一堆饼干吗?第二次,我不是正在逗一枚小屁孩米是金玩吗?我感觉不到任何疼痛呀!关键的问题还是,您老人家怎么老是捅同一个地方呢?树挪死,人挪活,您老就不能换个地方捅捅?傻不傻呀您!"

这一次可是你自己叫我捅的啊!世上,大有人在寻找丢失的鸡、丢失的鸭,大有人在找寻丢失的介于鸡与鸭之间的鹅。居然还有"找捅"的货色!真的是林子大了,什么货色的鸟都有!

我捅一下猪五哥的屁股。

"挠痒痒!"猪五哥笑嘻嘻的。

我使劲捅两下猪五哥的胸脯。

"痒痒挠!"猪五哥笑呵呵的。
我往死里捅个不停猪五哥的腮帮。
"痒痒,痒痒……"猪五哥笑吟吟的。
真人不怕假打,真金不怕火炼!

八　神人与美人

人神　神人

米是金——米老先生说什么自己教书多少年了,纯属一枚小屁孩瞎掰,他才从"钢铁饭碗师范学院"毕业不久。

"迟日江山丽,春风花草香。泥融飞燕子,沙暖睡鸳鸯。"

米是金老师不是一个人神,是一个神人。他毕业教书一年下来,双丰收:风光和浪漫。教学成果优秀倒还是其次,关键是,七搞八搞,搞定了一个十几号人都搞不定的女同事。

这个女同事是猪五哥的姐姐朱美美。

当时,女教师凤毛麟角,是珍品,更是奇品。

朱美美身材高挑,皮肤白皙,脸蛋活泼泼"一江春水向东流",那叫一个美!

文心雕龙

"轻罗小扇白兰花,纤腰玉带舞天纱。疑是仙女下凡来,回眸一笑胜星华。"

白兰花,舞天纱;仙女下凡,回眸一笑。

猪五哥牢骚满腹——

姐姐活生生一个大美人,国色天香,名字竟然叫得如此之阿猫阿狗,如此之小家子气,如此之俗不可耐,如此之肉麻兮兮,简直就是太糟践人,太对不住美了!要是什么都听他的,要是姐姐一出生就叫他呕心沥血出来的那些名字,该有多么美,多么美好呀!

一头死肥猪,你睁着眼睛说瞎话,瞎话都被你说瞎了,你比你姐姐小那么多,你姐姐出生之后,到底是叫阿猫,还是叫阿狗,什么时候轮得上你操心了?这世上有没有你还待定呢!

我问猪五哥,你给姐姐取的名字是?
猪五哥兴奋地说,不止一个好名字啦,朱美好、朱美丽、朱美貌、朱美人、朱美白、朱美味……
天哪,还朱美味佳肴呢!
猪五哥接着说,都非常美妙吧,比我妈取的强得多了去了,是不是呀?
你妈取的都是些什么呀?
一个比一个糟透了,朱宝贝、朱宝珠、朱宝玉、朱宝器、朱宝马……
天哪,还宝马良驹呢!唉,真的是有其母必有其子呀!

朱美美这个名字是谁取的?
我爸启发的!
你爸——启发的?
起初,我爸给我姐取的名字是朱妹妹。虽说俗了点,但充满了乡村泥土气息。我那个亲妈不干了,天天那叫一个闹呀!别看我爸一辈子老实巴交的,经常被我亲妈欺负得上气不接下气,屁滚尿流!可是,他一旦倔强起来了,屁股都能撅上天,玉皇大帝都摁不下来!我爸一生最大的梦想就是能有一个亲生的女儿,一生最引以为自豪的事情莫过于给亲生女儿取名字了!我妈闹什么闹?我爸开弓不回头,一锤定音!我妈死死活活地没辙了,不得不哭哭啼啼地缴械投降了!好事多磨,孰料我姐一上小学,小学语文老师红小发就自作主张地将我姐的名字改成朱美美了。尊师重道,我爸这一辈子最尊敬的人就是老师了,他有辙等于没辙,不得不哭哭啼啼地妥协了。

(红小发纯属吃饱了撑的!)

你的名字是谁取的呢?

我爸呀!

朱时务——识时务者为俊杰,和给你姐取的"朱妹妹",一个天上,一个地下,无量天尊,都是一个爸取的吗?

我呸,我只有一个妈,怎么可能有好几个爸呢?

这不合情理呀,一个非常文雅,一个我就不说了。

民以食为天,我爸起初给我取的是朱食物。我爸一口唾沫一颗钉。我妈没戏可唱了。孰料我一上小学,小学语文老师黑大毛就自作多情地将我的名字改成朱时务了。我爸不得不举起双手投降了。

(黑大毛太自以为是,太矫情了!)

你对你自己的名字满意吗?

满意个屁呀!

你希望叫些什么?

朱文静、朱文雅、朱文采、朱文典、朱文学、朱文艺、朱文明、朱文韬武略、朱文心雕龙……

打住,打住,你大驾光临人世间之后,你妈打算你叫些什么玩意儿呀?

朱东东、朱西西、朱南南、朱北北、朱中中!

你妈是不是喜欢打麻将?

贼喜欢,人称牛输记。

你妈是村干部?

一听就知道是个麻将盲,我妈一打麻将就输个精光,因此人称牛"输"记啦!

那还牛什么牛?

我外婆姓牛,我妈当然"牛"输记呀!

你妈和你外婆都如此牛轰轰,你外公去哪儿了?

我外公倒插门!

考考察察与考考验验

> 竹外桃花三两枝,春江水暖鸭先知。蒌蒿满地芦芽短,正是河豚欲上时。
>
> ——苏轼《惠崇春江晚景》

猪五哥家离学校不远。朱美美和米是金老师的恋情一不小心浮出水面。三天两头,猪五哥母亲飞蹿进学校,一只麻雀加一只乌鸦(合称"麻乌"抑或"乌麻"),死活赖着不走,考考察察与考考验验米是金老师。考察金钱,考验权力。

朱美美烦都烦死了。

我的个亲妈,没必要日日夜夜考察呀!有必要时时刻刻考验吗?你这样瞎搅和,我还谈得了什么恋爱呀?不谈了,不谈了,再也不谈了,一个人过,一辈子一个人过!

米是金老师处于水一样地深、火一样的热之中。

我的个准亲妈,没必要一而再,再而三地考察呀!有必要一直考验吗?您这样古道、热心肠,我还怎么和您女儿谈恋爱呀?谈、谈、谈、谈、谈、谈,一辈子和一个人举案齐眉、相敬如宾!

一头死肥猪猪五哥可乐可乐了——

考察好!考验妙!

烤死你!

一枚小屁孩米是金!

种

猪五哥的母亲特级徐娘而超级风韵,一枝花热烈奔放,十分艳丽搓衣板小镇渺小而博大的时间与空间。

要么猪五哥和他大美人姐姐不是一母所生,要么他的大美人姐姐是真传,他是种的变异——"离谱"与"传奇"的变异。

若干年之后,我们才知道猪五哥是抱养的。他是他大伯最小的孩子。大伯别无所长,擅长在一亩三分地上辛勤耕耘,一口气播种出六个活蹦乱跳的儿子来。一个本分的山村农民家庭,原本贫穷,这下子穷寒上了。大伯家实在是养不起了,万般无奈之下,最小的儿子一出生就送给了最小的弟弟——猪五哥的父亲。

"树欲静而风不止,子欲养而亲不待。"

临终时,大伯苦苦挣扎着将猪五哥叫到床前,告诉了他隐瞒了将近四十年的真相。猪五哥一声爸。大伯回光返照,死了。

最美丽的风景线——最美妙的配乐

碧玉妆成一树高,万条垂下绿丝绦。不知细叶谁裁出,二月春风似剪刀。

——贺知章《咏柳》

米是金老师白面书生,比十个少女还要水枝、嫩叶,非常杨柳腰,比一百个处女还要临风翩翩起舞。

可是,女朋友朱美美比他还要高,高不少。这、这也太不像话了吧,成何体统!

唉,要是自己极其之高大威猛,该有多么般配,多么相映生辉,多么滋滋儿美滋滋呀!老天爷呀老天爷,你怎么就不睁大一双乌黑乌黑的大眼睛,成人之美呢?父母啊父母,生我的时候,你们是不是太着急了,以至于偷工减料了呀?不是我说你们,为什么单单就生我时偷工减料了呢?你们看看,看看,我的九个姐姐,哪一个不比我高得多了去了?可怜一个姐姐由于长得实在是太高了,死活相不上对象,至今还待字闺中呢!女孩子个子矮,那叫精致。男孩子呢?小矮子!小矮子十有八九是娶不到老婆的!当然,我还算是比较高的。可是,唉,爸妈、亲爸、亲妈,你们对我不公平呀!我对美美一见钟情,美美对我一见倾心,郎有才,女有貌,多么美好的事情呀!可是,唉,这、这、这、这是有碍观瞻的,这是有损男子汉大丈夫的伟大、光辉形象的!

"千江有水千江月,万里无云万里天。"
米是金老师不愧为"米是金",灵光一闪,灵机出动,两双皮鞋黑白分明,玩儿命地内增高、外增高。不怕无情,就怕有心。这下子,他的的确确比他女朋友朱美美高大威猛得多了去了。

米是金老师的高跟鞋,令人感觉时时刻刻岌岌可危,不由得不提心吊胆。

无限风光在险峰呀!
就不怕脚崴了吗?
不怕,不怕!
你们不怕,我怕!
怕什么怕呀?为了美好的爱情,赴汤蹈火,在所不辞,更何况区区两只脚呢!别说一起崴了,即便一起断了,也值!
有病!
这叫浪漫,更叫浪漫主义!知道不?你娃才有病呢,太现实了,太现实主义了!

很快,我们就习惯了米是金老师的高跟鞋。在我们眼里与心中,高跟鞋已然和他融为一体、浑然一体了。高跟鞋是米是金老师,米是金老师是高跟鞋。很快,我们就习惯了他一路哐当哐当直响。如若哪一天他突然不哐当哐当了,我们心里肯定会空落落的,直发慌,以至于再看也吃不下饭——睡不着觉,再也看不进去书了。

凡事皆有例外。
米是金老师的高跟鞋以及哐当哐当把两个人给害惨了,一个是鸟二哥我,一个是鸟语花香中学退休老教师王非王。

一段时间,明明米是金老师不在场,我照样眼前与耳边两双高跟鞋"高"来"高"去,黑与白,哐当哐当、哐当哐当、哐当哐当……
神经呀,你!
岂敢,岂敢,我"神经病"加"精神病"呢!

"无边落木萧萧下,不尽长江滚滚来。"
呜呼哀哉!
无论上课,还是下课,都一个鸟样;无论吃饭、喝水,还是大小便,都一个人样。尤其是睡觉的时候,高跟鞋的高跟在脑子里搅个不停,越搅越起劲,越搅越带劲。两黑两白,四坨"高跟"呀!即使舞蹈美极了,没有与之"天仙配——绝配"的音乐,也顿时大为失色。哐当哐当、哐当哐当,成千上万只"新石器时代"与"旧石器时代"的石锤无与伦比地配起无比美妙的音乐来。

复读、复读,高考、高考。
无论换了谁,都快要疯了,更何况鸟二哥我还是一个压力崇山峻岭连绵不绝的"二进宫复读生"呢!
还怎么复读,怎么高考?
疯了!

吉人自有天相,贵人相助,一头死肥猪猪五哥又一次十分之荣幸地拯救了我。

一天晚上,神不知鬼不觉,猪五哥偷来——米是金老师那两双将我折磨得死去活来的"外增高"加"内增高"的皮鞋,拼死拼活地穿上,在我的面前走起猫步来。

这、这、这又唱的是哪出戏?一头野猪!一头野肥猪!一头野死肥猪!这是猫步吗?这还是猫步吗?信则灵,不信则不灵。你还别说,一头死肥猪猪五哥的这出女娲补天、异想天开之戏,岂止是管用呀,简直就是一针见血,一剑封喉!

又扯淡了,鸟二哥又扯上淡了!

你先听我把话说完,行不行呀?

喷吧,喷吧,你个天下第一喷,天花乱坠,赤橙黄绿青蓝紫,你就接着神喷你那"深具鸟二哥董鸣鸟特色"的"妖魔鬼怪之蛋"吧!

你!

好你个鸟二哥董鸟鸣,正神乎其神地瞎喷着呢,还大言不惭地狡辩起来了,简直就是无耻之尤!

唉——

"世间本无事,庸人自扰之",我还是接着写猪五哥"前无古人,后无来者"的妖娆猫步吧!

太阳走,月亮走,太阳公公和月亮婆婆走进岁月,走出璀璨漫天的星星孙子与孙女来。啊哈,啊哈,啊哈哈,我一头死肥猪走出猫一样的猫步来!

"江南好,风景旧曾谙。日出江花红胜火,春来江水绿如蓝。能不忆江南?"

猪五哥一朵"日出江花",一弯"春来江水",能不忆一头死肥猪?

忆个屁呀!

一个硕大无朋的屁股,一扭一扭的,扭不出春天来,扭出十个炎热的夏天与十个寒冷的冬天以及一百个枯黄枯黄的秋天来。东施效颦,可怜西施欲哭无泪。啊、啊、啊,猪五哥的猫步太强奸眼睛,太呕吐心灵啦!一个人,屁股上全是肥腻腻的肉,脸蛋上,除了肥腻腻的肉,还是肥腻腻的肉,颤过来、颤过去,抖个不停,脸蛋上的肥腻腻和屁股上的肥腻腻都融为一体、浑然一体了。一双高跟鞋内增高加外增高,高高在上,高不可攀!如果是一个美人穿上了,无论大美人,还是小美人,都会美不胜收,妙不可言的。唉,这个人,一个男生,他穿上了这样的高跟鞋,在你的面前走起猫步来,信心十足地、尽情地展现着他的万种肥而美的风情,你……

别说了,求求您老人家别说了,我都已经呕吐了,再说,还不得把我呕吐死呀!

这就对啦!

好你个鸟二哥,巴不得我赶紧死翘翘了,是吧?亏我还对你那么好,良心活活地被一条没心没肺的癞皮狗吃掉了!

您误解我了呢!我说这就对了,指的是您老人家"呕吐"——一头死肥猪穿上米是金老师的高跟鞋走猫步啦!人类,不但审美共通性,而且审丑共通性。我们不是已经共鸣上了吗?这就是最好的例证呀!

这还差不多!你这人呀,就连一句话都说不清楚,还写什么书?去偷猪,得了吧你!

写书的是一枚小作者黄鹤鸣,不是我鸟二哥呢!

原来是一枚小作者黄鹤鸣呀,一个标准的疯子,难怪会如此之不清不楚、不明不白!

你是谁?你怎么那么知道一枚小作者黄鹤鸣?

我早就连自己是谁都不知道了,我还知道什么一枚小作者黄鹤鸣?

你也是一个疯子!

南无阿弥陀佛,观世音菩萨保佑。

"葵花宝典""辟邪剑法",在一头死肥猪猪五哥的深刻刺激下,米是金老师的高跟鞋从我的眼里与耳边以及心中消失得一干二净,干干净净的。

唉——

穿着米是金老师的白色高跟鞋走猫步时,猪五哥的左脚崴了;穿着米是金老师的黑色高跟鞋走猫步时,猪五哥的右脚崴了。

猪五哥死活要把米是金老师的两双高跟鞋扔进大公共厕所里,我劝说了半天,猪五哥依旧固执己见。

"你要是把它们扔进去了,我把你也扔进去!"

"好你个鸟二哥,我和你同床共枕这么长时间了,原来还不如这两双臭烘烘的高跟鞋呀!你这也太不地道,太寡情薄义了吧!"猪五哥就要哭了。

"'不战而屈人之兵',你一头死肥猪睿智地利用米是金老师的高跟鞋拯救了我,你有恩于我。可是,米是金老师的高跟鞋同样有恩于我。我对你们都感激不尽——感激涕零,终生难忘,终生无以为报。我不能厚此薄彼呀!'风萧萧兮易水寒,壮士一去兮不复还',知恩图报;'自古燕赵多慷慨悲歌之士',榜样的力量是无穷的!我不仅不报恩,还眼睁睁地看着你将我的大恩人之一——米是金老师的高跟鞋扔进粪坑里。我还是人吗?我还算人吗?"

"看在你说我极其之睿智的份上,我就不扔了吧!不过……"

"不过什么呀?"

"知恩图报,你得报我的恩!"

"这还用得了你说吗?"

"明天,你把我们俩床上的被子抱出去,好好地晒晒吧!"

"没问题。可是,为什么要晒被子呢?"

"太臭了!"

"你也知道臭呀!"

"难道你就不知道吗?"

"我早就知道啦!"

"故人何在,烟水茫茫。"

退休老教师王非王鳏居在一间狭窄、低矮的平房里,暗无天日。他经常独自在校园里走过来,走过去,形与影相吊。

王非王老师远远地听见米是金老师高跟鞋敲打水泥地面,精神陡然紧张起来。

米是金老师昂首挺胸地走过来,目睹鞋跟之高,王非王老师心跳加快……

从此以后,王非王老师一看见米是金老师就跑。一次,王非王老师跑得太快,心脏病发作了。被抢救过来之后,王非王老师心惊胆战地说,脑子里有一双双高跟鞋在悬崖峭壁之上敲锣打鼓,一个个朱美美在汪洋大海之中跳舞。

米是金老师和朱美美热恋如火如荼,光明正大(明目张胆)地在校园里溜达来、溜达去,肩并肩,弄得搓衣板小镇的花鸟虫鱼纷纷扬扬比翼齐飞上了,搞得鸟语花香中学单着的男老师、女老师一个个翻来覆去地失眠了。

一个孤孤单单了好多年的男老师,不仅晚上失眠,就连白天都失眠了。万般无奈之下,男老师背起一把吉他,天涯海角流浪去了。

"在天愿作比翼鸟,在地愿为连理枝。"
"神人"米是金老师和大美人朱美美,鸟语花香中学一道最美丽的风景线;两双"内增高"加"外增高"的高跟鞋之哐当哐当,最美丽的风景线的最美妙的配乐。

人与人之间区别大着呢!
面对如此之鸟中美妙"风景线",有人坚持不懈审美,譬如,一只蓝色的大鸟鸟二哥;有人却从大美之中审出"小丑"来,譬如,一头死肥猪猪五哥。

一天晚自习,我离开教室,猪五哥跟了出来。
无论上课,还是早读、晚自习,只要有人出去上厕所,一头死肥猪必定蠢蠢欲动起来,即使深陷在香香甜甜的睡梦之中。

鸟二哥呀鸟二哥,俗话说,懒人屎尿多。可是,这也太邪乎了吧,酣睡之中呢!

高山流水遇知音,知猪五哥者,鸟二哥也!一点都不邪乎。一头死肥猪当之无愧"懒人王",懒人王的世界,我们这些凡夫俗子是理解不了的。

我们一前一后往前走,高空新月弓弦,月光丝缕而下,月光将我们牵引上去,我们坐在弓弦上,手拉着手。

"好美呀!"我情不自禁地说。

"再美,都美不过你。"

不对!

什么不对呀,鸟二哥?

声音不对!

我扭头一看,和我肩并肩地坐在弓弦上的是一头死肥猪猪五哥。

"亲戚或余悲,他人亦已歌;死去何所道,托体同山阿。"

陶渊明所言极是。可是,生死事小,失节事大,我宁可立马就死翘翘了!

我倒吸一海之凉气,从小到大吃过的早饭以及中饭以及晚饭一股脑儿喷出来,喷下去一头死肥猪猪五哥。

一头死肥猪从天而降,"横看成岭侧成峰,远近高低各不同",一头栽进鸟语花香中学大公共厕所里,什么事都没有。

天清则气朗,弓弦之新月,在星空的衬托下,越发新鲜起来。

我走进厕所里,蹲了下来,猪五哥紧跟着蹲了下去。

猪五哥,你是怎么知道我是来上厕所的呢?

嗅出来的呀,鸟二哥!

我上厕所,你跟着干什么呢?

上厕所呀!

为什么只要我上厕所,你就跟着出来了呢?

嗅出来的呀!

每次来了之后,也没见你猪五哥有什么动静呀!

害怕你鸟二哥孤孤单单一个人呢!

月光照进厕所里,美滋滋的,我们不由自主地聊起米是金老师的高跟鞋来。

猪五哥气呼呼地口臭着说,一枚小屁孩米是金在宿舍里都"内增高"加"外增高",太假模假样,太臭美了,太小贱小贱了,恶心死人都不带喘一口气!

我叼起一根扯淡牌香烟说,站在地上"内增高"加"外增高"吗?

是呀!

坐在凳子上呢?

照样!

躺在床上呢?

这个我就不太知道了。

和你姐一起躺在床上呢?

鸟、鸟、鸟二哥有病,无药可救,不可救药,问我姐去——问我姐去!

还指不定谁才有病呢!

"出淤泥而不染,濯清涟而不妖",我这么一个"亭亭净植"之人,好意思去问你姐吗?人活一张脸,你早就肥得脸都没有了,我不仅有,还超级有型呢!

一段时间,我不仅经常做噩梦,还一梦到天明。

一次居然梦见自己的一张脸不见了。

好恐怖呀!

"死生契阔,与子成说;执子之手,与子偕老。"

相亲相爱,相依为命,两个人一起慢慢变老,哇,要多么阳光灿烂,有多么阳光灿烂!

"叹人间真男女难为知己,愿天下有情人终成眷属。"

祝愿一枚大美人朱美美和一颗"赤子之心"米是金老师白头偕老,早生贵子!

"自作孽,不可活。"

一次,米是金老师上厕所,一蹲下去,双脚就一起崴了。

米是金老师的双脚很快就肿大起来了,在搓衣板小镇搓衣板街卫生院里治疗了好长时间。

朱美美问米是金老师疼不疼。米是金老师咬牙切齿地说,一点都不疼。朱美美的心更加疼痛了。

对于米是金老师来说,疼痛的的确确还是次要的,主要是如下两点——

一、高跟鞋实在是穿不了了。

二、上课根本就无法自己走过去了。

既然都已经无法自己直立行走了,那么,就只能采取两种办法:A. 两个人或者四个人或者八个人或者十六个人抬;B . 一个人背。

当朱美美问米是金老师到底是选择 A,还是选择 B 时,米是金老师一口咬定 B。

朱美美顿时心领神会了。

接下来的日子里,每天,一步一个脚印,朱美美背着米是金老师去上课。

"接天莲叶无穷碧",米是金老师那叫一个幸福呀;"映日荷花别样红",朱美美比米是金老师更幸福呢!

鸟语花香中学的教职员工,一个个艳羡不已米是金老师,尤其是那些已婚男老师。

一个,姓真名诚。

真诚老师,一见到朱美美背着米是金老师就流下眼泪来。

唉——

要是自己的老婆有朱美美的万分之一,就她好,我好,两大家子都好了!

一个,姓虚名伪。

虚伪老师,一见到朱美美背着米是金老师就心中恶狠狠地叫骂起来。

"虚老师,您脸色这么难看,是不是生病啦?"米是金老师说。

"米老师,我没有生病呢!太谢谢关心啦!激动,感动!我完好无恙着呢!您有病在身,一定要好好照顾自己呀!一、千千万万要按时吃药;二、千千万万要多卧床休息哟!哎哟,哎哟,哎哟哟,您争取早日康复,早日生龙活虎地扣篮!鸟中篮球队,在千山万水县不是拿冠军,就是拿冠军。可是,少了您这个主力前锋,已经彻彻底底地玩不转啦!为了鸟中——为了鸟中,千山万水总是情,千山万水总有爱,我不关心您,谁关心您呀?"虚伪老师说。

"谢谢您如此之关心小米我啦!不过,您的脸色的的确确非常之难看呢!是不是什么地方不舒服呀?赶紧去卫生所检查检查吧!千万别拖出什么毛病来呀!身体最是要紧呢!"

"我老虚身体好着呢!我老虚身体好着呢!您可一定要当心您那两只脚呀!宝贝着呢!千万不要热着它们了,千万不要凉着它们了!哎哟,哎哟,哎哟哟,一旦凉着了,脚背上是会起冻疮的;一旦热着了,脚底是会起泡泡的。"

"一直不冷不热呢!"

"那就好,那就好!哦,对了,有什么需要帮忙的,尽管盼咐呀!"

"岂敢,岂敢!"

一个,姓皮名蛋。

皮蛋老师忽前忽后背着米是金老师的朱美美,时而黑旋风李逵,时而小旋风柴进。

"前面、前面!"朱美美叫喊起来。

"皮蛋、皮蛋!"米是金老师叫喊起来。

"后面、后面!"朱美美大声叫喊起来。

"皮蛋、皮蛋!"米是金老师大声叫喊起来。

朱美美镇定下来,背着米是金老师一步步地往前走,生怕自己有个什么差错,米是金老师有个什么闪失。

"我怎么就这么晕呀?"米是金老师晕头晕脑地说。

"啊!"朱美美打住脚步。

"我是被皮蛋转晕的呢!"米是金老师昏头昏脑地说,"皮蛋、皮蛋!"

"吓死我了,吓死我了,我还以为……"朱美美松了一大口气,说,"闭上眼睛,赶紧闭上眼睛呀!"

远方的蓝天之蓝与白云之白带着一颗巨大的艳羡之心,来到鸟语花香中学的上空,鸟语花香中学的蓝天更蓝了,白云更白了。"塞翁失马,焉知非福",天上的暴风骤雨带着一颗巨大的艳羡之心,来到鸟语花香中学,电闪雷鸣,一间土砖屋轰然倒塌,幸好当时里面没人,否则,米是金老师跳进黄河都洗不清啦!

……

天哪,好不容易解决一个问题了,还有一个呢,更加棘手!

米是金老师早就和"内增高"加"外增高"的高跟鞋一体了,让他换鞋,无异于换心,换"高跟鞋之心"。可是,一旦换"高跟鞋之心",即使不出人命,也会掉层皮的。这该如何是好呀!

米是金老师千古绝唱,这对于他来说,根本就不成问题。他照样穿着高跟鞋去上课,趴在朱美美的背上,两只"内增高"加"外增高"晃晃悠悠,晃晃悠悠,如同一对比翼齐飞之小鸟;他照样穿着高跟鞋上课,"内增高"加"外增高",坐在一把椅子上,无论白天,还是黑夜,"俱怀逸兴壮思飞,欲上青天揽明月"。

"天不言而四时行,地不语而百物生。"
人类乃"宇宙之精华,万物之灵长",更何况米是金老师呢?
仙风道骨!
与其说米是金老师引领了鸟语花香中学的时尚,倒不如说他的高跟鞋引领了鸟语花香中学的时尚。

九　一条小黄狗、两个大男孩，爱与恋

瓢六哥和鱼七哥逃课的最大收获

　　米是金老师的高跟鞋引领着鸟语花香中学的时尚，一条小黄狗引领着鸟语花香中学文科复读班的快乐。
　　同舟则共济，同病则相怜，如若相亲相爱，势必相依为命。
　　文科复读班是一个名副其实的大家庭，空前绝后鸟语花香中学。
　　高考、高考，复读、复读。
　　我们求之不得瓢六哥和鱼七哥逃课，求之不得他们每次都被班主任洪大毛老师抓捕归案，求之不得洪大毛老师各种惩罚他们，我们很开心，很开心。我们的开心是完全可以理解的，因为我们的压力实在是太大了。不可理喻的是，瓢六哥和鱼七哥亦"乐"在其中。
　　"焦不离孟，孟不离焦"，只要瓢六哥逃课，鱼七哥就跟着一起逃之夭夭。
　　瓢六哥和鱼七哥逃课的最大收获是一条小黄狗，哥俩一辈子以此为傲。

缘定三生三世

　　蓝天逸白云，白云销魂而噬魄。
　　怪石突兀，古木纵横；野花杂生碧草起伏，飞溅五彩缤纷。
　　一道荒山野岭上，一条小黄狗站在路中间，孤苦而伶仃，嶙峋瘦骨一根根冲刺，累累伤痕遍身突出。
　　鱼七哥和小黄狗四目相对，小黄狗一脸的惶恐不安，鱼七哥的泪水夺眶而出。

天空之上，一只只大鸟盘旋；树林之中，一只只小鸟绽放。

鱼七哥蹲下去，敞开瘦弱的怀抱，小黄狗飞奔过来，鱼七哥一把抱住。

瓢六哥走路飞快，鬼撵一样，寻死觅活撞墙似的，不到万不得已绝不回头，鱼七哥紧追慢赶，瓢六哥踪迹全无。

鱼七哥独自跌跌撞撞在深山老林之中，进也不是，退也不是。一只老鹰以为他是一只小鸡，俯冲下来，发现是一个人，掉头转身激射上天空。鱼七哥尿一裤子。

"他乡遇故知，久旱逢雨淋"，鱼七哥和小黄狗缘定三生三世。

你侬我侬

万物有心，意趣自横生，各抒其爱与情。

天空深邃而博大，舒展开无垠的蔚蓝与无为的洁白来，风起凉爽，太阳向西斜去。

瓢六哥和鱼七哥十指相扣，仰面朝天在碧绿活蹦乱跳的草地上，深深地感受着大自然无偿恩赐的心旷与神怡。

鱼七哥一个"鲤鱼打挺"，好不容易从地上爬了起来，一声长叹，俯下身去，死死活活拽起赖在草地上的瓢六哥来。

两个人一前一后，恋恋不舍地踏上了归程。

"牧童骑黄牛，歌声振林樾"，瓢六哥和鱼七哥不得不返校。

如果就连晚上都不见了，还不得把人给急死呀！开除，是在所难免的。前车之覆，后车之鉴，鸟语花香中学"两个赫赫有名的傻子"——傻大与傻二，早就因此被开除过好几次了。

再者说了，总不能在深山老林里"长眠"——长长地眠吧！那还不成了两个野人了？人，终归还是需要一个窝的，即使是狗窝，也照样是一个窝，更何况鸟语花香中学文科复读班还是一个温暖的大家庭呢！

一条小道，翻山越岭，神出鬼没；小道两边，绿树成荫，荆棘丛生。

小道上，瓢六哥如同一条过江的蛟龙，时隐时现，若有、若无。一条灰色的大蛇游过他，他不知不觉；一只瘸腿的野兔从他两腿之间飞蹿过去，他皱了皱眉头。

到山脚啦，到山脚啦！怎么就这么轻轻松松呢？原来我瓢六哥不仅是伟大的"上山家"，还是伟大且崇高的"下山家"呀！

瓢六哥扭头看了看，鱼七哥不见了。

人呢？不是一直跟屁虫一样地黏在屁股后面的吗？莫非已经迷路了？山连山，野狼、野猪！夕阳都已经开始西下了。莫非已经……不会、不会！不会吗？不会吗？我不会，他会！飞鸟都在归巢了。到底在哪里呀？到底在哪里呀？

瓢六哥一阵冷飕飕的，掉头转身，野猪与野狼一样往山上冲。

荒山野岭上，耳闻目睹鱼七哥和小黄狗你侬我侬，两情依依不舍，瓢六哥哭笑不得。

瓢六哥为人处世一刀两断，要么钢牙横心咬，放手小黄狗，眼不见心不忧；要么收留，一旦收留，就不能不负责到底。可是，高考迫在眉睫，自己都忙不过来自己，哪里还有时间照料一条小狗呀！

瓢六哥极力反对收留小黄狗，无可奈何拧不过拧成一个死疙瘩的鱼七哥。

幸福安乐窝

虽然瓢六哥和鱼七哥已经达成了高度共识，那就是，即便砸锅卖铁，即便身无分文,即便饿死街头,即便死无葬身之地,也要给小黄狗安置一个风风光光、体体面面的安乐窝,但是,有一点上,两个人还是产生了巨大的分歧。

"为什么非得要给小黄狗买什么婴幼儿用品呢?是呀,它还小,还是一个孩子。可是,它不是人,是一条狗呀!人分年少老幼,狗有这个必要吗?"瓢六哥说。

"人可以分年少老幼,为什么狗就不能呢?"鱼七哥说。

"它是狗,不是人呀!"

"狗怎么啦?猪狗不如的人多了去了!"

"气大伤身,我都听你的,只要你不生气,只要你开心,就什么都好,就什么都好说!"

瓢六哥和鱼七哥一前一后走进搓衣板小镇搓衣板街"姹紫嫣红婴幼儿用品店"。

"哇,两位小哥终于来啦!"小店老板娘五十岁左右的样子,姹紫嫣红地迎了上来,姹紫嫣红地说,"热烈欢迎两位小哥!"

瓢六哥和鱼七哥你看着我,我看着你。

"哇,恭喜贺喜两位小哥喜得贵子!"老板娘从四十岁笑成了二十岁。

喜得贵子?

"哇,恭喜贺喜两位小哥即将——就要喜得贵子!"老板娘从六十岁笑成了十岁。

就要?

"哇,两位小哥一看就都是大富大贵的人,你们的孩子将来肯定十倍的大富大贵、百倍的大富大贵、千倍的大富大贵、万倍的大富大贵!"

我们的孩子?

"哇,你们的孩子是不是都才怀上不久,肚子才开始变大呀?"老板娘热烈地说,"放心吧,放一百二十个心,肚子肯定会一天比一天大起来的!"

鱼七哥看看瓢六哥的肚子,瓢六哥的肚子一马平川;瓢六哥看看鱼七哥的肚子,鱼七哥的肚子深深地陷了下去。

"哇,你们都是全世界最好的爸爸呢!不像我那个死男人,我怀上了,他不知道;我肚子大了,他照样不知道;我都辛辛苦苦地把孩子生下来了,他还是不知道!"

"哇,孩子的爸到底是谁呢?"鱼七哥差一点就脱口而出。

"哇,要是我那个死男人有你们一丁点儿的好,我也不至于那么遭罪了,我的双胞胎孩子也不至于那么没个人疼爱了!"

"哇,你肯定是双胞胎孩子的妈妈!"瓢六哥差一点就脱口而出。

"哇,你们是不知道当时我的肚子有多么大呀!"老板娘得意扬扬地说。

瓢六哥看了看老板娘的肚子,心想:"哇,现在也不小呀!"

鱼七哥看了看老板娘的肚子,心中嘀嘀咕咕:"哇,已经足够大啦!"

"哇,如果肚子大得不得了了,那么你们的孩子就必定是双胞胎!"老板娘挺起汹涌澎湃的胸脯来,哈哈大笑说,"我这是姊妹双胞胎,我百分之百敲定,你们必定都是龙凤胎!"

"你敲定得了吗?"鱼七哥小声说。

"我还是一个学生,还是一个学生呀!"瓢六哥赶紧高声说,"没有一个孩子,没有任何一个孩子呢!"

"你也是一个学生娃吧?"老板娘猛地转过身来,瞪大布满血丝的双眼,满面乌云滚滚地面对鱼七哥,厉声说。

"一只变色龙!"瓢六哥和鱼七哥异口同声。

"说谁呢?"老板娘的声音尖破了五彩缤纷的天空,地震起来。

"说——"瓢六哥气不打一处来。

"我们说契诃夫的《变色龙》呢!"鱼七哥拽了拽瓢六哥。

"原来是齐可夫那个小妖精呀,公共汽车、公共汽车!老娘我恨死她了!好好一个家,好好一个家,多少年了,说碎就碎了!气死我了,气死我了!齐可夫,滚蛋、滚蛋、滚蛋——两个小屁孩!我告诉你们,任何人都不许在老娘我面前提她,一提她,老娘我就火冒三千丈,滚!"老板娘火冒三千三百三十丈。

瓢六哥和鱼七哥彻底蒙了。老板娘一见瓢六哥和鱼七哥蒙了,紧跟着也蒙了。

接下来的瓢六哥和鱼七哥与"姹紫嫣红婴幼儿用品店"老板娘之间的精彩故事,我就不一一展开了,姑且一笔带过吧,给大家留下想象的空间。

搓衣板小镇搓衣板街婴幼儿用品店,仅此一家。

在鱼七哥的极力坚持下,虽然瓢六哥实在是忍无可忍,但是,还是忍了。

在老板娘的"姹紫嫣红"下,瓢六哥和鱼七哥同心同德一条心,一次又一次地咬牙,花了不少钱,买下一大堆漂漂亮亮的婴幼儿用品来。

瓢六哥和鱼七哥溜回学校,光明正大地走进寝室,一个头昂上了天,一个屁股撅上了天。

"二人同心,其利断金",两个人扫断寝室里仅有的两条早就惨不忍睹的扫把,用完一打"昂贵"的卫生纸,心满意足地在床底下给流浪小黄狗布置了一个窝。

安乐窝。

可怜瓢六哥和鱼七哥一通折腾下来,一个膝盖磨破了,一个脑袋磕坏了。所幸的是,小黄狗之安乐窝弄得比任何一个处女还要一千个处女。

鱼七哥坏了的脑袋,长毛,噌噌噌、噌噌噌,飞快地长毛,长出一大片茂密的森林来,高高在上,接上天,接上金碧辉煌的天宫。

瓢六哥破了的膝盖,不长毛,长出一只只姹紫嫣红的跳蚤来,好不容易,才结上两只癞蛤蟆疤,疤住一只只跳蚤。

"'窝'中自有黄金屋,'窝'中自有颜如玉",小黄狗窝进去安乐窝,春光灿烂,春光明媚,滋润得要命。

换了谁,谁都春天。屋子里弄得干干净净的,心里都舒服多了,更何况是日日夜夜睡觉的地方呢!

不过,干净是需要保持的,否则,和不干不净又有多大的区别呢？譬如,一只蓝色的大鸟鸟二哥和一头死肥猪猪五哥,即使帮他们收拾得再干净,也都是白搭。因此,还是让他们同流合污,你干净我,我干净你吧！

天上的天上,地下的地下。

小黄狗是一个懂事的孩子,从不在寝室里大小便,实在是憋不住了,才会在教室里放几串滑不溜秋的小屁。

争风吃醋

"爱人者,兼其屋上之乌",小黄狗才被收留的几天,瓢六哥之所以关爱它,主要是因为鱼七哥。可是,无论是人,还是狗,只要会做——有品,一段时间相处下来,不招喜欢才怪呢！一个星期不到,瓢六哥比鱼七哥还要难舍难分小黄狗,一见到它,两眼灿烂的阳光;一见不到它,双目惨淡的月光。

小黄狗也太会做狗了吧！

狗品好,没办法呀！

瓢六哥绞尽脑汁,用各种稀奇古怪的戏法逗乐小黄狗。小黄狗可乐可乐了。只要现实条件允许,小黄狗就美滋滋地跟在瓢六哥的屁股后面滋滋儿美。

一开始,跟在小黄狗屁股后面的鱼七哥比跟在瓢六哥屁股后面的小黄狗还要"屁颠屁颠"颠上天。

若干次下来之后,鱼七哥长吁短叹,唉,小黄狗更加贴近一只瓢虫了！若干倍若干次下来之后,鱼七哥叹出来的气,"'地'若有情'地'亦老",唉,小黄狗更加远离"老实"巴交的我了！

任何事情都有一个临界点,一旦突破就质变(变质)了,鱼七哥开始明里暗里争风吃醋。

醋坛子打翻了啦！

天哪！

鱼七哥一朝争风,天天吃醋,一身醋味儿,搞得鸟语花香中学文科复读班大混合寝室成了一个偌大的醋坛子。

一个人在一棵树上吊死

瓢六哥苦恼不已,一见鸟二哥我就诉苦。一开始,我跟着他苦,十次之后,我再也苦不出来了。

一天傍晚,瓢六哥一把拽住我,大倒特倒"死海"波涛汹涌之苦水。我泪流满面起来。瓢六哥紧跟着泪如雨下。

我之所以痛哭流涕,是因为太苦不堪言了。

瓢六哥啊瓢六哥,你就不能学一学鲁迅先生《祝福》里的祥林嫂,见谁都诉苦吗?一个人在一棵树上吊死,死的不仅是那个人,还是那棵歪脖子树呀!瓢六哥啊瓢六哥,你老人家临死之前拉个垫背的是可以的,你张三不拉,李四不拉,王二麻子不拉,为什么独独拉我鸟二哥呢?我是前生跟你有仇,还是怎么的?可怜我就连死的心都有了。

钟情与留意

追根究底,肇事者是鱼七哥,他纯粹是大冬天的脱裤子放屁——不嫌屁股着凉!

"朝喜花艳春,暮悲花委尘。不悲花落早,悲妾似花身。"

小黄狗留意瓢六哥归留意瓢六哥,最钟情的还是鱼七哥,比瓢六哥先到的鱼七哥。

阿嚏,阿嚏!
屁股着凉啦,屁股着凉啦!
眼泪、眼泪,鼻涕、鼻涕!
阿——嚏!

同病相怜

同病相怜。同忧相捄。惊翔之鸟相随而集。濑下之水因复俱流。

——《河上歌》

鱼七哥和小黄狗同病相怜,出世之前不久父亲惨死,出世之后不久母亲惨死。

鱼七哥父亲和工友一起放炮炸山石,雷管点燃,半天不响,鱼七哥父亲自告奋勇过去查看,雷管炸了。当时,鱼七哥还在母亲肚子里。鱼七哥呱呱落地,给不幸的家庭带来了生机与希望。不到一个月,暴风骤雨,土砖屋轰然倒塌,生死攸关之际,鱼七哥的母亲将他挪到怀下。鱼七哥活了下来,他的母亲当场毙命。幸好鱼七哥还有一个白发苍苍的祖母,祖母米汤喂养他,他长大了。

"丈夫有泪不轻弹,只因未到伤心处"

深夜,天地之间一片肃静,生存与死亡在高楼大厦里,在茅草屋里。

鱼七哥抱住瓢六哥的两条大腿,号啕大哭起来。

我们都醒了,包括猪五哥。

"爸、妈……"鱼七哥的叫喊声,一阵阵撕心与裂肺。

鱼七哥在做噩梦,鱼七哥经常做噩梦。

"爸、妈都死了,都死了……"鱼七哥哭喊着。

"不是还有奶奶吗?"瓢六哥抚摸着他。

"总有一天,奶奶也会不在的。"刀四哥幽幽地说。

"就是、就是,奶奶一大把年纪了,终究会弃鱼七哥而去的,难受死了,难受死了!"猪五哥哽咽着。

"一头死肥猪,闭起你的乌鸦嘴! 奶奶一顿能吃三大碗米饭,满满一担粪水挑着一路小跑！怎么可能呢？怎么可能呢？你诅咒个屁呀！有病呀你,不治之症,早死早投胎,投胎做猪,一头死肥猪!"瓢六哥气呼呼地说。

"快刀嘴,豆腐心!"猪五哥泪水珍珠断线一样,"瓢六哥,我们都别难受了,行不?"

"哭丧呀,你！再哭,再哭,我就……"

"你就跟着哭了,是吧?"

"男子汉大丈夫有泪不轻弹!"

"'丈夫有泪不轻弹,只因未到伤心处'。"刀四哥幽幽地说。

"小黄狗的爸、妈死了……"鱼七哥伶牙俐齿地咬上瓢六哥的两条小腿。

"原来是小黄狗的爸、妈死了。"猪五哥哭着说,"我还哭什么哭呀?"

"好你个鱼七哥,你爸、妈不在了,咬我；小黄狗的爸、妈不在了,照样咬我！我腿上可全是肉呀!"瓢六哥咬牙切齿,"咬吧,咬吧,往死里咬,你放松就好,你放松就好!"

"难怪小黄狗成流浪狗了,原来是爸、妈都死了,好可怜,难受死了,难受死了!"猪五哥哭号着。

"哭、哭、哭,就知道哭!"瓢六哥嗷嗷哭着说,"你个死肥猪,你还是个男人吗?"

"你可以哭,我怎么就不可以了?"猪五哥呜咽着,"瓢,你还是个人吗?"

"咬——咬呀,哎哟、哎哟,疼死了!"瓢六哥大叫起来。

"能不疼吗？鱼七哥的牙齿,老鼠牙齿——老虎牙齿!"猪五哥抹着泪水,"换了我,早就被咬死了!"

复读,复读,拿命来！高考,高考,命拿来！

"槐疏非尽意,松晚夜凌寒",没有星光,没有月光,天空与大地仿佛已经融为一体,融成一团黑色了,世界远离了我们,抛弃了我们。

好长好长时间里,除了鱼七哥的哀号,一声比一声寒凄,一声比一声惨悲,大家谁都不再吱声,包括大混合寝室里的一只只老鼠、一只只蟑螂、一只只苍蝇、一只只蚊子……

大混合寝室比死亡还要死寂。

"复读,复读,拿命来!高考,高考,命拿来!"虫三哥冷不丁高喊起来。

应者云集。

鱼七哥松开铁齿铜牙,噩梦不复。

我们一声声长叹起来。

"哎哟,我的个大姨妈!"鸟语花香鸟语花香,"还是我的'大众情心'虫三哥有办法,岂止是智慧超群呀,简直就是才华出众,爱死我了,爱死我了!"

呜呼!

做噩梦的不止鱼七哥,经常做噩梦的岂止他?

从此以后,只要有人噩梦,我们就抛出上面的话来。卤水点豆腐——一物降一物,不要说梦见自己落榜了,即使天大、地大的噩梦,都立马逃之夭夭了!天哪,从来都没有失败过,可灵验了!

莫非这就是地球人传说中的辟邪吗?

哇,英雄所见略同,这不是传说,而是信史呢!

蓦然回首

想当年,"二进宫"复读生鸟二哥就读于鸟中(鸟语花香中学之简称),非常之不幸地被反反复复发作的神经衰弱和精神强迫症摧残得体无完肤。换了别人,也许早就崩溃了。可是,鸟二哥不是神人,更不是人神,而是一只澎澎湃湃在磅礴之蓝天之上的蓝色的大鸟,不仅没有被打垮,反而主动出击,展开了一系列的自救行动,包括疯狂地爬山。

一个星期六的下午,鸟二哥吃饱了撑得慌,一直往上爬,一直往深山老林里挺进。

无限风光在险峰。

啊,美在远方!啊,美在眼前!

天快要黑啦!

啊,美!

还"啊",还"啊"?天就要黑啦,找死吧你!

一座山峰的半山腰上,鸟二哥蓦然回首,远方的万家灯火,隐隐约约闪闪烁烁,如此之美,如此之美好!

鸟二哥吓出一身冷汗来。

还不下山呀,你个"神经病"加"精神病"鸟二哥!

鸟二哥拼了命地奔冲起来。

人有三急,鸟二哥在一个参天大树下气喘吁吁地撒起尿来。

不对!

什么不对呀?

不是下山,是上山!

天哪,鸟二哥!

我以前不止一次来过这个地方,在这棵参天大树下撒过上百次尿了!

天哪,鸟二哥呀鸟二哥,疯了,疯了,你真的疯了!

鸟二哥一个寒战,掉头转身,疯狗一样往山下冲撞起来。

小心点,小心点,悬崖峭壁呢,看不清——看不见呀,千万别摔下去啦,我的个鸟鸟的二哥!

阿弥陀佛、阿弥陀佛,鸟二哥终于撞下山啦,菩萨保佑、菩萨保佑!

鸟二哥好不容易捡了条狗命,好容易冲到了山底,一头撞进一个人的怀里。

这个人是钢打铁铸虫三哥。

疼死啦!

虫三哥身后跟着刀四哥,刀四哥身后跟着猪五哥,猪五哥身后跟着瓢六哥和鱼七哥。鱼七哥一只手紧紧地拉着瓢六哥,一只手打着手电筒。

猪五哥知道我又去爬山了。天啊,都已经这么晚了,怎么还没回来呀?不是应该早就回来了吗?出大事了!猪五哥大哭起来。

他们一行人急急忙忙地找寻我。

我一头撞进虫三哥怀里,虫三哥一把抱住我,后面的这个哥、那个哥,全都被撞飞了。

后来,我才知道撒尿是可以辟邪的。

不以为耻 反以为荣

瓢六哥的两条腿上不是旧疤,就是新痕。他不以为耻,反以为荣,有事没事裤脚卷得多高,三九寒冬亦如此。

太恶心了,冻死——活该!

瓢六哥不仅大腿、小腿上有疤痕气焰嚣张着,手臂上也有疤痕飞扬跋扈着,上下呼应,相映生辉。手臂上的疤痕,是一个女生咬的。鱼七哥与之PK,一枚乌龟王八蛋挑战十枚鳄鱼蛋。鱼七哥咬的时候,瓢六哥忍无可忍,一忍再忍,事后骂骂咧咧;女生咬的时候,瓢六哥威风八面,事后自鸣得意。

……

女生咬瓢六哥是若干年后的事。
天哪,这个女生竟然不是班上的女同学十一妹彩云飞云改男!

唉——
小黄狗一声长叹!

为什么是小黄狗一声长叹呢?

知瓢六哥者,小黄狗也!

唉——
小黄狗再次一声长叹!

为什么小黄狗还一声长叹呢?
懂十一妹者,小黄狗也!

十 "美人如花隔云端"

亲

班上的女生平果果一见钟情小黄狗,扑上去,搂进怀里,东摸摸、西摸摸起来。

平果果绰号苹果,人称八妹,中等身材,一张小脸粉蒸玉琢,胖嘟嘟的。

八妹不仅搂搂抱抱小黄狗,还亲上它了!

亲一下就够啦!还亲,还亲!还就没完没了呢!人是亲不死的,狗难说,尤其是一只小狗——一只小黄狗!

"上有青冥之长天,下有渌水之波澜。"

八妹亲来亲去,小黄狗不仅没有死翘翘,还越发活蹦乱跳了。

世上还有比这更气人的吗?老天爷呀老天爷,您就睁开您那一对乌亮乌亮的大眼睛仔仔细细地看看吧!这世界上还有公平不?一个天堂,一个地狱。天堂开花,地狱结疤。这、这是会气死人的呀!

小黄狗礼尚往来,亲起八妹来。

亲的还是樱桃小嘴!

"无边落木萧萧下,不尽长江滚滚来。"

小黄狗还在"礼仪之邦——礼尚往来"八妹!

这、这、这,还要不要人活呀!

反抗呀,八妹!

誓死反抗!

八妹可乐可乐了,扑哧笑出声来。

八妹爱笑,两个甜美的小酒窝,水灵灵的,不要说公狗了,眨眼间,母狗都能迷死一大批。

"庭院深深深几许"

小黄狗依偎在八妹的怀里,眉开眼笑。能不开心,能不滋润吗?两座温柔的山峰拔地而起,峰与峰之间一条温暖的沟壑,"庭院深深深几许"。要是我黄鹤鸣(注:此处的黄鹤鸣,既不是鸟二哥董鸟鸣,也不是鸟二哥董鸣鸟,更不是鸟二哥)是小黄狗,该多好呀,我就顺势钻到衣服里面去,通宵达旦、通宵达旦,享受人生。

人生在世,最大的享受莫过如此。

在两座山峰之间跳舞——
踢踏舞。
踢踏、踢踏、踢踏、踢踏;踢踢踏踢踢踏、踢踢踏踢踢踏,踢踏踏踢踏踏、踢踏踏踢踏踏!

在两座山峰之间儿歌——

　　世上只有妈妈好
　　有妈的孩子像块宝
　　投进妈妈的怀抱
　　幸福享不了
　　世上只有妈妈好
　　没妈的孩子像根草

离开妈妈的怀抱

幸福哪里找

世上只有妈妈好

有妈的孩子像块宝

投进妈妈的怀抱

幸福享不了

世上只有妈妈好

没妈的孩子像根草

离开妈妈的怀抱

幸福哪里找

——《世上只有妈妈好》

在两座山峰之间睡大觉——

春江花月夜,"一江春水向东流"。月在上,花在下;月光在盛开,花瓣在绽开。

在两座山峰之间吟诗作赋——

高山夕阳春,

流水落花魂。

莫道百年孤独身,

何类千古浮沉梦。

且

双目顾盼,

一心纵横。

——董鸣鹤

在两座山峰之间长眠——

"人生有死,死得其所,夫复何恨。"

岂止无怨无悔呀,简直求之不得!

这样,就可以和"爱与恋"永不分离了;这样,就能够与"爱与恋"美好地合葬了。

幸福美满一家人

在八妹的反复号召下,大家习惯成自然地叫小黄狗"小黄快乐"。

小黄快乐曾经是一条流浪狗,孤苦伶仃地流浪在深山老林之中。

"四海皆兄弟,谁为行路人。"

小黄快乐只要有条件,就不离不弃瓢六哥和鱼七哥;没有条件,创造出"天时、地利、人和"的条件来。

爱,无处不在,无所不能。瓢六哥和鱼七哥非常之享受小黄快乐的第三者插足。变态,变性。瓢六哥和鱼七哥都有病,都病得不行了,无药可救,不可救药。

小黄快乐是瓢六哥和鱼七哥友情的延伸、交融,爱与恋的结晶体。

"身无彩凤双飞翼,心有灵犀一点通",小黄快乐与瓢六哥以及鱼七哥超级完美地演绎着两个男生和一条流浪狗之间的爱与恋,一世风流,千古绝唱。

瓢六哥马平安,鱼七哥牛健康,八妹昵称小黄狗"小黄快乐"再恰当不过了,平安、健康、快乐,幸福美满一家人!

十一　小黄快乐与猪五哥之间的恩怨情仇

知恩图报

人有人命,狗亦有狗命;人有人运,狗亦有狗运。
流浪是流浪的命运,豢养是豢养的命运。

我们无从知晓小黄快乐究竟流浪了多长时间,流浪时到底遭遇了什么样的凄风苦雨,局外人——局内狗,只有小黄快乐自己才知道,才有真正的发言权。
我也曾流浪过,流浪狗一样流浪过,我是流浪狗,流浪狗是我,推己及人,推己及物,我同病相怜小黄快乐。
我们清清楚楚入住大混合寝室之后,小黄快乐的生命境遇发生了巨大的变化。从前,"老病有孤舟,亲朋无一字";现在,"后宫佳丽三千人,三千宠爱在一身"。
能不心花怒放吗? 会不心旷神怡吗?
心旷神怡是一码事,通情达理是另外一码事。
"或曰:'以德报怨,何如?'子曰:'何以报德? 以直报怨,以德报德。'"
小黄快乐知恩图报,从此以后,义无反顾地承担起寝室关灯、开灯的千秋伟业之千斤重担,兢兢业业,任劳任怨,"鞠躬尽瘁,死而后已"。

"变态"

前世因缘,今生互不相干,来世作孽。

小黄快乐正式成为大混合寝室一员之后,很快就杠上了一头死肥猪猪五哥,时不时地"恶作剧"他。

猪五哥吃饭时,一个不注意,小黄快乐就把碗里的肉给叼走了,尤其是鸟语花香中学鸟花花食堂之美味佳肴——鸟花花粉蒸肉。

鸟花花食堂鸟花花粉蒸肉,粉多肉少,"横看成岭侧成峰,远近高低各不同"。

吃,乃人生最大之享受也!

猪五哥大爱鸟花花粉蒸肉,我们又何尝不大爱呢?

鸟二哥吃货之中的吃货,美其名曰"鸟花花粉蒸肉"。

小黄快乐叼上猪五哥的一块肉之后,跑得比十只搓衣板小镇的野兔子还要快。它之所以会这副狗样,是因为它是叼给它庞大的"后宫美狗团"吃的。

"美本身必须是真的。"

小黄快乐隔一段时间就初恋上了,"鸟花花粉蒸肉"是恭送给它一个又一个貌美如花的初恋吃的。

一个星期日下午,猪五哥躲藏在大混合寝室里的一个角落里,瞪大一双炯炯有神的眼睛,张开一张硕大无朋的嘴巴,偷偷摸摸地写信,写了一封又一封。

猪氏之所有猪式书信,仅有三个字——"我爱你"。天知道,鬼晓得,这封是写给谁的,那封又是写给谁的。

吃完晚饭之后,猪五哥吃惊地发现藏在枕头底下的一大摞书信都不见了。疯了!语文课晚自习,班上所有的女生,除了八妹之外,大家都收到了猪五哥的一封书信,一封一模一样的书信。疯了!可怜猪五哥跳进太平洋都洗不清了。

吉人自有天相。

"一、猪五哥猪脑子都还没开窍呢,怎么可能会写信给女生呢?二、这根本就不是信!"八妹"挺"身而出。

不经意中,我听见鱼七哥在低声对小黄快乐说:"又是你在恶作剧猪五哥吧?你这次太过分啦!"

小黄快乐点了点头,泪水不由自主地下来了。

晚上,睡梦之中,猪五哥伤心地说,因为都是自己写给自己的,所以,只有落款"一头死肥猪"。

"天行健,君子以自强不息;地势坤,君子以厚德载物。"

小黄快乐对猪五哥的"恶作剧"不断地升级换代,猪五哥的恼火随之不断地攀升。可是,我们还是感觉到了夹杂其中的些许快感。猪五哥当之无愧"变态"。

猪五哥最变态的还是——

一天傍晚,一个牛高马大的醉汉拿起一根棍子,往死里打小黄快乐。猪五哥刚好路过,冲上去就和醉汉拼起命来。醉汉早就东倒西歪了,根本就不是他的对手。醉汉的两个小兄弟一前一后扑了上来,一顿拳打脚踢,将猪五哥打倒在地。猪五哥鼻青脸肿,张开血盆大口,一顿小黄快乐式的猛咬。醉汉的两个小兄弟架起醉汉,一溜烟逃之夭夭。

断子绝孙

小黄快乐和猪五哥之间的勾连与纠结,仁者见仁,智者见智。

甲曰——"故天将降大任于是人也……"

站着说话不怕腰疼!

乙曰——要不了多长时间,小黄快乐就会让一头死肥猪断子绝孙的!

太杞人忧天了,小黄快乐之所以"恶作剧"猪五哥,是因为爱之深。再者说了,小黄快乐做事还是很有分寸的,不像鸟二哥,脑子简直都山洪暴发了。

乌鸦嘴言必中,没过多久,猪五哥真的就差一点断子绝孙了。

一天傍晚,夕阳西下,无限妖娆山川湖泊。小黄快乐逃避班上一个红衣女生,疯狂逃窜起来。

红衣女生早就爱抚小黄快乐上瘾了。

"接天莲叶无穷碧,映日荷花别样红。"

前面一团金灿灿的黄毛,后面一袭闪亮的红衣。

一个使出吃奶的力气跑,一个使出一百倍吃奶的力气追。

跑什么跑?我一个心灵美不胜收的小女孩,有那么令"狗"讨厌吗?

好伤心呀!

亲爱的,求求你,你就别跑啦!

姐姐姐,太感谢你啦!你不爱帅哥男性动物,不喜美女女性动物,情有独钟在下!你的美妙我早就心领了,感激不尽你对我的好好好、好好好!可是,你不能动不动就这样呀!你"好"得太好好好啦,热死我了,烫死我了,我受不了啦!

我跑,越快越好,要不,我就又悲剧了。无论悲剧再怎么地悲哀,只要还活着,就有希望。可是,悲剧死了,那就是另外一码事了。人命都只有一条,更何况狗呢!

我早就有所耳闻,你爱死一条小绿狗了,结果,你真的就把它给爱死了。

你特别爱狗类,在我们狗狗的眼里与心中,你简直就是神仙姐姐最小的女儿!

好家伙,"三千宠爱在一身",小绿狗真的就有那么好吗?

天长日久下来,搞得小镇上的公狗,要么魂不守舍,一个个成了著名的甩手掌柜;要么脾气越来越暴躁,一个比一个还要家暴起来了。这还得了,将心比心,将人心比狗心,小绿狗自然会引起小镇上母狗的莫大的公愤的。

你的爱恋赋予了小绿狗莫大的力量与莫大的勇气,打起架来,一只狗不是它的对手,两只狗更不是它的对手。可是,小绿狗再怎么"绿色"的神勇,再怎么"白色"的伶牙俐齿,一张嘴终究抵不住四十张嘴,群狼的力量是巨大的,群狗的力量天大、地大!

唉——

女人发起疯来比男人疯狂,母狗发起疯来比公狗更加疯狂,更何况还是因为爱。

爱是最美味的,也是最败胃的。

一天深更半夜,也不知道从哪儿冒出来那么多条年轻力壮的母狗,赤橙黄绿青蓝紫,一拥而上,唾沫水活活地将小绿狗淹死了。

呜呼!

当时,你深沉在睡梦之中,深情款款地亲吻着小绿狗,这管屁用呀!

你是没看见那个恐怖的场面,汪汪汪、汪汪汪,我看见了!

可怜我一代"枭狗雄"当场就尿裤子了,不仅如此,还从此以后时不时地就早泄、阳痿上了!

天大的悲剧!

"夕阳无限好,只是近黄昏。"

好狗不挡道,恶狗横街窝,一头死肥猪猪五哥圆滚滚地站在大混合寝室门口,看山是山,看水是水;看山不是山,看水不是水。小黄快乐从猪五哥的两腿之间撞进寝室,猪五哥四脚朝天,叫啸连天,小黄快乐窜进床底下,一声不吭起来,红衣女生一脚踩到猪五哥的两腿之间,猪五哥一叫都不叫了。

"猪哥,您老来啦!"小店老板娘"饼干西施",九百九十九朵玫瑰一样笑着说。

"猪老,您老一路走好!"小店老板娘"饼干西施",九百九十九朵玫瑰一样笑着说。

将近一个星期,猪五哥处于高度的惊恐不安之中,拼了命地吃饼干,以至于校门口的小店都供不应求了。

一天晚上,猪五哥四平八稳地躺在床上,一边狼吞虎咽"降压饼干",一边含糊不清地说:"麻木了,麻木了……"

还要不要人睡觉呀?明天还要早早地起来上早读呢!上不上早读,你早就已经无所谓了。反正去了之后,也只不过是换一个睡觉的姿势。可是,我有所谓,我还要上我梦寐以求的大学呢!

我昏昏欲睡,苦苦等待着猪五哥消停下来,孰料他不仅一直意犹未尽,还越发"麻木"起来了。

"天都快亮啦!"我忍无可忍说。

"天才黑呢,鸟二哥你太搞笑了!"猪五哥笑嘻嘻地说,"你是不是也麻木啦?"

我的的确确就要"被麻木"了,从头到尾、彻头彻尾麻木了!

"麻木了,麻木了,真的麻木了!"猪五哥呻吟着。

"真的麻木了吗?"我一声长叹,"果真如此,无异于挥刀自宫矣!"

"出家人从不打诳语,两腿之间都偃旗息鼓了,这里的黎明与黄昏都悄无声息了,活着还有什么意思,还有多大意思?"猪五哥的愁容满面拥堵。

"啊!"

"啊什么啊?"

"语气词、语气词而已!"

"谁都不许跟我'啊、啊、啊',谁跟我'啊、啊、啊',我跟谁急!"

此时无情胜有情,我扭过头去。

猪五哥"啊、啊、啊"个不停起来,简直就是痛苦不堪地享受到了极点。

路见不平,拔刀相助,更何况救死扶伤呢?

"还早晨生机勃勃不?"我温柔地说。

"早晨生机勃勃?"猪五哥更加温柔地说。

"撑伞呀!"

"没下雨,撑什么伞呀?"

"搭帐篷!"

"风和日丽的,搭什么帐篷呀?"

"一柱擎天!"

"一柱擎天?"

"孺子真正不可教也!"

"又来了,又来了,你就不能换一句话说我一头死肥猪吗?狗嘴里终归吐不出'降压饼干'来!逗你小子玩的呢,我早就清清楚楚、明明白白你鸟二哥的一肚子花花肠子啦!"

"赶紧点,哪儿凉快去哪儿,一头没长屁眼的死肥猪小屁孩!"

"还是鸟二哥懂我,我岂止凉快呀,简直就是心都凉透了!"猪五哥轰隆隆"一头死肥猪"钻进我一根根瘦筋筋的怀抱里,凄神寒骨地说,"麻木了,麻木了,晚上生机勃勃都不生机勃勃了,还早晨生机勃勃个屁呀!"

"感觉得到麻木,说明还没有完全麻木。"

"就要彻底麻木了!"

"麻木没什么大不了的,只要不麻木不仁,就还有希望,有希望,还愁没有未来,没有美好的未来吗?"

"说得轻巧,你试试看滋味如何?鸟二哥,你太麻木不仁了!"

……

夜深人静,月亮不见了;万籁俱寂,月亮睡觉去了。

"两位同学,请注意一点良好影响,可不可以呀?"

一只麻子老鼠,躲在一个阴暗、偏僻的角落里,一边抚摸两条大腿,一边光明正大地叽叽歪歪起来。

夜深人静,万籁俱寂在明明半月之下。

"麻子老鼠、麻子老鼠,一只麻子老鼠!"

猪五哥好不容易睡着了,梦乡之中,要么咬牙切齿,咬不着一只麻子老鼠,咬得着自己的一颗受伤之心;要么大嘴巴一张一合的,噗、噗、噗,吐出一只又一只"麻子老鼠"来。

唉,我还睡什么觉呀!

猪五哥自诩——古往今来全世界一枚最伟大、最崇高的"早晨生机勃勃王","人有悲欢离合,月有阴晴圆缺,此事古难全",眨眼间,"早晨生机勃勃王"就成了"早晨不生机勃勃王八"了。

想当年、现如今,天壤之别,从天堂直线下降到地狱。

猪五哥几乎每天晚上都会梦遗。

无量天尊!

猪五哥岂止是一枚"梦遗小王子"呀,简直就是一山堆"梦遗小王子"!

"春江潮水连海平,海上明月共潮生。滟滟随波千万里,何处春江无月明。"

兄弟呀,我的一头死肥猪兄弟,你就尽量悠着点吧!虽然你青春期十分之躁动不安,孤苦伶仃的,但是,凡事有度,过犹不及呀!如果哪一次一个兴奋过度,呜呼哀哉了,该如何是好?人死了,不能复生,你一头死肥猪死了,照样不能复生!来日方长。大敌当前,一切以复读为主,一切以高考为重。保重龙体呀,我的好兄弟,如若龙体都不适了,你还高考个屁呀!

鸟二哥呀鸟鸟的鸟二哥,你就闭着眼睛瞎喷吧!你怎么就知道一头死肥猪没日没夜地梦遗呢?难道你是他大腹便便之中的一条蛔虫吗?

还指不定谁在睁着眼睛瞎喷呢!猪五哥每天早上一睁开眼睛,就向我豪气冲天地汇报呀!

啊,你和他到底是什么关系?

同床!

难怪如此,同床共枕呀!不是一家人,不上一张床。太恶心了,两个大男人!他不是什么好鸟,你更不是什么好鸟,你们俩天仙配——绝配,恶心到一块去了!

猪五哥每次梦遗的时候都会说梦话,反反复复地叫喊两个字,情深而意重,散发出一股股勇猛、彪悍的鱼腥味来。

哇,肯定有什么见不得人的猫腻,我敢以我的"曾经沧海难为水"与"除却巫山不是云"担保,如若没有,就让"难为"之"水"与"不是"之"云"从此以后永远从茫茫人世间销声匿迹!

我听说梦话是可以接过来的。

试试吧!

我附耳猪五哥轻声细语,猪大爷、猪大爷,亲爱的猪大爷。

怎么一点反应都没有呢?

"一头死肥猪、一头死肥猪!"

"唉!"

啊哈,啊哈,啊哈,真的反应上啦!

你小子一直在叫喊谁呀?

昵称呢!

谁的昵称呀?

一个女生呢!

我们班上的吗?

是呢!

我们班上谁啊?

我也不知道是谁呢!

射门

一头死肥猪猪五哥让我试试看"麻木"的滋味如何,我才不会试呢!

龙腾虎跃中学高二大犯特犯"精神病"("神经病")的时候,一天傍晚,火烧天,我独自站在足球场边,看球是球,看球不是球。

一个长发飘飘的复读生射门可猛了,可准了,偏离球门十万八千里,射进我青涩而率真的两腿之间。

我痛苦不堪地说,你踢中我了。

踢到哪儿了?

我难以启齿,因此,一声不吭。

踢哪儿了都不知道,还叫什么叫?神经病!

我浑身直冒冷汗。

长发飘飘一脸的奸笑。

若干年后,我杀回龙腾虎跃中学复读,长发飘飘还在复读,还在踢球,照样长发飘飘,照样生龙活虎,又射门,又偏了,射中一个比当年的我还要看球是球(看球不是球)的高一新生的两腿之间,与当年的我之间的对白重演,落脚点依旧是"神经病",对白之后,依旧一脸的奸笑。

当年的我委屈到了极致,愤怒到了极点,唯有一直咬紧牙关,一直忍气吞声。

高一新生哭得稀里哗啦的,要是他妈妈在场,准会扑进怀里的。

我走南闯北这么多年,见过许许多多不是人的,没见过一个比你更像人的!

我冲上去,拽住长发飘飘的飘飘长发,使出吃奶的力气,朝他两腿之间一顿猛踹。长发飘飘在地上翻来滚去,嘴巴里不干不净,直嚷嚷要打死我。我操起地上的一块砖头撕心裂肺地吼叫,你个混蛋,这个小兄弟没神经病,我早就精神病了!围上来的长发飘飘的球友瞬间散开。长发飘飘捂着两腿之间,一瘸一瘸地离开我。

一个星期之后,踹长发飘飘的那只脚还隐隐作痛。

金丝雀儿

人与人之间区别大着呢!

虽然都"麻木"了,但是,令我"麻木"了的是一个小王八蛋,令猪五哥"麻木"了的是一个漂漂亮亮的红衣女生。

红衣女生原本应届就可以金榜题名一个名牌大学的,可是,高考前一天,她被一辆逆行的小轿车直接压了过去。经过两天两夜的抢救,红衣女生终于活了下来。休学疗养一年之后,她毫不犹豫地踏上了再次冲击高考的征程。

红衣女生姓金,名丝雀,鸟语花香中学文科复读班副班长,绰号金丝雀儿。虽然车祸被截掉了一只年轻而美丽的胳膊,但是,金丝雀儿依旧开朗而阳光。然而,"人无完人,金无足赤",只要她一说话,就胡乱地打开的水龙头——怎么关都关不住了。

说嘛,说嘛,尽管说嘛,想怎么说就怎么说,无论说多长时间,我们都热烈欢迎!

热爱生命,"面朝大海,春暖花开"。

一旦可爱,就什么都可爱了。

鸟语花香中学一年复读下来,金丝雀儿欢天喜地地考上了一个名牌大学,终于完美地圆了多少年来梦寐以求的大学梦。

鸟语花香中学复读期间,小黄快乐最喜欢的两个女生,除了八妹,就是金丝雀儿啦!

"真心之所系,深情之所依。"

八妹是小黄快乐的"一姐",金丝雀儿是小黄快乐的"二姐";八妹是小黄快乐的"一爱",金丝雀儿是小黄快乐的"二爱"。

爱是需要纽带的,"问渠那得清如许,为有源头活水来",小黄快乐"爱之纽带"八妹和金丝雀儿,她们俩迅速地成为一对好姐妹。现如今,还常来常往,好着呢!

可是,小黄快乐早就"驾鹤西去"了。

心疼,心痛。

对于我们这些人来说,没有小黄快乐的世界是不一样的世界。

十二　鸟语花香之"拯救小黄快乐与白面郎君"

《小黄快乐流浪之歌》

小黄快乐初到鸟语花香中学文科复读班大混合寝室的时候,不仅不合群,还胆小如鼠,不离瓢六哥和鱼七哥左右,他人稍有动静,则十分惊恐不安。

小黄快乐的身上到处都是伤疤,不是狗咬的,是人打的。
好疼!
心好疼!
人类无情地抛弃了小黄快乐,小黄快乐恋恋不舍地远离了人类,"寻寻觅觅,冷冷清清,凄凄惨惨戚戚",小黄快乐躲进了深山老林之中。

流浪啊流浪,
风吹落叶,雨打枯枝,
落叶死去了,落叶死去了;枯枝死去了,枯枝死去了。

流浪啊流浪,
烈日炎炎似火烧,火烧山,火烧天。
山死去了,山死去了;天死去了,天死去了。

饥肠辘辘!

有天使走过,天使双手空空;
有魔鬼走过,魔鬼应有尽有。

——鸟二哥董鸟鸣《小黄快乐流浪之歌》

小黄快乐独自生存在山林之中。山林"宇"茫茫,"宙"茫茫,不仅有野狼,还有野猪。小黄快乐一直在躲避,一直在逃避,九死一生。

救人一命,胜造七级浮屠

很快,我们这个大家庭几乎所有的成员都欢喜上了小黄快乐。可是,小黄快乐经常郁郁寡欢,一副失魂落魄的样子。心疼!长此以往,还不得有朝一日郁郁而终呀!救人一命,胜造七级浮屠,救狗一命又何尝不是呢?

为了拯救受到了巨大的伤害的小黄快乐,使之完全融入我们这个温暖的大家庭,从而真正地快乐起来,一天晚上,鸟语花香中学文科复读班大混合寝室,全体成员敲锣打鼓,举行盛大的欢迎仪式,热烈欢迎小黄快乐风风光光地成为寝室之正式成员。

欢迎仪式

第一,每个人都必须学狗叫,以示与小黄快乐平等乃至同类。
第二,每个人都必须摸小黄快乐的屁股,以示与小黄快乐亲朋好友。
第三,每个人都必须亲小黄快乐,以示与小黄快乐不是恋人,胜似恋人。

"世界曾经冷酷地、残忍地对待过小黄快乐"

鸟语花香中学文科复读班大混合寝室,热闹异常,一条真狗与一群真人的海洋与蓝天之盛宴,不是碧海蓝天,胜似碧海蓝天。

狂吠,狂吠!

小黄快乐眉飞起来,色舞起来,三寸金莲三尺腾跃,三尺垂涎三丈漂流。

狂吠,狂吠;狂吠,狂吠!

我们已经不再是一个个人,而是一条条狗了!要的就是这种效果!太美妙了,太美好了!

虫三哥脱下衣服,恰似"乌拉圭"加"乌干达"大力士一样舞动着,浑身的肌肉疙瘩——浑身的欢声笑语;刀四哥成为一根瘦长的欢笑,流光而溢彩,瘦瘦长长在半空之中,潇洒过来、潇洒过去。

瓢六哥显出原形来,一只偌大的瓢虫,从这张床上爬到那张床上;鱼七哥两只金鱼眼,泪花如同珍珠一样闪闪烁烁起来。

毛大头高兴得忘记了仰着一个午夜凶铃之惊魂大头,鸟语花香高兴得不停地火辣辣地拥抱与热辣辣地飞吻起来。

猪五哥摩拳擦掌,跃跃欲试,激动得整个脑袋都红了。

……

"滚滚长江东逝水"

终于轮到鸟二哥我叫了,好不容易叫出来了,不要说小黄快乐了,就连猪五哥都听得出来,不是狗叫,是鸟鸣。

"蝉噪林愈静,鸟鸣山更幽",一声声"鸟鸣",一声声"山更幽"。

莫非鸟二哥前世是一只鸟——一只百灵鸟?

鸟二哥后来还真的就变成一只鸟了。

这是后话之后话,暂不展开。

"一只白痴小鸟、一只白痴小鸟,鸟二哥一只白痴小鸟!小鸟顶个屁用,'白痴小鸟'屁都不是!小鸟呜呼,白痴小鸟呜呼哀哉!大爷朱时务我是一头死肥猪,一头死肥猪是一条穷凶极恶的狼狗变的,'狗吠深巷中,鸡鸣桑树颠',一条穷凶极恶的狼狗当之无愧'狗吠'行家里手!大爷我一头死肥猪急人之所急,想人之所想,诸位、诸位,敬请高抬贵手,敬请高抬贵手呀,你们就让一头死肥猪来替代一只白痴小鸟吧!"

猪五哥哈哈大笑起来。

没一个人反应过来,猪五哥就汪汪汪上了。猪五哥不是吃屎长大的,是吃蛆长大的,中气足——分贝高,"滚滚长江东逝水",震耳而欲聋,撕破脸皮。

我们一个比一个窝火起来。烈火。大混合寝室都快要被焚烧掉了。

"一头死肥猪,别叫了,求求你!"
"行行好,行行好,别叫了,别叫了!"
"疯了,疯了!"
"这叫声,岂止割心呀,简直割肉!"
"耳朵和心脏都受不了了!"
"地狱、地狱!"
"我还是去抹脖子上吊自杀吧!"
"再叫,再叫,大爷我就跟着一起叫了!"

无论我们如何激烈地抗议,自始至终,猪五哥都无动于衷,仿佛我们不是一个个人,而是一坨坨空气。

猪五哥已经不是一头死肥猪,而是一条不断地叫喊美丽、美好春天的小黄狗了!

我吃惊地发现小黄快乐一直垂涎三尺地看着猪五哥,双眼冒光,异样之光,光彩"照"人,光怪陆离。

桃花一旦盛开

猪五哥的狂吠引起了公愤,最窝火的还是那十条还未来得及对着小黄快乐学小黄快乐叫的疯狗。

小黄快乐早就备受班上的女生恩宠了,白天、黑夜,小黄快乐从这个女生温暖的怀抱爱恋进那个女生温馨的怀抱里。

鸟语花香中学文科复读班,除了"神经病"加"精神病"鸟二哥之外,没有一个是傻子。虽然大家心里都不怎么有底,但是,至少都比较有数。搞得好,小黄快乐是一座桥,通向天堂;搞得不好,小黄快乐是一座山,壁立千仞,不要说仙境了,就连人间仙境想去都去不了。

机不可失,失不再来,我们谁都不想放过这么一个示好"月下老人"小黄快乐的大好时机。拿下小黄快乐,拿下一朵朵花,拿下一朵最美之花。

好一头死肥猪!

"一江春水向东流","一池春水映梨花"。

孰料猪五哥不管三七二十一,扑通跳进"一池春水"里,吓得"梨花"纷纷扬扬地回到高高的梨树上。

一头死肥猪,成事不足,败事有余,还在狂吠!

大爷的,你这不是搅局吗?搅的是饭局也就罢了,你这搅的可是"钟爱情感"与"怀念春天"之局呀!

自寻死路!

十个人——十条还未来得及对着小黄快乐学它叫从而示好它的疯狗,一个接一个扑上去,捂住一头死肥猪臭烘烘的大嘴巴。

一旦失去了理智,又有谁能够想到后果呢?

"天作孽;犹可恕;自作孽,不可活",扑上去捂住猪五哥大嘴巴的,可就遭殃了,双手那叫一个臭呀,不要说其他人了,就连他们自己都受不了了!

十个人马不停蹄——

用水洗,怎么洗怎么臭;用土肥皂洗,照样又土又臭;用香肥皂洗,更难闻了。

十个人凑钱,飞快地买来一袋洗衣粉,"立竿见影白"牌,使出吃奶的力气洗,白是白了,臭更"立竿见影"了。

英国绅士与东方礼仪之邦之士绅

接下来请允许我叙述"热烈欢迎小黄快乐"之第二个环节吧,那就是,每个人都必须摸小黄快乐的屁股,以示与小黄快乐是亲朋好友。

我们一个接一个摸下去,小黄快乐积极配合,将英国绅士风度展现出来了。

鸟二哥摸它的屁股时,它汪了四声;虫三哥摸它的屁股时,它汪了六声;刀四哥摸它的屁股时,它汪了八声;瓢六哥摸它的屁股时,它汪了十二声;鱼七哥摸它的屁股时,它汪了十四声。

> 投我以木瓜,报之以琼琚。匪报也,永以为好也!
> 投我以木桃,报之以琼瑶。匪报也,永以为好也!
> 投我以木李,报之以琼玖。匪报也,永以为好也!
> ——《诗经》

对于一枚英国大绅士小黄快乐来说,"汪"就是敬礼,就是鞠躬,就是感恩。

好不容易轮到我们最亲最爱的鸟语花香下手了。

"哎哟,我的个大姨妈的大姨夫加小姨夫!"鸟语花香蹲下去,摸起小黄快乐的屁股来,鸟语与花香,"哎哟、哎哟哟!"

小黄快乐一个巨大的喷嚏,吓死我们了。

鸟语花香浑身都是香水,"一枝红杏"牌,一只麻子老鼠精心秘制的。
天空上一头头牛,公牛、母牛、野牛(东美洲和西美洲的野牛)。一只麻子老鼠一通"神吹","吹神"一枝红杏牌香水。一只麻子老鼠信誓旦旦地说他的香水十分之友情价,鸟语花香一下子就买了十大瓶,心开得鸟语绽放花香,花香盛开鸟语。友情价十有八九最不友情,更何况十分友情价,这还只是其次,关键的是香水的质量,更关键的是到底是不是香水。
呜呼哀哉!
可是,鸟语花香大爱(博爱)。周瑜打黄盖——一个愿打,一个愿挨;一只麻子老鼠卖鸟语花香——一个愿卖,一个愿买,足矣!

世上有不识货之人,有识货之狗,狗鼻子可灵了,更何况是小黄快乐呢?当之无愧狗中翘楚矣!即使鸟语花香香喷喷在千米之外,小黄快乐照样也能嗅出他究竟以什么姿势藏在什么地方来,更何况如此之"零距离接触"呢!
小黄快乐不停地打起惊天地、泣鬼神的喷嚏来。
唉——
一枝红杏牌香水,岂止呛死狗呀,还呛死人呢!
"粉身碎骨浑不怕,要留清白在人间。"
小黄快乐不仅是风度翩翩西方绅士,还是源远流长东方礼仪之邦之士绅,实在是忍无可忍鸟语花香了,照样忍了,毕竟人家是友好与疼爱嘛!

鸟语花香的一双小手,忽上忽下、若上若下,东西南北中,春江花月夜。
我们目瞪口呆起来。
我们顶多也就摸摸而已,鸟语花香是抚摸,确凿无疑是抚摸。
鸟语花香"抚摸"之手法,赤橙黄绿青蓝紫,多变到了极致,令人不由得不眼花缭乱起来。
"这不是抚摸,这是按摩!"班长牛大说。

鸟语花香最令人肃然起敬的还是手法之细腻。

小黄快乐舒服得昏昏欲睡起来。

我们深感鸟语花香抚摸的是我们,飘飘欲仙起来。

"这是按摩,是世界超一流按摩!"学习委员牛二飘在半空之中,仙风道骨地说。

猪五哥一边站在旁边看戏,一边大吃特吃"西施饼干"("降压饼干"),实在是忍无可忍鸟语花香了,轰隆隆三两步上去,一把拽开鸟语花香,圆滚滚地蹲下去,一只手津津有味地吃着饼干,一只手滋滋有味地摸起小黄快乐圆乎乎的屁股来。

小黄快乐一个喷嚏,天大地大,王者归来,吓得猪五哥一哆嗦,手中的一打饼干掉到了地上。小黄快乐一脸的歉意。猪五哥默默地捡起地上的饼干来,黯然神伤。小黄快乐汪汪汪叫起来。猪五哥默默地看了小黄快乐一眼,转身离开,一步步重而沉,口中嚼着"降压饼干",山响。小黄快乐比猪五哥更加黯然神伤起来。

亲嘴

第三个环节,亦是最后一个环节。

每个人都必须亲小黄快乐,以示与小黄快乐不是恋人,胜似恋人。

大家都还沉浸在第二个环节的其乐融融之中,都还沉浸在猪五哥与小黄快乐的"黯然神伤"之中,一头死肥猪猪五哥猛然间大喊大叫起来——

"亲嘴我最擅长了,我什么嘴没有亲过?亲嘴是一门技术活儿,更是一门艺术活儿!我第一个来,初吻哪,你们谁都不许跟大爷我抢,谁跟大爷我抢,大爷我保证一个吻就亲死谁!"

宁可被天打雷劈死,也决不被一头死肥猪亲死!

——鸟语花香中学文科复读班鸟二哥董鸣鸟版学生守则第一条

宁可被比自己大二十岁的人亲了,也决不被一头死肥猪亲死!

——鸟语花香中学文科复读班虫三哥胡朋朋版学生守则第一条

宁可被比自己小十岁的人亲了,也决不被一头死肥猪亲死!

——鸟语花香中学文科复读班刀四哥苟友友版学生守则第一条

宁可被小黄快乐活埋了,也决不被一头死肥猪亲死!

——鸟语花香中学文科复读班瓢六哥马平安版学生守则第一条

宁可被小黄快乐生吃了,也决不被一头死肥猪亲死!

——鸟语花香中学文科复读班鱼七哥牛健康版学生守则第一条

……

"忽如一夜春风来,千树万树梨花开",一朵梨花,一束初吻。我们十有八九情窦才初开,九有八十"初吻"都还没有来得及绽放。世上最浪漫的是初见,最珍贵的是初吻。我们都还守身如玉地等着献给"初见"之人呢!"出淤泥而不染,濯清涟而不妖",世上最不可以被玷污的是清白,爱与恋的清白。

三十六计,走为上策,我们一个个慌忙让开了。

小黄快乐可乐可乐了。

唉,可怜的娃,你是不知道呀,你就等着"滚滚长江东逝水,浪花淘尽英雄"吧!

猪五哥一口口唾沫水吐在肥大的手掌心上,弯下世上最美的小蛮腰,撅起宇宙级别的屁股来,意欲深情款款地亲小黄快乐。小黄快乐一动不动,一副很是享受的样子。就要亲上啦!猪五哥心花怒放起来,我们一个比一个心旷神怡起来。小黄快乐冷不丁一个激灵,飞速转身,猪五哥垂涎三尺地亲吻上小黄快乐一枚干干净净的屁股。

"这是屁股,这不是嘴巴!"猪五哥抹了抹嘴巴,哈哈大笑起来。

小黄快乐汪汪汪叫起来。

"心急吃不成一块热豆腐,性急吃不完一缸臭萝卜!既然都已经两相情愿、心心相印了,那就白头翁白头,天长地久了。'两情若是久长时,又岂在朝朝暮暮?'来日方长!看把你给急的,一头的汗!你以为就你急呀!我比你还要急呢!"猪五哥兴冲冲地凑到小黄快乐跟前,"来啦,来啦,'身无彩凤双飞翼,心有灵犀一点通',大爷我的金灿灿的比初吻还要初吻的初吻就要一次性献给你啦!"

小黄快乐一跃而过猪五哥硕大无比的猪头,东躲西藏起来,猪五哥穷追猛打,小黄快乐奋力反抗起来。

……(此处省略一千字。)

你还真的就不能责怪小黄快乐。太臭啦,猪五哥的嘴巴!不要说是个人了,就连鸟二哥都避之唯恐不及,更何况一条狗中之狗——小黄快乐呢!

一个躲闪不及,猪五哥终于亲上了。

天哪,一头死肥猪真的亲上小黄快乐啦!天大的悲剧!这叫小黄快乐今后还怎么活蹦乱跳地过呀!虽然怎么过都是过,大不了得过且过,但是,小黄快乐已经被"臭"坏了,还"宠幸"得了三宫六院七十二嫔妃吗?生不如死,死了算了,一死解千愁,好可怜的小黄快乐!

鸟二哥我蹲在旁边看热闹,猪五哥亲小黄快乐,小黄快乐猛地一个抽身,猪五哥亲上了乐滋滋在小黄快乐屁股后面滋滋乐的我。

大不幸矣!

原来是你呀,我还以为是小黄快乐呢,白白伤心了一大会儿,你不要说一只鸟的事了,就连一根鸟毛事都不会有!"千锤百炼出深山,烈火焚烧若等闲",你一只蓝色大鸟鸟二哥都和一头死肥猪猪五哥同床共枕那么长时间了,早就百毒不侵,百病不生啦!"仁者乐山,智者乐水。"有些事,对于有些人是坏事，对于有些人反而是天大的好事！喜从天降。恭喜贺喜你呀，我的个鸟哥哥！

白面郎君的脑子与鸟二哥的脑子

前文写道——"扑上去捂住猪五哥大嘴巴的，可就遭殃了，双手那叫一个臭呀……十个人凑钱，飞快地买来一袋洗衣粉，'立竿见影白'牌，使出吃奶的力气洗，白是白了，臭更'立竿见影'了。"

短兵相接，赤身肉搏，最惨而苦的还是第一个冲上去捂住猪五哥嘴巴的，此君绰号白面郎君。

白面郎君洁癖，心急如焚，一咬牙，买了十袋洗衣粉，"黑立竿见影白"牌。一个月的生活费鸡飞蛋打，一个月吃腌萝卜，三个月一身的腌萝卜味儿。

黑夜如同白天，白天如同黑夜，白面郎君在大混合寝室里就地取材，破抹布、破袜子、破内裤，烂木头、旧砖头、碎石头，寸有所长，尺有所短，擦、揉、搓、推、捶、戳……动作十分娴熟，姿势三分优美，堪比世界一流的搓澡工与推拿师与打铁匠。

每次白面郎君在大混合寝室里搓澡、推拿、打铁的时候，鸟二哥我都一直在认真而仔细地看。破抹布、破袜子、破内裤，脑海里飞来舞去；烂木头、旧砖头、碎石头，脑海里横冲直撞。

白面郎君"黑立竿见影白"，从两只手向上延扩开来，延扩到全身，全身愈来愈臭。

唉，我就连做梦都破抹布、破袜子、破内裤飞来舞去，裹挟着各式各样的复习资料；烂木头、旧砖头、碎石头横冲直撞，夹带着各种各样的高考试题。

"天长路远魂飞苦，梦魂不到关山难。"

白面郎君的脑子山洪暴发，泥石流起来；鸟二哥的脑子山洪暴发，一片沼泽地起来。

白面郎君身不由己、情不自禁，我又何尝不是如此呢？

我们又何尝不是如此呢？

"无为而治"与有所作为

"盛年不重来，一日难再晨。及时当勉励，岁月不待人。"

大江东去，大浪淘沙，岁月不待人，更不待一年一度"烈日炎炎似火烧"的高考！

白面郎君惨遭此不明不白的厄运，性子又急，眼看着他的头发一根根地往下掉，我们这些狐朋狗友（难兄难弟）一个个干着急，没有任何办法。

唉——

如若不能有所作为，那就顺其自然，那就"无为而治"吧！掉吧，掉吧，只要掉的不是脑袋，就南无阿弥陀佛、观世音菩萨保佑了。

天气越来越热。高考的脚步声愈来愈响彻肺腑。时间随之飞逝起来。不要说我们了，就连白面郎君自己都无暇顾及头发的日渐稀少了。

一天晚自习。

小黄快乐津津有味陪读瓢六哥和鱼七哥，鱼七哥一门心思听课，瓢六哥一往情深地看着鱼七哥。鸟语花香突然一声尖叫，吓得小黄快乐一头撞进鱼七哥两腿之间，鱼七哥一声声号叫，瓢六哥紧跟着号叫起来。

"你们到底怎么啦？"米是金老师玉立在讲台上，皱起两道美好的柳叶眉来，不紧不慢地说。

"白面郎君、白面郎君！"鸟语花香一惊一乍地说。

"白面郎君怎么了？"

"一根毛都没有啦，一根毛都没有啦！"

"真的一根毛都没有了吗?"米是金老师悲哀地说。

"骗人是小狗!"鸟语花香悲愤地说。

昨天不是还有三根吗？一根比一根帅气冲天！这么快就都没啦？这也太离谱了吧！

我们齐刷刷地扭头看白面郎君,天哪,果真什么都没有了！

"长叹息以掩涕兮,哀'复读生'之多艰",谢天谢地,阿弥陀佛,菩萨保佑,白面郎君终于一毛不拔,终究秃子顶了！

下晚自习之后,大混合寝室里,我们手拉着手围成一圈,白面郎君站在"爱之圈"中,昏暗而昏昏沉沉的灯光下,一枚秃子顶闪闪发光、熠熠生辉,宛若一个偌大的"黄金加白银"秃瓢,非常伟大且极其崇高。

"光了好,光了就一根毛都掉不下来啦!"

"每次看见你掉毛,我都心痛不已,你再掉的话,我是会得心脏病的,这下太好啦,我的心脏得救了!"

"白面郎君掉毛好,白面郎君掉毛好!"

"光光好,光光好!"

"帅、帅!"

"光帅,光帅!"

"比灯泡管用多啦!"

"月亮、月亮,圆圆的月亮!"

"岂止是一颗晶莹的月亮呀,简直是一颗璀璨的太阳!"

"阳光灿烂,春光明媚!"

"普照万物,万物复苏!"

"普度众生,众生阿弥陀佛!"

……

久违的开心的笑容终于在白面郎君一张"沧桑、苍凉"的脸上显现出来了。我们一个接一个长呼一大口气。唉,尘埃已然落定,总该告一段落,总得消停消停了吧!

"风萧萧兮易水寒,壮士一去兮不复还"

高考 A 卷模拟考试之后不久,一天中午,烈日当空,拉开焦金流石、赤地千里的架势。

白面郎君冲进热火朝天的大混合寝室,一脸的"风萧萧兮易水寒,壮士一去兮不复还"。我们情不自禁地围拢起白面郎君。白面郎君眉头皱成了两座泰山,半天不发一言,俨然一段呆木头之中的一截烂木头。我们心神不宁地看着他。

"赶紧都跟我走!"白面郎君形容枯槁,面目白而惨,沧桑的声音突然间苍凉地响了起来。

小黄快乐吓得跳到了猪五哥的头顶上,猪五哥浑然不知。

"你让大伙儿跟着你走,大伙儿就跟着你走。你是谁呀?你是鸟语花香中学我最敬仰的兢兢业业、任劳任怨的马校长吗?"瓢六哥大声说。

"昨天晚上……"鱼七哥的一双金鱼眼里充满了恐慌。

"昨天晚上怎么啦?不就是米是金老师晚自习大谈特谈死,大家睡觉之前大谈特谈鬼吗?钢铁是怎样炼成的?千锤百炼而成的!怕死不是复读生,更不是资深复读生!我们就连死都不怕了,还会怕鬼吗?"瓢六哥高声说。

"十年生死两茫茫"

昨天晚自习,米是金老师"一往而情深"地讲解苏轼的《江城子·乙卯正月二十日夜记梦》——

"十年生死两茫茫"呀,这是一种什么样的感觉,你们知道吗?一个地上,一个地下。十年哪,三千六百五十天,地上之人日思夜想地下之人,痛不欲生!"身无彩凤双飞翼,心有灵犀一点通。"你们以为地下之人就不知道吗？虽然早就阴阳相隔了,但是地下之人照样是知道的。不仅如此,还更加痛苦不堪呢！为什么呢？因为在世的时候,两个人太恩爱了！爱的力量是无穷无尽的,不仅可以贯穿阴阳之隔,还可以在阴阳之间搭起一座爱之桥来。"在天愿作比翼鸟,在地愿为连理枝。"桥这头一颗心,桥那头一颗心,两颗心,心连心。

"春心莫共花争发,一寸相思一寸灰。"

"不思量,自难忘",更何况日日夜夜思量！

勿忘我——勿忘我呀！

忘不了,忘不了呀,忘得了自己都忘不了你！

哪有那么容易忘得了？柴米油盐酱醋茶！怎么可能忘得了？一旦一起柴米油盐酱醋茶过了,就不仅仅是同甘,更是共苦了。

还有孩子呢,孩子是爱与恋的结晶。

可怜孩子早就没有了母亲,可怜丈夫早就没有了妻子。

"千里孤坟,无处话凄凉"！

一座孤坟,千里之外——千里之内,远在天边,近在眼前。然而,怎么一起沟通——一起交流,如何话说一直压在心头的无边无际的凄凉呢？无时,无处！

即便桥这头之人走到了桥那头,桥那头之人走回了桥这头,又能怎么样呢？"纵使相逢应不识,尘满面,鬓如霜",除了擦肩而过,还是擦肩而过！

虽然如此,但是,真爱,是无论谁都阻挡不了的,包括冷酷无情的死神。

梦之外相见不了,梦之中相见。

"夜来幽梦忽还乡,小轩窗,正梳妆",相见不如不见,"相顾无言,唯有泪千行"。

一行泪,一行天涯海角心碎。

古道之上,西风飞卷瘦马；枯藤之中,老树梦绕昏鸦。小桥、流水、人家。"断肠人","断肠人在天涯"。

唉——

"料得年年肠断处","料得年年肠断处"！

"明月夜,短松冈。"

米是金老师的讲解,揉碎了小黄快乐一颗善良而多情的心。小黄快乐一步步地离开瓢六哥和鱼七哥,一步步地走向悲伤欲绝的讲台与讲台上的米是金老师。

"曾经沧海难为水,除却巫山不是云。"米是金老师讲着、讲着,蹲到地上,两只手捂住两只眼睛,泪水从指缝间流了出来。虽然不是同病相怜,但是,胜似同病相怜。米是金老师肯定是想到了自己曲曲折折的爱情了。

小黄快乐站在米是金老师跟前,一脸的凄凉。米是金老师从地上站起来,一脸的泪水。小黄快乐心疼不已。

"料得年年肠断处、肠断处!"猪五哥言毕,一声长叹,趴在课桌上号啕大哭起来,鸟语花香紧跟着大哭起来。

不一会儿工夫,教室里哭作一团。

八妹平果果仰面泪流不止,两只大白兔波澜起伏,波涛汹涌,看样子,也是伤心得不行了。九妹水中央趴在课桌上抽泣不已,长发乱作一团,极致"美而秀"。十妹木林森心痛不已,欲哭早已无泪,遂不得不干号起来。十一妹云改男嗷嗷直哭,一声嗷,一朵彩云飞变成了一堆乌云滚。

"明月夜,短松冈。"
我们被米是金老师带进明月夜,带到一座座短松冈上。
明月有心,松涛阵阵。

短松冈上,董鸣鸟看见祖母从远处颤巍巍地走过来,一步一个脚印,一个脚印一抹夕阳,夕阳西下,"一道残阳铺水中",一道残阳山巅如血汹涌。

夕阳——残阳不断地堆积在董鸣鸟心中,重若五岳纵横,轻如落叶飘零。董鸣鸟使出吃奶的力气大声叫喊起来,不要过来,不要过来呀,奶奶、奶奶!

越大声,声音越小;越用力,力气越若有若无。自以为用力,其实早就用不上力了;自以为大声,其实早就声若蚊虫了。

"爱就是充实了的生命,正如盛满了酒的酒杯。"

夕阳——残阳几乎耗尽了董鸣鸟所有的精神与精力。

好大的风声,好大的松涛声,董鸣鸟瘫坐在冷冷的短松冈上。

月亮升起来了,月亮好大,好圆,祖母走过来了,月亮坠落进董鸣鸟的怀抱之中,月亮太冷,董鸣鸟看不见祖母了。

短松冈上,牛健康看见年轻的父亲和年轻的母亲。

牛健康家以及他外公、外婆家,祖祖辈辈都是小山村的贫寒之家,两家一直相互帮衬着。牛健康的父亲和母亲都老实巴交的,两个人从小就相依为命。

好人一生平安。

牛健康的父亲年纪轻轻地死了,牛健康的母亲年纪轻轻地死了。

牛健康独自站在浩瀚的松涛声之中,眼前——

被雷管炸得血肉横飞的父亲,血肉依旧在横飞;被轰然倒塌的土砖屋埋葬的母亲,四肢依旧埋葬在沉重的瓦与土之下。

"无父何怙?无母何恃?"

月光之中——

牛健康拼命地刨起土与瓦来,双手血肉模糊。牛健康要将母亲拽出来,要母亲活着,要母亲陪着他长大成人。

……

"不思量,自难忘。"

米是金老师等大家的心情都平复下来之后,触类旁通,推而广之古人呕心沥血书写死亡的诗句,上下五千年,纵横几万里。

鬼故事

"草死东风吹复生,骨枯东风吹不荣。"

风声鹤唳,草木皆兵;腐肉成魂,枯骨化鬼。

在米是金老师的启发下,晚上睡觉之前,我们一个接一个讲起鬼故事起来。

猪五哥一直尿个不停。

鸟语花香一开始非常之活跃,极力怂恿大家接着讲下去,不时地来一句,哎哟,我的个大姨妈。鸟语花香为我们的鬼故事增光添色(减光去色)了不少。

突然间,鸟语花香一声尖叫,仿佛来自第十八层地狱。

猪五哥一屁股差一点就将鸟二哥我拱下床去了。

一只麻子老鼠躲在一个阴暗、偏僻的角落里,自己疼爱自己的两条大腿。一只麻子老鼠的疼爱之手惊吓过度,一跳多高,落到同床"一只麻雀"的两只瘦骨嶙峋的脚上,继续以疼爱的方式疼爱着,一只麻雀早就魂飞魄散了,浑然不知。

"春江潮水连海平,海上'有鬼'共潮生。滟滟随波千万里,何处春江无'鬼魂'。"

随着鸟语花香的一声尖叫,我们的鬼故事的兴致"春江潮水"般地"连海平"起来了,"滟滟随波千万里"。

大混合寝室里到处都是鬼!

鸟语花香时不时的一声声凄厉地惨叫起来。

"同是天涯沦落人,相逢何必曾相识。"

鸟语花香如同那个天涯琵琶女,"千呼万唤始出来,犹抱琵琶半遮面";

鸟语花香的一系列的惨叫声,千变万化,恰似天涯琵琶女之"天涯沦落"琵琶声。

感谢鸟语花香!

他的鸟语,成了我们的鬼故事之配乐,天仙配——绝配;他的花香,成了我们的鬼故事之伴舞,天香国色。

"别有幽愁暗恨生,此时无声胜有声","东船西舫悄无言,唯见江心秋月白。"

突然间,鸟语花香一叫都不叫了。我们索然无味起来。原来他是吓晕过去了。我们更加索然无味起来。

"座中泣下谁最多?江州司马青衫湿。"

一曲琵琶行,千古魂绝唱。

我们以为自己是"同是沦落人"之"江州司马",然而,我们只不过是天涯琵琶女那张神出鬼没的琵琶而已!

千山万水县搓衣板小镇鸟语花香中学文科复读班资深复读生之鸟语花香,魂飞而魄散,天马行空地将我们弹奏得全失眠了,通宵达旦失眠。

第二天早上,鸟语花香醒过来,什么事都没有,仿佛昨天晚上什么事都没发生过似的。

可怜我们一个个眼睛里布满了猩红猩红的血丝。

"自作孽,不可活!"

天字第一号"屈死鬼"

人生十有八九不如意。

让我们还是回到"形容枯槁、面目白而惨"的白面郎君身边吧!

窗外，烈日依旧；蓝天更蓝，白云更白了。

白面郎君站在寝室中间，越看越像我们昨天晚上谈及的天字第一号"屈死鬼"。

"我们死都不怕了，还会怕鬼吗？"瓢六哥见自己的一席真知灼见就连鱼七哥都没有呼应，尖声说，"你们说是不是呀，是不是呀？"

"是。"

一只麻子老鼠幽灵般来到瓢六哥背后，幽幽深深地拍着他的肩膀，幽幽深深地说。

瓢六哥一个冷战，回头一看，惨叫起来："一只麻子老鼠！"

"这就对啦。"

一只麻子老鼠言毕，不见了踪影。

天哪！

白面郎君不是越看越像"屈死鬼"了，而是彻底成了"屈死鬼"！

"面朝黄土背朝天……"有人心酸地说。

"从此，我无颜再见亲人面……"有人揪心地说。

"我看见我的脖子在梨树上荡秋千……"有人血淋淋地说。

"我一直在坟墓里看着你……"有人空洞而虚无缥缈地说。

"我在下面等着你！"有人纹丝不动地说。

……

虽然大家都是模仿的，但是，太像同一个人的语气与神情了。

寝室里渐渐安静下来，白天——黑夜，一直暗幽下去。

"面朝黄土背朝天，从此，我无颜再见亲人面，我看见我的脖子在梨花盛开的梨树上荡秋千，我一直在坟墓里看着你，我在下面等着你！"虫三哥毛发与骨头悚然，声音抖动起来，"谁说的？太恐怖了！"

"白面郎君说的。"刀四哥幽幽地说。

"他一个人说的?"虫三哥惊惧地说。

"是呀,梦话而已。"刀四哥幽幽地说。

昨天晚上,白面郎君通宵达旦说梦话——"面朝黄土背朝天……我在下面等着你。"

我们纷纷从梦中惊醒,一个个辗转反侧起来,"抽刀断水水更流,举杯销愁愁更愁"。

"一个个的'瞎'扯淡,人在做,天在看,难道你们就不怕蛋疼吗?"站在寝室中间的白面郎君猛然间大声嚷嚷起来,"我说梦话了吗?胡说八道!从小到大,我就连梦都不曾做过一个,我还说什么梦话呀?岂有此理!一个个吃多了腌萝卜和腌白菜,撑得慌。脑子成一只只腌萝卜了,又臭又黑又腐烂;脑袋上面一棵棵腌白菜旗帜飘扬,照样又臭又黑又腐烂!你们到底跟不跟我走呀?条条大路通罗马,你们不跟我走,我一个人走!"

白面郎君言毕,掉头就走,我们紧跟其后,鱼贯而出。

娱乐场 + 殡仪馆

头顶烈日,一寸寸爆裂;横空阳光,一堆堆火辣。

白面郎君佝偻着修长的身躯,一直大踏步地往前走,一声不吭。黑色的肥大的裤子摇来摆去,裤脚高高卷起,皱巴巴的。两条细腿,两根剥皮麻秆,起起落落。白色的窄小的衬衣,衣领向里卷着,污垢"龙腾虎跃"加"龙潭虎穴"。两只手臂,两根羊尾,软塌塌地下垂。两只赤脚,"尘满面,鬓如霜",一双拖鞋破破烂烂的,也不知道是从哪个年代传承下来的,噼里啪啦直响。鸭子脖颈上,一个硕大的、无与伦比的秃瓢,摇摇欲坠不坠,闪闪发光、生辉。

风与雨早就死去了,一花一草,一树一木,大地的裹尸布,回光在返照。

白面郎君深一脚、浅一脚,屁股如同一枚瘦小的鸟蛋,时隐时现,若有若无。我们跟在后面,一个比一个惶惶然。他七拐八拐,拐到臭气远扬的公共大厕所背后,倏忽钻进一个小角落里。小角落常年阴暗、潮湿,不仅是活耗子的娱乐场,还是死耗子的殡仪馆。公共大厕所就在大混合寝室旁边,要不了几分钟就可以到达。可是,我们跟在他后面,一枚"鸟蛋屁股"闪烁不定,一直拐,各种拐,谁都不知道到底拐了多长时间,我们更加惶恐不安起来。

在这个活耗子与死耗子和平共处的小角落里,白面郎君的脸色凄寒亿万年,我们嗅到了不愿意嗅到的气息。眨眼间,白面郎君从两腿之间掏出三把菜刀来。三把菜刀一把比一把长,一把比一把宽;一把比一把锋芒毕露,一把比一把冰天雪地。我们顿时吓坏了。

"我要将这只手砍掉!不砍掉它,我看不进去书!书都看不进去了,还参加什么高考呀?高考都高考不了,还上什么大学呀?悲剧呀悲剧!我,生即死,生不如死!"

白面郎君左手举起三把菜刀来,右手白惨惨的,一股股臭气。

留得青山在,不怕没柴烧。
刀下留人!

一只只老鼠钻出来,死老鼠、活老鼠,匍匐前进,悄无声息。
"别,别,您可千万别!"
"这可不是闹着玩的!"
"这是会出大事的,天大的事的!"

老鼠爬向白面郎君,脚印淹没脚印。
"放下、放下,赶紧放下来!"
"放下屠刀,立地成佛!"

老鼠围住白面郎君,一只比一只白色,一只比一只黑色,黑暗的白色,白茫茫的黑色。

"这不是自己跟自己过不去吗?"

"大水冲了龙王庙!"

老鼠载歌载舞起来。

"你这不是自残吗?"

"'煮豆燃豆萁,豆在釜中泣。本是同根生,相煎何太急?'血浓于水,手足兄弟自相残杀,人类惨相呀!"

老鼠爬到白面郎君身上,一只比一只肥大,一只比一只壮硕。老鼠垂涎三尺、三丈、三十丈、三百丈……垂涎,白色绸带,铺天盖地,昏天黑地。

"有必要把自己弄得这么泰山压顶、五雷轰顶吗?有必要把自己弄得这么紧张兮兮、晕头转向吗?有必要这样刻意吗?有必要如此强迫吗?一天到晚,鸡飞、狗跳、猫上树、驴打滚!你呀你,要不是一天到晚死死活活折腾来、折腾去,你这只手早就没事了,早就回到从前了。"

"瞎整、瞎整,心理变态、心理变态!"

一只老鼠钻进白面郎君的袖子,袖子肥沃,老鼠肥美。

"顺其自然,顺其自然!"

"时间是最好的药物,就让时间治疗一切吧!"

"可怜的娃,早就被时间遗忘在角落里了!"

"变态呀!"

"他这不是变态,他这是在高压之下心理扭曲了。"

"这还不是变态呀?"

"我们都已经心理扭曲了!"

一只只老鼠从白面郎君的下巴底下钻了出来。

"脑子有问题,关手屁事呀!"

"做你的手,怎么就这么倒霉呢?"

"做他养的鸟,更倒霉!"

"干烤!"

"一辈子赶考,一辈子干烤!"

一只老鼠爬到白面郎君的脑袋上,一只只老鼠爬到白面郎君的脑袋上。

"对症下药,对症下药!"

"想开点,想开点,一天到晚胡思乱想,是解决不了问题的,徒增烦恼而已。"

"病由心生,长此以往,精神还没崩溃,身体就崩溃了!"

"是啊,这是会死人的!"

"保重龙体、保重龙体呀!"

"大家都是资深复读生,谁没有压力呢?"

"压力再大,生命还在,生活依旧!"

老鼠在白面郎君的脑袋上叠起一个天梯来,直抵云霄,直达云霄之外,龙飞凤舞,龙凤呈祥。

"前途迷茫,咬紧牙关挺着,一直挺着,说不定什么时候就云开日出了。"

……

我们口干舌燥,白面郎君依旧拉开架势,不砍手誓不罢休。

"您可千万不要一失足成千古恨呀!手都砍掉了,日后还怎么自己抚摸自己,自己安慰自己呢?还要不要自己尊敬自己,自己重视自己,自己疼爱自己啦?"虫三哥说。

"右手没了,还有左手!"

"您平时挠痒痒用的是左手,还是右手呀?"刀四哥幽幽地说。

"右手!"

"那不就得了!"虫三哥说。

"一回生,二回熟,天长日久,左手照样熟能生巧!"

"不挠痒痒了,不挠痒痒了,我们不挠痒痒了,总可以了吧?可是,男子汉大丈夫顶天立地,除了挠痒痒,还要抠臭脚丫呢!"猪五哥哭丧着脸说。

"一只手照样可以抠!"

"一个人有几只脚呀?"瓢六哥大声说。

"两只,正常的都是两只!"

"那不就得了!"瓢六哥和鱼七哥异口同声。

"我先抠这只脚,再抠那只脚!"

"孺子不可教也!砍吧,砍吧,我们看着你往死里砍!"虫三哥、刀四哥和瓢六哥、鱼七哥一起怒吼起来。

好长时间,白面郎君不要说三把菜刀了,就连一把菜刀都没砍下去。

菜刀,一把接一把掉到了地上。

六个彪形大汉吭哧吭哧地抬着三把菜刀,站到厕所粪坑门口,"一——二——三——四——五——六——七——六——五——四——三——二——一",声嘶力竭,扔进粪坑里。

你洁癖,我还节操呢

事后,我们才觉得最该被扔进粪坑的是拉开珠穆朗玛峰的架势要砍手的白面郎君。

你个砍头的,砍什么手呀?活该千刀万剐!多你一个不多,少你一个不少。多你一个,人间多了一个"祸害";少你一个,人间照样还有祸害!

我们活生生地被白面郎君"骗"了。

有真的要自杀的,还大张旗鼓地叫一群人过去看的吗?没有!砍手一个道理。再者说了,即便是砍一只手与两条腿,一把明晃晃的菜刀足矣!有必要三把菜刀一起上吗?多么浪费资源呀!

白面郎君是班上男生中第三脏,第一脏猪五哥朱时务,第二脏鸟二哥董鸣鸟。

不要脸,还洁癖呢!我呸,你洁癖,我还节操呢!死不要脸!

不仅有自己掉下来的,还有自己揪下来的

白面郎君已经复读若干次了。

现如今,估计他自己都记不清自己到底复读过多少次了,反正我是早就记不清了。

第一次复读之前,白面郎君就开始掉头发了。

这究竟是未老先衰,还是未衰先老呢?

白面郎君的头发不仅有自己掉下来的,还有自己揪下来的。

一开始,考试时不停地揪头发,一根头发一道题——三根头发一道题——十根头发一道题……头发潇潇洒洒在试卷上,成为试卷的美丽装饰物,成为心灵的美好装饰物。

还是做不出来,还是做不出来!

同样的试题,为什么上次都做出来了,这次反而就做不出来了呢?

郎君大哥,别揪我啦,我不疼,养育我的肥沃的土地疼痛不已呀!

还揪,还揪,疼死啦,疼死啦,鸟二哥有病,你白面郎君比他还有病!

有些事,有些人,一发则不可收(一病则不起)。

后来,上课时,白面郎君也时不时地揪起头发来。揪着,揪着,听得进去课了;揪着,揪着,听不进去课了;揪着,揪着,听得进去课了。

……

金婚戒指　银婚戒指

"风乍起",白面郎君的头发在教室里飞来舞去,发黑的发黑,发白的发白,黑白相间的黑白相间。

猪五哥一大杯"可口可乐",在灿烂的阳光下,追逐起白面郎君的头发来,屁股起伏不定,群山连绵不绝。猪五哥将一根根抓捕归案的头发,小心翼翼地归拢,温柔地绕过来、绕过去,白发戴到左手的手指头上,黑发戴到右手的手指头上。

"戒指、戒指!"猪五哥欢天喜地起来,"这个是金婚戒指,这个是银婚戒指!"

"哎哟,我的个天大地大的大姨妈,不要说二婚了,就连一婚都没结,还好意思说什么金婚、银婚!一个一辈子注定自己和自己结婚,自己和自己过日子的,婚什么婚?水婚、水婚!"鸟语花香说,"白面郎君一表人才,风流'踢裆',会看得上你一头天大地大的死肥猪吗?看都看不上,还送你个屁戒指呀!癞蛤蟆吃天鹅肉,想得比潘仁美还要美!"

"成也萧何,败也萧何"

我猛然间抬起头来,一根白发悬在面前,笔直笔直的,一柱擎天,吓我一大跳。白发优雅地向我鞠了一个躬,从头到尾,笑盈盈的。

原来一切都有生命,一切都生机勃勃。

"成也萧何,败也萧何。"

猪五哥倒吸一口凉气,悬空之白发——绅士之中的绅士,一下子就进了一头死肥猪黑窟窿的胃里。岂止大煞风景呀,简直就是扼杀生命,扼杀生机勃勃!

"善有善报,恶有恶报。"

无论黑发,还是白发,都是难以消化的,不仅如此,绅士之中的绅士还一直不屈不挠地死"缠"烂"打"在猪五哥的胃里。

从此以后,猪五哥经常胃疼起来。

鸟语花香鸟语花香地说,一头死肥猪之所以胃疼,是因为大吃特吃校门口小店老板娘"饼干西施"的劣质"西施饼干"吃疼的。

西施浣纱,昭君出塞,貂蝉拜月,贵妃醉酒。

鸟语花香接着"鸟语"与"花香"地说,好西施女色的男人,迟早都是要遭几千年前就魂飞魄散了的西施的"恶鬼"报应的!

一只麻子老鼠为此屡次和鸟语花香吵得翻天覆地。一次,他们俩还差一点就在大混合寝室里你死我活地厮打起来了。

"我们的老祖宗孔子是古往今来全世界最睿智的男人,孔子早就开天辟地地说过,'食色,人之性也'!美是伟大的、崇高的,美色是美的。好西施女色的男人,才是男人;好西施女色的女人,才是女人!"一只麻子老鼠振振有词,"我不是为了'饼干西施',更不是为了'西施饼干',而是为了无缘无故地被扭曲的西施!路见不平,拔刀相助!纵使上刀山、下火海,纵使死无葬身之地,抱打不平都是男儿之本分!好男儿,英雄本色,本色英雄!"

"哎哟,哎哟,哎哟哟,我的个大姨妈!'食色,人之性也',不是孔子说的,是老子说的啦!"鸟语花香笑开鸟语花香的怀抱来,"哎哟哟,我的个大姨夫!白痴、白痴,你个天大地大的白痴!"

"说我什么都可以,就是不要说我白痴,更不要天大地大的!"一只麻子老鼠挥舞着"一只麻子老鼠"拳头,气呼呼而出"一千只麻子老鼠",跌跌撞撞地冲向鸟语花香。

一只麻子老鼠四岁才开始说话,六岁还在喝奶,八岁还时不时地尿床,十岁还经常拖鼻涕,因此,从小到大绰号——"白痴"。

白痴，对于他来说，是任何人都不能触犯、不能触及的底线，更何况还是一个天大地大的白痴！

"本是同根生，相煎何太急。"
君子动口不动手！

一只麻子老鼠四只手（四只脚），挥来舞去；一嘴的"麻子老鼠牙齿"，一把把暗黄色的利刃，杀气腾腾。
鸟语花香吓得鸟语花香地浑身颤抖起来。

是可忍，孰不可忍！
猪五哥——猪大侠，飞滚进一只麻子老鼠和鸟语花香中间。
眨眼间！
鸟语花香被弹进虫三哥的钢打铁铸的怀抱里，一只麻子老鼠被吸进猪五哥的大腹便便之中。
不亮招子不知道，一亮招子吓一跳！
原来猪五哥猪大侠果真精通以肥为美、以胖为荣的大唐盛世之两大神功——"股弹神功"以及"腹吸神功"。

台上三分钟，台下十年功。
天哪！
一只麻子老鼠唯有"一只麻子老鼠脑袋"露在外面，鸟语花香只有"鸟语花香脑袋"露在外面。

"月儿弯弯照九州，几家欢乐几家愁。"
可怜鸟语花香笑，可怜一只麻子老鼠哭。笑如花，哭如草。天堂的天堂，地狱的地狱。一个快要笑死了，一个就要哭死了。

救人一命,胜造七级浮屠。可是,到底先救谁呢?我们面面相觑起来。投票!

除了毛大头仰着一个冷若冰霜的大头之外,我们一致通过先救鸟语花香。我们的理由十分之充分——虫三哥太钢打铁铸了,鸟语花香肯定都要疼死了!

呸呸呸! 有没有搞错呀? 鸟语花香一直在欢笑着呢!一个都要疼死了的人,还会笑得如此之"鸟语与花香"吗?

呸呸呸! 一个还没有断奶的小屁孩,你知道什么呀? 一个人开心到了极点,是会喜极而泣的;一个人难受到了极致,是会欲哭无泪、啼笑皆非,甚至拊掌大笑起来的!

我们一个接一个勇猛地扑向鸟语花香的"鸟语花香绽放"的脑袋。

"哎哟、哎哟哟,我的个大姨妈的大姨爹、大姨奶,都给我走开,都给我走开!"鸟语花香皱起两道鸟语花香的柳叶眉来。

"阿弥陀佛,善哉善哉,我们是来拯救你的!"一个家伙双手合十说。

"我们是来全力拯救你的,无量天尊!"一个家伙紧跟着双手合十说。

"受不了啦,受不了啦!"鸟语花香气呼呼地说,"受不了你们啦!"

"忍一下,忍一下。"鱼七哥轻细地说。

"忍忍,忍忍。"刀四哥幽幽地说。

"滚、滚,都给我滚远点,都给我快快快滚远点!"鸟语花香怒气冲冲。

"东边日出西边雨,道是无晴却有晴。"

"快要憋死了!"一只麻子老鼠惨痛地说,"忍不住了呀!"

"哎哟,哎哟,哎哟哟,我的个最亲最爱的大姨妈,泰山压顶,将你压进去,活活憋死你个恶心死人不偿命的'一只麻子老鼠'!你死了,无论动物界,还是植物界,乃至微生物界,每天都是节日——每天都是春节加中秋节加端午节,皆大欢喜,欢天喜地!"

"好你个鸟语花香,你怎么能昧着良心落井下石呢?"一只麻子老鼠呻吟着说。

"你落井下石的事干得还少吗,一只麻子老鼠?"虫三哥温柔地抚摸着鸟语花香乌油油的头发,大声说,"你的良心早就被一条条母狗活生生地吃了!"

"哎哟,哎哟,哎哟哟,我的个最亲最爱的大姨妈的大姨妈,开心、开心、开心!哇,还是天地之间最伟岸、最雄浑的虫哥哥最疼爱我鸟语花香啦!"鸟语花香酒不醉人人自醉。

"苍天呀大地,怎么就没有一个人疼爱疼爱我呢?我这么一个世界美好、人类美好的大好人!"一只麻子老鼠痛苦不堪。

"自作孽,不可活!"猪五哥义愤填膺。

"粉身碎骨浑不怕,要留清白在人间!"一只麻子老鼠大义凛然。

"天哪,实在是受不了了,强奸耳朵呀!我数一二三,赶紧闭起你的一张麻子老鼠嘴!"猪五哥掷地有声,"一!二!还不闭嘴,是吧?要不要洒家我一枚小花和尚小鲁智深立马把你整个人都吸进去呀?"

一只麻子老鼠鸦雀无声起来。

"阿弥陀佛,善哉善哉,我还是来提前为你超度亡灵吧!"一个家伙贴近鸟语花香,双手合十说。

"我还是来提前为你下葬吧,无量天尊!"一个家伙紧接着贴近鸟语花香,双手合十说。

"超度个屁,你以为什么人都可以超度呀?赶紧下葬,赶紧下葬,眼不见为净!"瓢六哥高声说。

"哎哟、哎哟,大姨妈、大姨妈,气死我了,气死我了,你们这群坏人,大大的坏人,都不得好死,都不得好死!"鸟语花香哭哭啼啼起来。

"天哪,我已经闭嘴了呀!"一只麻子老鼠撕心裂肺地叫喊起来,"天哪,我已经闭嘴了呀!"

"你是不是喜欢深深地嵌在我温柔的怀抱里呀?"虫三哥抚摸着鸟语花

香又白又嫩的小脸,哈哈大笑说。

"超级喜欢,超级喜欢!"鸟语花香破涕为笑,兴高采烈地说。

"自作孽,不可活!"我们不约而同地大叫起来。

唉,到底怎么救一只麻子老鼠呀?究竟是直接拽头,还是间接拽头发呢?我们七嘴八舌地讨论了大半天,越来越感觉两个方案都既有利,又有弊,愈来愈举棋不定了!头疼,头都大了!

投票!

除了毛大头仰着一个冷若冰霜的大头之外,我们一致通过拽头发的方案。我们的理由十分之充分———一只麻子老鼠的头发不仅特茂盛,一片大森林似的,还又硬又黑,非常富于拯救行动之可操作性。

我们一人拽住一只麻子老鼠的一小撮头发,学习委员牛二一声银光闪闪的"预备",班长牛大一声金光闪闪的"开始",我们一起使出吃奶的力气来。

地动山摇!

我们一起倒栽到地上,一起后脑勺死死地磕在地上。

疼!

"假发、假发,一只麻子老鼠就连头发都是假的!"鸟语花香从虫三哥的怀抱里奔冲出来,一声声尖叫起来。

拽脑袋!

我们从地上连滚带爬起来,拼了命地拽起一只麻子老鼠的麻鼠脑袋来。

"一只麻子老鼠太臭啦!"

猪五哥言毕,大肚子一挺,一只麻子老鼠飞冲出来,我们拽着一只麻子老鼠的脑袋一起撞破墙壁,一个个的,都不知道自己飞到哪儿去了。

校门口小店的饼干,几乎都是一只麻子老鼠不知道从宇宙的哪个小角落里倒卖过来的。

"问渠那得清如许?为有源头活水来"

一天深更半夜,我从被一只只硕大的麻子老鼠包围的巨大的噩梦之中惊醒,浑身水淋淋的。一头死肥猪猪五哥沉浸在黄粱美梦之中。我从猪五哥汹涌澎湃的怀抱里挣扎出来,爬下床,幽出寝室,摇摇晃晃地走进大公共厕所,摇摇晃晃地离开大公共厕所。

树丛中,碧草间,月光洋洋洒洒。

"问渠那得清如许?为有源头活水来。"

月光之美来自山巅那一轮璀璨的圆月。

"明月几时有,把酒问青天。"

圆月一头栽进我的心中,在我的心中生根发芽,开出一轮又一轮圆月来。

"面朝'圆月',春暖花开。"

无论道路有多么艰苦卓绝,我都不能放弃对生活的热爱——对生命的眷恋,一旦放弃了,我就对不住天上那一轮圆月了!

我回到寝室,发现白面郎君一边死死地揪着头发,一边大叫:"爸妈,你们面朝黄土背朝天,背都驼了,头发都白了,好可怜呀!儿子对不起你们,对不起你们,儿子没出息,没出息,这么多次高考,一次比一次失败,死了算了,死了算了……"

黎明之前是最黑暗的。

我的兄弟呀,你可不能死——不能死呀,你要活着,一直活蹦乱跳地活着!

白面郎君在做噩梦。

一头死肥猪猪五哥在做美梦,口中一直肥大地嘟嘟囔囔着:"我的胡须,我的美丽的胡须、美好的胡须!"

十三　猪五哥的"胡须"与鸟二哥的"精神病"

天仙配——绝配

猪五哥自诩——他上边的胡须是天底下最风流潇洒的胡须，下边的胡须是人世间最风情万种的胡须。

"在天愿作比翼鸟，在地愿为连理枝。"

一个风流潇洒，一个风情万种，那不是天仙配——绝配吗？

比十个男人还要一百个男人

猪五哥的胡须稀稀拉拉的，一部分泛黄，一部分发白，白得刺眼，黄得闹心。鸟语花香因为猪五哥的胡须呕吐了好几次，搞得我们这些男生纷纷以为我们"最爱之大爱"——鸟语花香，神不知，鬼不觉，怀上了。猪五哥不仅不以为然，反而沾沾自喜，到处吹嘘他的胡须威力无比，比十个男人还要一百个男人。

我呸，呸呸呸，还要不要一张死肥猪脸呀！

呸什么呸哟？一头死肥猪早就没脸啦！

脸皮还有不？

我呸，脸都没有了，还会有脸皮吗？

苍天作证，黄土可鉴，猪五哥的胡子从来都没有修剪过，从来都没有清洗过,就连流连忘返(毗邻大混合寝室的)大公共厕所的一只只蚊子和一只只苍蝇都避之唯恐不及。

一天深夜,无意之中,一只定居在大混合寝室的癞皮老鼠亲吻了一小下猪五哥的一根胡须。第二天,光天化日之下,一只只苍蝇、一只只蚊子疯狂地围攻那只可怜的不幸的瘟神老鼠 。孤军奋战。那只老鼠死翘翘了,瘟神留了下来。

天地之间无数人——天地之间一个人

天大,地大;天太高,地太远。

原以为一帆风顺了,原以为万事大吉了,原以为可以放手一搏了,原以为可以一飞冲天了,孰料一切都只不过是反复,一切都只不过是无常。

要走的终究要走,要来的终归要来。

唉——

又神经衰弱了,又精神强迫症了!

嗨,可怜的娃,怎么就这么悲剧呢?好伤心呀!让我抱一抱,好好地抱一抱!

嘿,"我的个哥",怎么突然间你就变得对我如此好呢?你这变得也太快了吧!真让我一时半会儿适应不了!虽然盛情难却,但是,谢啦,两个大男人就不要搂搂抱抱啦!

人至贱,则普天下无敌矣!对你不好吧,你心里非常不舒服,表面上假装一副谦谦君子风度;对你好吧,你又如此之懦弱无能,居然就连承受都承受不起!

你!

我什么我?我不对你好,谁对你好呀?我本来就是你——你本来就是我,亲不亲,一个人!

你本来就是我?

我是你的另一半呀！

你是我的另一半？

你早就分裂成两半了，你一半，我一半！

啊！

有必要这么大惊小怪、大呼小叫吗？分裂的也不止你一个，多的是！

都是谁呀？

你自己不知道猜吗？

虫三哥？其中肯定有他！考试时，他明明自己会做，还要抄袭。不抄袭的话，浑身难受死了！

我说过他分裂了吗？

刀四哥、刀四哥！他个子是真高，可是，再高都高不过门框，他还是每次都弯着腰进进出出。这不是分裂，什么是分裂？

我说过他分裂了吗？

一头死肥猪猪五哥，非"分裂大家族"莫属也！有他那样拼了命地吃饼干的吗？校门口的"饼干西施"的饼干，真的有那么好吃吗？难吃得要人命不偿命！除非脑子山洪暴发了的人，才会吃。吃吃吃、吃吃吃，猪五哥岂止脑子山洪暴发了呀，简直就是脑子八级地震了！他那都不叫分裂，什么才叫分裂？

我说过一头死肥猪分裂了吗？

瓢六哥和鱼七哥！两个活蹦乱跳的大男人活蹦乱跳地好成那样了，好就好吧，还动不动就对掐上了！

我说过他们分裂了吗？

没有！

八妹……

这可是你自己先提起来的哦！

你什么意思呀？

即使天底下所有的人都分裂了，八妹都不可能！

聪明——智慧！

谢谢、谢谢,谢谢您老不杀之恩!

不谢,不谢!你怎么猜这个分裂,猜那个分裂,唯独不猜鸟二哥呢?

鸟二哥董?

你——

没有他,没有他!

慌什么慌?怕什么怕?

我——

你说的也不是我鸟二哥董鸣鸟,你说的是鸟二哥董鸟鸣呀!

董鸟……董鸣……

"两半人"呢!

"两半人"?

不要说你叫骂他了,你就是痛打他一顿,我都睁一只眼闭一只眼。

啊!

我早就被他分裂惨了!

天地静好,山与水依旧;岁月飞逝,无声无息而有滋有味。

天地之间无数人——天地之间一个人。

我孤魂野鬼一个,嗜睡与亢奋相互交替着,黑夜恰似白昼,白昼恰似黑夜,浑浊,混沌。一颗心,五花大绑,五马分尸。头发撕扯着头发,头发吞食着头发;头皮化为齑粉;头颅在半空之中,飞舞。四肢无力,四根树枝在枯萎;头昏脑涨,一坨糨糊在僵硬。

"书山有路勤为径,学海无涯苦作舟。"

我不怕"勤",更不怕"苦",可是,我想勤勤不了,想苦苦不了。

宇宙浩瀚无垠,悬崖峭壁上一株野草,狂风、暴雨,进是深渊,退是巨大的岩石,唯有风雨之中飘来摇去。

天意若此,汝欲何为?

乌云滚滚,一声声惊雷,一道道闪电。

激流飞湍。

"晕"在晕眩之中。

决不妥协,决不投降,纵使钢牙咬碎了,大不了和着血吞下去!看书,看书,为了一飞冲天、一鸣惊人,为了锦绣前程!

唉——

我看书头疼,书看我心痛,不是同病相怜,胜似同病相怜。

庄生梦蝶

不怕一万,就怕万一;不怕质变,就怕变质。

无论教室、寝室,还是食堂、厕所,猪五哥的胡须在我眼里无处不在起来,在我的心中无所不能起来。

前世无仇,今生无冤;无缘无故。

猪五哥的胡须莫名其妙地死缠烂打上了我,岂止是雪上添霜、火上浇油呀,简直就是落井下石!

"别有幽愁暗恨生,此时无声胜有声。"

我瞪大眼睛看猪五哥的胡须,猪五哥的胡须张大嘴巴看着我。

猪五哥的胡须怎么就这么少呢?怎么就这么黄,这么白呢?怎么就这么长呢?

我看着猪五哥的胡须,一声长叹起来。

有病呀,你个神经病鸟二哥!

阿弥陀佛,善哉善哉,鸟二哥我不下地狱,谁下地狱?

鸟二哥这家伙太二百五,太可爱了,太兴奋了!这小子脸色发青,一块块菜地;有眼无珠,一片灰蒙蒙的。闷死个人了!这小子脸色发"恋与爱"之色,一江江春水;目露银色之光,一道道闪电在霹雳。太羞死个人了!鸟二哥这家伙太神经,太魂不守舍了;太可怜,太回光返照了!

猪五哥的胡须看着我,一声声长叹起来。

疯了呀,你个精神病鸟二哥!

阿弥陀佛,善哉善哉,鸟二哥我不下地狱,谁下地狱?

猪五哥的胡须一根、两根、三根……黄色,残枝与败叶。一条泥鳅,两条泥鳅,三条泥鳅……

猪五哥的胡须,一根、两根、三根……白色,幽灵、僵尸。一条死翘翘的鳝鱼,两条死翘翘的鳝鱼,三条死翘翘的鳝鱼……

猪五哥的胡须一根根胡搅蛮缠在我的血液里,我的骨髓里。脏死了,臭死了!上面肯定有不少光明磊落、大义凛然的细菌吧!

"郎骑竹马来,绕床弄青梅",猪五哥的胡须和猪五哥的细菌"同居长干里,两小无嫌猜"。

猪五哥的细菌到底长什么样呢?猪头样吗?猪脑样吗?鸟二哥样吗?

鸟二哥呀鸟二哥,您老终于说出一句人话来啦!

哪一句呀?

猪五哥的细菌长得就是你那副模样、那副德行!

我的确说过这句话?

你的的确确说过了!

唉,看样子我真的神经病上了,好开心呀!

唉,你岂止神经病呀,简直就是精神病,好开心呀!

细菌在变大,在变肥;细菌在分裂。鸟二哥我在竭尽全力、竭尽所能地蹦跶,"啼鸟惊魂,飞花溅泪,山河愁锁春深",我死死活活要从猪五哥胡须的大力金刚指之捆绑之中挣脱出来。

鸟二哥呀鸟二哥,你和猪五哥的胡须是一条绳子上的蚂蚱,谁都离不开谁,谁都离不了谁,要蹦跶,也只能一起蹦跶,你一个人蹦跶什么蹦跶?找死呀你!不独自蹦跶,不仅彼此相安无事,还其乐融融一家人。一旦独自蹦跶起来了,久而久之,刀光剑影、枪炮齐鸣,不同归于尽才怪呢!

学学瓢六哥和鱼七哥吧!他们前世一个人,今生一不小心分裂成了两个人。你看看他们俩——看看他们俩,岂止是相亲相爱、相依为命呀,简直就是举案齐眉、相敬如宾!

"玲珑骰子安红豆,入骨相思知不知。"

鸟二哥呀鸟二哥,猪五哥的胡须爱上了你呢,你知不知道呀?虽然猪五哥的胡须问题不少,属于典型的"问题胡须",但是,它死心塌地地爱你,为你赴汤蹈火,在所不辞,你就将就将就,欢天喜地地从了吧!

"只愿君心似我心,定不负相思意。"

鸟二哥呀鸟二哥,"不识庐山真面目,只缘身在此山中"。你已经莫名其妙地爱上了猪五哥的胡须,只不过,你自己还将自己蒙在鼓里,自己还不知道罢了!我早就清清楚楚、明明白白啦!

突然,猪五哥的胡须欢声笑语起来,我紧跟着欢声笑语起来,庄生梦蝶,到底是他的胡须在欢声笑语我,还是我在欢声笑语他的胡须?突然,我载歌载舞起来,猪五哥的胡须紧跟着载歌载舞起来,梁祝化蝶,到底是我在载歌载舞他的胡须,还是他的胡须在载歌载舞我?

阳光是如此灿烂,春光是如此明媚。
灿烂如花,明媚如水。
就让我们欢声笑语吧,就让我们载歌载舞吧!
阳光是如此灿烂,春光是如此明媚。
水中开花,花上露水。
就让我们欢声笑语吧,就让我们载歌载舞吧!

疯了,疯了!

头痛欲裂。

看书、看书,还看个屁书呀!

唉——

千古绝唱之美髯

崇山与峻岭连绵不绝,一次次地拦腰斩断大风执着的方向,大风愤怒地咆哮起来。

神经衰弱,精神强迫症!

天大、地大,千里之外的山巅上的一颗高悬之月更大。

我躺在床上,蜷缩成一团小小的糟糕。

夜,一片片死气沉沉,沉沉死气一片片,**丝丝缕缕游荡出孤魂与野鬼来**。孤魂,手牵着手;野鬼,相拥而泣。孤魂的十根手指头,虚无缥缈;野鬼的抽泣,无声无息。

乌云肆无忌惮地翻滚起来,星星逃之夭夭,不一会儿,月亮就被活活地吞噬了。

黑暗。

天空死了,大地死了。

大地与天空之间,鸟语花香中学文科复读班大混合寝室里,我变成了一棵树,一棵千年之枯树。

但愿明天阳光灿烂,但愿明天枯木逢春。

嘘嘘嘘……

寝室里,一只老鼠默不作声地走过来,一只老鼠默不作声地走过去。

天哪!

疯了,疯了!

"我对你的胡子来感觉了!"我实在是忍无可忍了,对躺在身边搔首弄姿照镜子的猪五哥说。

"强烈吗?"猪五哥一头死肥猪,眉飞而色舞。

"刻骨铭心!"

"恭喜你,鸟二哥,你不仅学会了审美,还美轮美奂——美不胜收!"

"剪掉吧!"

"没有剪刀。"

"刮掉吧!"

"没有刮刀。"

"求求你了!"

"'身体发肤受之父母'。"

"你不是照样理发吗?"

"你见过我理发吗?"

"没有!"

"那不就得了!"

"都已经好多天了,日日夜夜,满脑子,您老人家大红大紫的发绿胡子,飞舞、飞舞、飞舞,敦煌莫高窟,飞天,剪不断,理还乱。"

"我的胡子是绿色的?"

"一开始是黄色的、白色的,后来是蓝色的,现在是绿色的!"

"脑子进猪下水了吗?"

"没有进猪下水,灌大粪了!"

"亚历山大大帝,可怜的娃!我也有过同样的经历,越不想鸟语花香越一天到晚鸟语花香,欲罢不能,愈陷愈深!鲧治水,一味地堵,大败而归;大禹治水,顺其自然,大功告成。大爷我强烈建议你小子,要么赶紧转移注意力到大爷我的眉毛上,要么一直看大爷我的千古绝唱之美髯,说不定看着、看着,只听得咔嚓一声,朝思暮想一刀两断了!"

"亚历山大大帝"

"抽刀断水水更流,举杯消愁愁更愁。"

亚历山大大帝——"压力山大大帝",是"精神病"加"神经病"鸟二哥一次酒醉之后,撕心裂肺地创造出来的。

酒醉心灵。

猪五哥当场为之欢呼雀跃起来,叫嚣,鸟二哥不是人,不是神,是神人!

从此以后,只要有人问猪五哥为什么一天到晚不停地吃饼干,他就会摸着十次"身怀有孕"的大肚子,千万倍自鸣得意地说——

我是亚历山大大帝,"前无古人,后无来者",亚历山大大帝一万倍的日理万机,一万倍的呕心沥血,不一天到晚大吃特吃"降压饼干",还怎么活得下去呀!必死无疑!假如亚历山大大帝真的不在了,其他人该怎么办就怎么办。可是,三宫六院七十二嫔妃该怎么办呢?好可怜呀!唉,做人,尤其是做"大帝",是不应该仅仅为自己考虑的,还要时时刻刻为一个比一个年轻漂亮的三宫六院七十二嫔妃着想,你们说是不是呀?再者说了,能够晚死一天都是好,干什么非得要早早地死掉呢?还是作家董鸣鹤在一篇文章里说得好呀,"活着一切皆有可能,死了什么都不可能了"!吃"降压饼干",往死里吃"降压饼干"!"压"都"降"下来了,还会深更半夜一个别有洞天——豁然开朗,呜呼哀哉,在床上活活地死翘翘了吗?

太有道理了!

你是说猪五哥的长篇宏论有道理吗?有道理个屁呀!他这是明明白白,明摆着要"老流氓"加"小流氓",你难道就一点都看不出来吗?还四只眼睛呢!啥眼神呀?书读多了,读成傻子了!

我是说鸟二哥的"'压力山大大帝'——亚历山大大帝"有道理呢!

你这人也真是的,你就不知道早说清楚吗?你呀你,终归还是一个傻子！

　　你生什么气呀？气大伤身呢！天天熬夜写书，熬到两三点，甚至三四点，可怜有时候眼睛都睁不开了，还死死活活地坚持着写下去。身体要紧呢，保重龙体呀，我最亲最爱的一枚小作者黄鹤鸣！不要生气啦，我是和你开个小小的玩笑啦！"绝境应难别，同心岂易求？"同心，一颗心，你就是我，我就是你，我还不知道你呀？你一直"压力山大"，尤其最近几年，你遭受得太多太多，内外交困，屡屡差一点就崩溃了，屡屡拼命地自己将自己拯救过来了！唉，十指连心，我心疼，心痛呀，欲哭无泪！你不是亚历山大大帝，谁是亚历山大大帝呀？

　　我们都是亚历山大大帝，我们都是亚历山大大帝！

无路可走

　　一旦一直看一头死肥猪猪五哥的千古绝唱之美髯，我肯定死定了！可是，看他的眉毛就不会愈陷愈深，不能自拔吗？果真如此了，就只不过是从一条死路走上另外一条死路。那么，我又何苦再自己折腾自己呢？

　　既然我都已经生不如死了，死又何妨？再者说了，假如路就在"无路"之中呢！假如"死路"才是路呢！

　　我捏紧鼻孔，强忍着"亚历山大大帝"猪五哥彪而猛的口臭，诚惶诚恐地看上他的眉毛。猪五哥的眉毛密密麻麻的，又黑，又长，又粗，威风凛凛四面与八方，比他的胡须更令人痛苦不堪。

"寻寻觅觅，冷冷清清，凄凄惨惨戚戚"

　　宇宙永恒，人生短暂。

　　我踌躇满志，大鹏展翅高空之上，"直捣黄龙府"——一杆定乾坤。可是，朱仙镇都还未抵达，双翅就已经又一次苍白无力了。

回忆过去,遥想未来。

荒凉无边(黑暗无边),痛苦惊涛骇浪,我孤独地沉浮在无边无际的无声无息而无形的惊涛骇浪之中。

远山在远去,近水亦在远去,宇宙——时间与空间,一座荒坟。

我躺在床上,迷迷糊糊之中,一股股莫名的强大而尖锐的感觉莫名地汹涌起来。

天空飞速降落,大地飞速沉陷。我恐慌至极,惊惧不已,在床上翻过来、滚过去。飞翔、下坠,下坠、飞翔。

恍恍惚惚之中——

我站在高山之上,古木阴森,古木之下,一簇簇荆棘与一堆堆癞蛤蟆丛生。轰隆隆、轰隆隆、轰隆隆,突然间,古木一棵紧接着一棵倒下来。救命、救命!我拼命地逃窜起来。救命、救命!癞蛤蟆紧跟着我拼命地逃窜起来。我被一山堆荆棘"荆棘丛"之中了。一只只癞蛤蟆跟着我一起倒霉,号啕大哭起来,张牙而舞爪在荆棘丛之中。荆棘丛魑魅魍魉。不一会儿工夫,一只只癞蛤蟆一只只支离破碎、血肉模糊起来。

一轮圆月高悬,美滋滋的,月光仿佛大海横空,一股脑儿倾泻下来。

荆棘丛之中——

我的衣服一片片、一条条;头发一根根往下掉;皮肤噼里啪啦,剥离;血肉干枯起来,骨头干裂起来。

圆月,在浩瀚无垠的高空上,以成千上万倍的更大更圆,水淋淋地绽放开来。

衣服飘落下深涧,深不见底;头发再也找不到了;皮肤悬挂在家门口的一棵日日夜夜望子成龙的大树上;一堆堆血肉与一块块骨头对打起来,一个比一个痛下杀手,一个比一个惨无人道。

鸟二哥你疯了,疯了!

我他妈的早就疯了!

唉——

我岂止就要疯了呀,简直就要死了!

呜呼哀哉!

"出师未捷身先死,长使英雄泪满襟","红豆生南国,春来发几枝"。

不要说"出师"了,我就连"红豆"都还没"红豆"过呢!

天空在上,大地在下,黑夜站在大地上,撑起来天空。

"三军可夺帅也,匹夫不可夺志也。"

志在,人在;志亡,人亡。

我想尽一切办法减轻恐慌与惊惧,从而尽量降低疯狂以及死亡的威胁。

一切办法都起不了作用,一切办法都不是办法!

"故天将降大任于斯人也……"

他妈的,老子我拼了,拼了!你不是要老子我看一头死肥猪的胡须吗?老子我一次看个够,一次看个够,啊哈、啊哈、啊哈哈、啊哈、啊哈、啊哈哈,保准看得你头皮发麻——一只只麻子老鼠,浑身起鸡皮疙瘩——一只只癞蛤蟆!

"宁为玉碎,不为瓦全。"

他妈的!

纵使老子我眼花缭乱了,纵使老子我瞎了眼了,纵使老子我死翘翘了,谁笑到最后——谁笑得最好,看看到底谁他妈妈的能够坚持到最后!

"海纳百川,有容乃大;壁立千仞,无欲则刚。"

一切顺其自然则自然而然。

意想不到的事情发生了,我主动出击,努力欣赏猪五哥的千古绝唱之美髯,反而很快就心里轻松了不少。

哇!

原来通道在这儿,原来道路就在眼前。

"天下莫柔弱于水,而攻坚强者莫之能胜,以其无以易之。"

与其前进,不如后退;如若硬碰硬,莫若软碰硬。一旦硬碰硬,硬会被强硬击碎;一旦软碰硬,软会吸收进去强硬。

虽然机缘巧合,命中注定,但是,第一百步是从第一步一步步地走过来的,一次顿悟是建立在一次次渐悟的坚实基础上的。

啊哈,啊哈,啊哈哈!

这次的心领神会,当头一棒,醍醐灌顶,成了我"斗争""神经衰弱"与"精神强迫症"的一个里程碑式的转折点。

虽然"沉舟侧畔千帆过,病树前头万木春",但是,万事都需要一个过程,或长或短。不仅如此,还需要一次契机。一头死肥猪猪五哥一语道破天机,惊醒了我这个千古梦中之人。

贵人相助。

感恩猪五哥!

月色美人心

月光若水,月色美人心。月色与我无关,月光又怎么可能和我有关呢?

唉——

既然月光都甘霖不到我了,那么,我还是自己甘霖自己吧!

鸟二哥要干坏事啦!

你怎么知道呀?

他一旦要干什么坏事,就会不停地咬牙、磨牙。

心虚呗！

不一定，也有可能是兴奋。

两者兼而有之！

别说话啦，好戏就要开始了！

你怎么也咬牙、磨牙了呀？

哪来那么多废话？看戏、看戏！

童言无忌！

吵死啦，你还看不看戏，还让不让人好好看戏呀？不对，不对！

怎么不对？

你怎么也咬牙、磨牙了？

彼此彼此，看戏、看戏，窝里斗也要等到好戏收场之后。

无论做什么事情，如果有忠实的观众，即使只有一个，也会增光添彩不少。我一声招呼，小黄快乐蹿上床来。在一个迷你小手电筒的协助下，我忙活了大半天，终于用一根细长的红线，将猪五哥上边的和下边的胡须一根根地系在一起。唉，累死啦，真的不是人干的活儿！小黄快乐一直看着我，眉飞色舞而垂涎，看样子是真心乐坏了。好有成就感！

无聊不是存在，是我的生存——是我的生存方式

一头死肥猪猪五哥——梁山好汉"鼓上蚤时迁"历经沧海桑田转世之后，经年累月，反反复复地馒头一样地发酵，包括脑袋以及神偷技艺。红线，是猪五哥略施小技，睡觉之前用一根钓鱼竿从鸟语花香的神奇的百宝箱里钓出来的。鸟语花香的百宝箱锁上加锁，锁上裹着一块雪白的手帕，上书两行字，一行"大爱无疆"，一行"盗亦有道"。"盗亦有道"是绿色的，"大爱无疆"是红色的，红配绿，绝配。

猪五哥一头死肥猪，沉浸在黄粱美梦之中，浑然不知我深更半夜之伟

大、光辉壮举。

我真心希望他突然惊醒过来,痛骂我或者往死里咬我。骂我是一个混蛋,是一个畜生;咬得我鲜血黑夜一样地淋淋漓漓起来。这样,我的恐慌与惊惧就小得多了。

黑夜的核心是黑,黑夜的四周是夜。在黑夜的四周的重重包围之下,我成为黑夜的核心。

我自己骂起自己来——

(此处省略六千字。)

鸟二哥呀鸟二哥,好想好想知道您老人家怎么骂自己的啦!省略什么呀?

又是你,你到底居的什么心?

开心呗!

你是开心了,可是,我伤心!

你伤心,我更开心呀!

你,要不要我用骂我自己的文字骂你一百遍?

那就免啦!

时间一点一滴地过去,一丝一毫地踪迹全无。

小黄快乐早就眼睛都睁不开了,漫不经心地舔了舔一下我的手背。我知道它这是要离开我,去呼呼大睡了。我恋恋不舍地点了点头。小黄快乐摇摇尾巴,走了。

"天长地久有时尽,此恨绵绵无绝期。"

此恨非彼恨也!

一般情况下,无论什么恨,时间长了,都会变得极其无聊起来。

小黄快乐一离开,我就感觉自己好无聊,好无聊起来,有一种瞬间全身心被掏空的感觉。一秒钟一分钟,一分钟一小时,时光渐渐停滞了下来。我纠结上无聊,或者说无聊纠缠上我。无聊的感觉真的不是什么好感觉呀,可怜我口水白开水一样,放屁放出来的同样是白开水。

我的无聊是痛苦至极,荒凉至极,一无所获——一无所有,只剩下了无聊,我借无聊苟延残喘,无聊不是存在,是我的生存——是我的生存方式。

"天地一孤啸,匹马又西风。"

我不想在一棵树上吊死,可是,上船容易下船难,高考这棵参天大树早就根深蒂固在我心中了。

"锄禾日当午,汗滴禾下土"

呜呼哀哉,又失眠了!我瞪大眼睛,两只眼睛疲惫不堪,浑浊不堪。

民以食为天。

父母面朝黄土背朝天。

我开始竭尽全力地数家中一块块稻田里的一棵棵熟透了的稻子。数过来、数过去,头脑越来越清醒,心愈来愈痛苦不堪。我闭上迷迷糊糊的双眼,似睡非睡起来,一切若有若无,若在,若不在。

猪五哥一个"一头死肥猪"侧身,地动而山摇,我不得不清醒过来,眼冒不计其数的金星、木星、水星、火星、土星,一颗颗漫天飞舞,灿烂,惊心。

一个同学说起梦话来,一群同学紧跟着说起梦话来。

天哪,马蹄同学、牛筋同学、猪毛同学、羊肉同学、鸡蛋同学、鸭嘴同学、鹅蹼同学……梦话、梦话、梦话、梦话、梦话、梦话!唉,都是些什么人呀!我再也睡不着了!

"庄生晓梦迷蝴蝶,望帝春心托杜鹃",蝴蝶一只只飞走了,杜鹃一朵朵凋零了。

一个家伙反反复复地说,"锄禾日当午,汗滴禾下土";另一个家伙一直大呼小叫,"无颜见江东父老"。

别说啦,行不行呀?别叫了,求求你了!

疯了!

一千次竹篮打水——一千场空。

恍恍惚惚之中——

我看见了烈日,在父母的头顶上,一个偌大的钢化之铁饼,在不停地疯狂地旋转,叫嚣着、呼啸着,飞扬跋扈,耀武而扬威。

我听见了汗水滴下来的声音。滴答,汗水成为雨水;滴答,雨水化作泪水;滴答,泪水变作血水。

似睡非睡、似梦非梦之中——

洞房花烛夜、金榜题名时,天哪,我又一次落榜了!

第一次落榜、第二次落榜、第三次落榜。

无论什么时候,家都是最重要的;无论什么境况下,家乡都是最受欢迎的。

我一步步地回到家乡。

左邻右舍,一个比一个眼神鄙夷,一个接一个扭过头去,转过身去,一个接一个甩给我一个个硕大的沉而重的屁股。

我茫茫然,不知所措起来。

左邻右舍的眼神,钢铁一样,从冰冷的后脑勺寒冷地暴伸过来,抽打着我,撕咬着我。

疼死了!

两个家伙还在梦话,奶声奶气的,间或夹杂着一口口甜蜜而稚嫩的噏奶的声音。

嗫奶,是人世间最美妙、最美好的事情了。我读小学时,还在嗫奶呢!可是,我已经无奶可嗫了。"借问酒家何处有?牧童遥指杏花村。"我想喝酒了。

两个家伙嗫奶就嗫奶吧,隔一段时间,一声长叹,刀光、剑影,令人从头到脚凄寒,从里到外惊惧、恐慌。一声声长叹!刀光剑影的叹息声,冲进我的耳朵里,在血液、在骨髓里搅作一团,从嘴巴里奔冲而出,一波波砸在一头死肥猪猪五哥的钢铁猪脑壳上,噼里啪啦作响。心疼。人与人之间区别大着呢,猪五哥早就钢筋混凝土百毒不侵了,反而在我的冰凉的怀抱里睡得更死了。心一点都不疼了。

一棵参天银杏大树下 "月下老人最有爱"

第二天早上,猪五哥一睁开眼睛就抓耳挠腮,往死里抹脸,胡须连在一起,掉到了床上,嗷嗷直叫连天。

神人!

猪五哥早上起来之后,从来都不洗脸,一直都以抹脸替代洗脸。

不要脸!

猪五哥要脸呢,抹脸等于洗脸呀!

说你鸟二哥呢,死不要脸,猪五哥抹个死肥猪脸,就把一根根根深蒂固的胡须抹下来了,怎么可能呢?

猪五哥抹脸的时候,小黄快乐风驰电掣地"友情赞助"了一小下啦!

近朱者赤,近墨者黑,小黄快乐原本根正苗红,大有发展前途,活活地被你一只蓝色的大鸟——鸟二哥给带坏了!

要带坏,也只能瓢六哥和鱼七哥带坏呀!

一丘之貉,你们鸟语花香中学文复班的男生都不是什么好鸟!

我捡起来胡须,心疼不已。猪五哥端详着,脸色愈来愈阴云密布。

"这些都是我的胡子吗?"猪五哥伤心地说。

"这些当然都是你的胡子了!"我伤心欲绝地说。

"怎么都掉了?"猪五哥悲痛地说。

"小黄快乐不是动不动就恶作剧你吗? 你很生气,可是,叫天天不应,叫地地不灵,唯有吹胡子瞪眼睛。这些胡须,都是昨天晚上你做梦时'吹胡子瞪眼睛'小黄快乐吹掉的呢! 识时务者为俊杰,人贵自知之明,知足常乐,知足吧你,眼睛还在就已经相当地不错了!"我悲痛欲绝地说。

"这是怎么回事呢?"猪五哥指着红线,垂头丧气地说。

"月下老人呀!"我动情地说。

"月下老人好有爱呀!"

"月下老人最有爱!"

"月下老人'牵红线'我上边美轮美奂的胡须和下边美不胜收的胡须吗?"

"铁定的呀!"

"月下老人是不是吃错药啦?"

"月下老人没有吃错药,你吃错药啦!"

鸟二哥董鸣鸟呀鸟二哥董鸣鸟,猪五哥朱时务有你那么笨吗? 猪五哥不仅一点都不笨,还早就"大愚若智"了呢!"人之相识,贵在相知;人之相知,贵在知心。"猪五哥心疼你被神经衰弱和精神强迫症折磨得死去活来,因此,睁一只眼闭一只眼,装傻,不仅不责怪你,还逗你开心罢了! 多好的兄弟呀,岂止知冷知热,简直就是肝胆相照!"士为知己者死,女为悦己者容。"人不能以德报怨,更不能知恩不报,甚至以怨报德。要知恩图报,知不知道呀? 鸟二哥董鸣鸟呀,你个白痴! 你要是再敢欺负一头死肥猪猪五哥的话,大义灭亲,我鸟二哥董鸣鸟就让你做太监了!

"花谢花飞花满天,红消香断有谁怜?"

奇人异事,曹雪芹《红楼梦》之"绛珠仙子"林黛玉葬花,堪称千古绝唱;异人奇事,鸟语花香中学一头死肥猪猪五哥葬的不是花,而是胡须,独树一帜、独具一格,"前无古人,后无来者"。

蓝天在上,白云在上。

猪五哥一步一个沉重的脚印,爬上美人山山顶,我紧跟在他硕大无朋的屁股后面,累个半死。

一棵参天银杏大树下,猪五哥深深地掘了个大坑。

天哪,埋个胡须,用得了这么大、这么深的坑吗?大材小用、"大"题"小"做,有病,有"神经病"加"精神病"!

牛皮不是用来吹的,牛筋不是用来跳的。

猪五哥确确实实能够听得见我十分隐秘的心语,重沉地说:"有野猪呢,万一被刨了,岂不是遗憾千古呀!"

野猪刨胡须?天方夜谭!果真刨出来了,野猪才千古遗憾呢!

自古英雄爱胡须,自古英雄难过胡须关。

湛湛蓝天、悠悠白云之下,我和猪五哥一脸的庄严与肃穆,埋葬起一头死肥猪伟大、崇高的胡须来。我蹲在坑上,猪五哥站在坑下,我小心谨慎地递胡须给猪五哥,猪五哥小心翼翼地接过去。

一切都按部就班,一切都有条不紊。

哥俩好,哥俩一条心!

唉——

"问世间情为何物,直教人生死相许",猪五哥痛不欲生地将胡须摆放成一颗大大的哀伤之心。

"'侬今葬花人笑痴,他年葬侬知是谁?'"天边飘来林黛玉凄婉而惆怅的声音。

好伤心!

不是林黛玉,不是林黛玉,错觉、错觉,天大的错觉!

"哎哟!"

这是谁的声音呀?

"哎哟哟!"

怎么这么熟悉呀?

"我的个大姨妈!"

鸟语花香!

鸟语花香也不知道受了什么样的巨大的打击,独自在美人山上,孤苦伶仃来、孤苦伶仃去,孤苦伶仃地走到参天银杏大树下,冷不丁看见大树下的鸟二哥我,高兴得一蹦多高,直接掉进猪五哥一个人辛辛苦苦地挖掘的大深坑里,不偏不倚地掉到猪五哥的天大地大的脑袋上。鸟语花香摇三摇、晃三晃,猪五哥一把稳住婀娜多姿的鸟语花香。鸟语花香低下头来,没看见猪五哥,看见了猪五哥的胡须,惊叫起来——

"哎哟,哎哟,哎哟哟,我的个大姨妈,我这是走狗屎大运了吗?胡须心、胡须心,外星人的胡须心,爱死我啦,爱死我啦!这、这、这是送给我的吗?美、美、美,我要,我要!"

猪五哥一阵反胃,吐出胃中的一顿饼干来,瞬间淹没了哀伤的胡须之心。

"只要功夫深,铁杵磨成针",在我和小黄快乐的精诚合作下,猪五哥的眉毛和胡须越来越少。可怜猪五哥一见人就大吐苦水,比瓢六哥和鱼七哥的苦水还要苦,几次下来,人一见他就抱头鼠窜起来。

虽然如此,但是,一头死肥猪猪五哥即便心里再苦,也都不会跟米是金老师倾诉。

十四　"神经病+精神病"米是金老师

天意　人性

小黄快乐安家落户鸟语花香中学文科复读班,经常窝在瓢六哥和鱼七哥床底下以及课桌底下"三陪":陪吃、陪睡以及陪读。

"相思相望不相亲,天为谁春。"

小黄快乐陪吃、陪睡瓢六哥和鱼七哥,日久生情,相亲相爱一家人,不是举案齐眉,胜似相敬如宾。我们都搞不清是瓢六哥和鱼七哥长得越来越像小黄快乐,还是小黄快乐长得越来越瓢六哥和鱼七哥了。

"粗缯大布裹生涯,腹有诗书气自华。"

小黄快乐陪读瓢六哥和鱼七哥,一天比一天文质彬彬起来了,文心雕龙,小黄快乐俨然一条"文化狗"——"文人狗"啦!

在床底下陪吃、陪睡,一时半时发现不了,是可以理解的。除非经常戴人绿帽子或者被人戴过绿帽子,要不,谁有事没事往床底下看,往床底下爬呀!谁都愿意直起腰来做人,谁都不想弯下腰去做人。

虽然大千世界无奇不有,但是,可以出奇,不能出格;可以离奇,不能离谱。小黄快乐一直在教室里陪读,怎么就除了米是金老师,没有任何其他老师发现过呢?莫非老天爷真的长了眼睛,大发慈悲,以至于那些老师都视而不见在教室里陪读的小黄快乐吗?

米是金老师在教室里晃悠来、晃悠去,一处闲情四面八方逸致,冷不丁发现了小黄快乐。

在全班同学的苦苦哀求下,他不仅没有撵走小黄快乐,还同流合污,大逆不道地隐瞒不报。

这就不是天意,而是人心了。

天仙配

一天上课,米是金老师一声尖叫,刺穿 N 个女生 M 只耳垂,N 个女生 M 只耳垂不见一滴血。男生齐刷刷地跳起来,除了猪五哥,猪五哥呼呼大睡,口水早就枯干了。

"黑猫、黑猫,一只巨大的黑猫!"

米是金老师惊恐不安,大声叫喊起来。

我吓得跳起来扭头看八妹,看见了两只"大白兔"蹦蹦跳跳一支舞。

我喜欢吹口哨,春江花月夜,笑傲江湖,"飞龙在天"与"潜龙勿用"。我确信口哨能吹出人世间最美妙、最简洁的音乐来。

我一吹口哨就欲哭无泪。这、这还是口哨吗?这也太难听了吧!

我一吹口哨就遭围追堵截,一个接一个咆哮起来——

"吹什么吹?"

"你这是吹'牛'、吹'鬼'、吹'蛇',还是吹'神'呀?"

"这是要'吹'死人的呀!"

"好端端的一首曲子,就这样活活地被糟蹋了,唉——"

"眼睁睁地,眼睁睁地!"

"人神共愤!"

……

还"飞龙在天"呢,乌鸦、乌鸦!不要脸,装什么装?还"潜龙勿用"呢,乌龟、乌龟!我呸,装都不会装,没脸没皮!

女,需要男配;舞,需要乐配。

鸟二哥的口哨配八妹的双兔舞,天仙配——绝配。

我、我、我,配配配!

搞来搞去,怎么搞都搞不明白八妹怀里的两只大白兔蹦蹦跳跳的到底是什么旋律的舞,只知道节奏欢快死了。

只知道节奏管屁用呀,是个男人都知道! 不明白旋律,配什么配?

提心吊胆,不配套以至于乱套。

无可奈何,"无可奈何花落去"。

可惜啊可惜!

拉倒。

《月下独酌》

"神经病"加"精神病"米是金老师眼中的巨大的黑猫是小黄快乐。

什么眼神呀? 就算是只猫,至少也得是只黄猫吧!

天哪!

米是金老师发抖在讲台上,一棵狂风暴雨之中的小树,孤立而无援,黑板上龙飞凤舞的《月下独酌》都随之动作起来。

米是金老师一步一声哐当,双眼直成两条平行线,朝瓢六哥和鱼七哥走过去,意欲驱赶小黄快乐。

"两只大眼睛"

米是金老师将一条小黄狗看成一只巨大的黑猫,不是色盲,也不是老眼昏花。他的两只大眼睛炯炯有神。据说朱美美不是被米是金老师勾引的,而是被他的"两只大眼睛"勾引的。

两只蝴蝶,蝴蝶有情,蝴蝶有爱;
两朵鲜花,鲜花有爱,鲜花有情。

爱情鲜花,情爱蝴蝶。

两只蝴蝶,蝴蝶有性,蝴蝶有情;
两朵鲜花,鲜花有情,鲜花有性。

性情鲜花,情性蝴蝶。

——米是金老师《蝴蝶之歌》

除了看朱美美,米是金老师什么都能看走神以至于看走眼,走神——十万八千里,走眼——南北是东西。

两条腿,
雪白的大腿,粉白的小腿,
大腿下面小腿,小腿上面大腿,
大雪在纷飞,比翼而齐飞。
啊,美美、美美,我的恋人——我的爱人!

两只脚,
两只脚小巧,两只脚玲珑,
两只脚十个脚指头,两只脚十个脚指头,
莫道三寸金莲,莫道三寸金莲。
啊,美美、美美,我的恋人——我的爱人!

两只耳朵,

一只飞红,一只飞虹,
一只上面有一颗痣,一只上面没有一颗痣,
花开秀发,各自芬芳。
啊,美美、美美,我的恋人——我的爱人!

两只眼睛,
一只波光粼粼,一只蜻蜓点水,
一只很大,一只一模一样大,
星辰在上,高山仰止。
啊,美美、美美,我的恋人——我的爱人!

两个乳房,
抖动的乳房,颤动的乳头,
乳房乳头,乳头乳房,
母爱、母爱,母爱、母爱。
啊,美美、美美,我的恋人——我的爱人!

——米是金老师《美美之歌》

"金风玉露一相逢,便胜却人间无数"

纤云弄巧,飞星传恨,银汉迢迢暗度。金风玉露一相逢,便胜却人间无数。柔情似水,佳期如梦,忍顾鹊桥归路。两情若是久长时,又岂在朝朝暮暮。

—— 秦观《鹊桥仙》

"两情若是久长时,又岂在朝朝暮暮",说是这么说,实属无可奈何;"金风玉露一相逢,便胜却人间无数",才是最实在、最真切的。

大美人朱美美一团青春,白面书生米是金老师一堆激情。

干柴都"纤云弄巧"上了,你还让烈火"飞星传恨",这也太不近人情,太不近人性,太不近人道了!

去它的"银汉迢迢暗度",去它的"佳期如梦"!

"柔情似水"……

日日夜夜泡在一起!

两个人毕竟是两个人,时时刻刻黏在一起,情可通,理不可达。即使两个人已经融为一体了,也是不可能的。一个人的两只脚都不可能一直并拢,两只手都不可能永远握在一起。

"彼采葛兮,一日不见,如三月兮!彼采萧兮,一日不见,如三秋兮!彼采艾兮,一日不见,如三岁兮!"

不是青梅竹马,胜似两小无猜。米是金老师和朱美美初恋即热恋,初恋——梁山伯与祝英台,热恋——罗密欧与朱丽叶。但愿他们的初恋(热恋),能够"执子之手,与子偕老"。

唉——

可怜米是金老师一时一刻不见朱美美,如隔一生,以至于经常神情恍恍惚惚的。

隐性精神病人　显性精神病人

米是金老师将一条小黄狗看成一只巨大的黑猫,自身难逃其咎。

呜呼!

恍恍惚惚之中,把人当作畜生,视畜生为人,都是无可厚非的,更何况区区混淆一只猫和一条狗呢?

莎士比亚《威尼斯商人》:"爱情是盲目的,恋人们都看不见自己做的傻事。"

鱼玄机《江陵愁望有寄》："忆君心似西江水，日夜东流无歇时。"
李清照《醉花阴》："莫道不消魂，帘卷西风，人比黄花瘦。"
陈叔达《自君之出矣》："思君如明烛，煎心且衔泪。"
莎士比亚《皆大欢喜》："爱情不过是一种疯狂。"

热恋之人都是不正常的，热恋至极，东施是西施——地狱是天堂。

颠倒是非、混淆黑白之人，才会别有用心"指鹿为马"，居心叵测"莫须有"。

热恋之人是显性的精神病人，颠倒是非、混淆黑白之人是隐性的精神病人。隐性精神病人害人利己，显性精神病人不害人不利己（不害人利己）。

还是多些这样的显性精神病人好，世界因此五彩缤纷，人间因此少了干涸，少了坚硬。

岳父照样是父，丈母娘同样是娘

米是金老师最悲壮的，还不是将一条小黄狗看成了一只巨大的黑猫，而是差一点就吃了猪五哥母亲的臭豆腐。

一天傍晚时分，淫雨霏霏，天地一片朦胧，偏僻的小街道上，远处，一个人撑着一把油纸伞，十分之婀娜多姿，款款而来。美美、美美！米是金老师心跳加速，血脉贲张，张开双臂，敞开怀抱，撒开一双大臭脚丫子。

一把抱住就要亲嘴，天哪，不是猪五哥的姐姐朱美美，而是猪五哥的母亲！

猪五哥母亲目瞠而舌结。

"妈，妈，我——弄、弄错了妈。"米是金老师不知所措起来。

"我是你妈吗？"猪五哥母亲缓过神来。

"目前还不是。"米是金老师声音细而小。

"什么时候是？"猪五哥母亲一字千斤。

"要不了多长时间了。"米是金老师含糊不清。

"你说要不了多长时间,就要不了多长时间呀?"

"不是我说的,是朱美美说的。"

"我女儿朱美美?"猪五哥母亲大声说。

"当然是您女儿朱美美啦!"米是金老师高声说。

"死丫头,翻天了!"

"翻天才能覆地。"

"过不了我这一关,你们休想!"

"妈,只要过了这一关,您老人家就是我妈——我永远的妈妈!"

"过了老娘我这一关,老娘也不是你妈,是你丈母娘!"猪五哥母亲大叫起来。

"岳父照样是父,丈母娘同样是娘!朱美美非我不嫁,我非朱美美不娶,朱美美的爸是我爸,朱美美的妈是我妈!"米是金老师斩钉截铁。

"有你这样抱住妈的吗?"猪五哥母亲一通挣扎。

"有!一回家,我就抱住我妈不放!"米是金老师加大力度。

"我不是你的妈,是朱美美的妈!有女婿抱住丈母娘不放的吗?"猪五哥母亲疯了。

米是金老师清醒过来,慌忙松手,蹲到地上,双手抱住西红柿脑袋。

"我会告诉我女儿的!"猪五哥母亲仓皇逃窜。

一针见血

这不能全怪米是金老师。

春雨缠绵悱恻。夜幕就要铺盖,即将收拢起来。这些还只是其次。猪五哥的姐姐朱美美,"清水出芙蓉,天然去雕饰";猪五哥的母亲,"欲把西湖比西子,淡妆浓抹总相宜"。一对母女,看起来两姊妹似的。

这在当年的农村十分罕见,农村男人老得快,女人老得更快。

"我爸吃饱了撑的,从不让我妈干活,自己累个半死不拉活的!"猪五哥一针见血。

十全十美

猪五哥天天祈祷老天爷保佑,下辈子做一个女人,嫁一个父亲一样的男人。想得倒美,十全十美！女人的的确确女人了,一不小心嫁给了母亲一样的男人呢？

猪五哥信誓旦旦,这辈子宁可一根光棍闪闪发光、熠熠生辉到老,也决不娶母亲一样的女人做老婆。美好的愿望,十有八九与现实不对称。若干年后,一个月高风黑之夜,猪五哥久旱逢雨淋,面朝大海,春暖花开,与一个女同事,欢天喜地,天翻地覆。女同事是独生女,小时候,和一条野狗抢骨头吃,狗啃屎,磕掉两颗大门牙,镶上两颗发光、生辉的镀金牙。婚后,猪五哥里里外外一把手。娇妻,永远的娇妻,永恒的娇妻,只干两件事:一生孩子,二打麻将。生孩子,难产;打麻将,风雨无阻。三分钟,十年功,恋爱期间,猪五哥"千锤万凿出深山,烈火焚烧若等闲"。恋爱,天长地久。

一年春节,鸟语花香中学文科复读班的一群同学相聚于搓衣板小镇搓衣板街"鸟语花香大酒店"。

天各一方,"天长地久有时尽",久别重逢,不亦快哉,不亦乐乎,大家开怀畅饮,一醉方休起来。一晃二十多年过去了,人到中年,我们几乎都已经拖儿带女了。与其说岁月不饶人,倒不如说岁月不饶心。一切都不在酒之中,一切都在酒之中。

喝着喝着,猪五哥踉踉跄跄地站了起来,纵声大笑说:"我怎么就这么无能呀,要是我能生孩子,家里的事不就全包了？不就十全十美了吗？"

"年年岁岁花相似,岁岁年年人不同。"猪五哥已经不是当年的猪五哥了,我们都已经不是当年的我们了。

"青山横北郭,白水绕东城。此地一为别,孤蓬万里征。"猪五哥还是当年的猪五哥,我们还是当年的我们。

心疼,心痛！

猪五哥笑着笑着,冲进寒风之中,号啕大哭起来,如同一个孩子,眼睁睁地看着心爱的玩具被一只只野狗叼走了。

"昔日横波目,今成流泪泉"

米是金老师把一条小黄狗看成一只巨大的黑猫,追根究源,问题出在猪五哥的母亲身上。猪五哥母亲天女下凡,在生活环境的打磨下,变成了一个天神,一个恶煞一样的天神。米是金老师的一双大眼睛,在猪五哥母亲的胡搅蛮缠下,"昔日横波目,今成流泪泉"。聋子,耳不听心不忧;瞎子,眼不见心不烦。米是金老师都恨不得自己瞎了,聋了。

米是金老师都成这样了,能不看走神以至于走眼吗?会不将一条小黄狗看成一只巨大的黑猫吗?即便将天空视作大地,把小草看作参天大树,都是情有可原,理所应当的。

丈母娘,是世界上最蛮不讲理、最胡搅蛮缠的娘!准丈母娘,是世界上最蛮不讲理、最胡搅蛮缠的丈母娘!
　　　　　　　　——一头死肥猪猪五哥朱时务之名言警句

"枯藤老树昏鸦"

　　枯藤老树昏鸦,小桥流水人家,古道西风瘦马。夕阳西下,断肠人在天涯。
　　　　　　　　——马致远《天净沙·秋思》

西风走古道,一匹瘦马;老树有枯藤,一只昏鸦;小桥长流水,处处人家。夕阳西下,残阳如血。
断肠人,远在天边,近在眼前。

米是金老师一匹瘦马,瘦骨嶙峋;猪五哥母亲一只昏鸦,昏天黑地;朱美美绿水"青"山,青山"绿"水。昏鸦动不动就在瘦马头顶上拉屎撒尿,瘦马一声不吭,昏鸦叫喳喳。可怜青山倒向绿水,绿水飞溅青山!

癞蛤蟆想吃天鹅肉

一天中午,艳阳高照,天地之间一片暖洋洋的。

猪五哥母亲板着一张老脸,比死猪肝还要死猪心,一脚踹开宿舍门。

米是金老师睡在床上,月朦胧、鸟朦胧,一下子惊醒,一身奇香的冷汗,书生之白面比猪心还要猪肝。

"下来,下来,从床上滚下来,老娘有话跟你说!"猪五哥母亲一声声尖叫起来。

老鼠、老鼠,一只只抱头鼠窜。

米是金老师缩进暖心的被子里。被套,朱美美才洗过不久。

"……我的女儿是要嫁给有钱人的,癞蛤蟆想吃天鹅肉,也不撒泡尿照照自己……"猪五哥母亲破口大骂起来。

米是金老师浑身每个细胞都颤抖起来。

"好哇,好哇,老娘训话,你非但不听,还抖个不停被子!"猪五哥母亲一个箭步,往下拽被子。

米是金老师死守着被子,脸涨得通红通红的。被子拽下来了。米是金老师赤身裸体。猪五哥母亲掉头转身离开宿舍,满面天寒地冻。米是金老师一口咬住被子,泪水不由自主地流下来。在县城里参加培训的朱美美感觉心被咬了一下,疼得流血。

晕血

朱美美晕血,第一次来月经,不省人事在房间里。她的母亲推门而进,紧跟着不省人事起来。

朱美美的父亲,一个山村农民,老实巴交的,大半辈子勤勤恳恳,恰似一头老黄牛,一切都以家庭为重,一切都唯"女人之命"是从。

老黄牛唯一的爱好是去隔壁老王家下象棋,赢了飘飘欲仙,输了照样飘飘欲仙。

一场前所未有的激战,马走日,象走田,炮隔子打子,硝烟弥漫,第三次世界大战,最终,两个人握手言和。

家和万事兴,邻里之间又何尝不是如此呢?

老黄牛哼着欢快的黄梅小调,兴高采烈地回到家门口,吭哧吭哧推门而进,突然面对两个最心爱的女人晕倒在地,蹲到地上,抱着脑袋,号啕大哭起来。

猪五哥使出吃奶的力气,在隔壁老王的隔壁老王家大吃特吃"吃剩下"的炖猪蹄子以及炖肥肠,肚子都快要撑破了。隔壁老王的隔壁老王家的小女儿"栀子花"还在不停地往猪五哥的盆子里盛猪蹄子以及肥肠。

啊!

猪五哥再也吃不下去了,欢天喜地地拎着"栀子花"打包的猪蹄子以及肥肠,打着惊天动地的嗝,一路上摇摇晃晃,心满意足地把家回,乐滋滋地推门而进。

猪五哥赶紧去找村里的唯一的赤脚医生——王小九。王小九喝了差不多整整一天的酒,喝多了,躺在床上,死尸一模一样,死活爬不起来了。猪五哥不管三七二十一,背起王小九就往家跑,像一头发疯的野猪。王小九趴在猪五哥背上吐一路,猪五哥浑然不知。

到家之后,猪五哥被眼前的情景惊呆了——

他的姐姐和母亲不仅完好无事了,还一起活蹦乱跳着。可怜他的父亲欢笑不断,鼻子冒出一个又一个偌大的电灯泡来!

喷血

朱美美以优异的成绩从省重点师范大学毕业之后,因为找不到关系,提着家里的"两头猪"加"十只鸡"都走不了后门,所以,档案从省里下放到市里,从市里下放到县里,从县里下放到镇里,哐当,一锤定音,朱美美被分配到平安市千山万水县鸟语花香中学,叫天天不应,叫地地不灵,欲哭无泪。

龙生龙,凤生凤,老鼠的儿子打地洞。山窝窝里飞出的金凤凰,飞来飞去,飞回了山窝窝。

七仙女飞进鸟语花香啦!

朱美美一束水灵灵的鲜花,眨眼间亮瞎了鸟语花香中学的鸟语与花香。鸟语花香中学,无论男女老少都深深地感受到了从天而降的赏心与悦目,尤其是那些单身的男老师。

米是金老师一见朱美美就喷鼻血,放烟花一样。朱美美晕死,晕死……依照常情与常理,朱美美应该避之唯恐不及"神经病"加"精神病"米是金老师。女人心,海底针,朱美美非但没有,反而因此爱上了米是金老师,一头扎进鼻血之汪洋大海,九百头大象都拉不回来了。

一个单身男老师动不动就偶遇朱美美,喷不出来鼻血,揪出来鼻血。

一面镜子

大山、大河,一颗残阳冷血。

米是金老师玉树一样地站在一面明晃晃的镜子前,一树梨花"临风带雨"。身后,朱美美莲步凌波,一枝花风行而至。米是金老师一头撞上镜子,额头破了,鲜血流下来。朱美美顿时晕倒在地。

夜,悄无声息地来了。夜色,迷蒙大千世界与茫茫人海。

"你这是怎么啦?你这是怎么啦?"朱美美在米是金老师的怀抱里睁开眼睛,说,"疼吗?疼吗?"

"哎哟,哎哟,不疼!我在镜子里看见你,以为你是迎面走过来的,我就往你怀里钻,不料想一头钻进了镜子里。哎哟、哎哟,疼死啦!"米是金老师在朱美美的怀抱里闭上眼睛,说。

"这不是在我怀里了吗?"朱美美抱紧米是金老师。

"我想哭。"米是金老师哭着说。

"哭吧,哭吧,哭出来好受些。"朱美美满面泪流。

一天清晨,苦雨"苦"死了,凄风"凄"死了,山川湖泊朦朦胧胧,凄风苦雨一片片迷茫浩瀚无垠的宇与宙。

米是金老师站在朱美美宿舍的一面镜子跟前,两只大眼睛一双死鱼眼,整个人仿佛一枝脆弱的风中芦苇,风雨之中摇摆不定。

朱美美走进来,一树灿烂。

镜子、镜子!

朱美美吓呆了,眼睁睁地看着米是金老师,一动不动,热泪从心里流出来,流到冰雪般的小脸上,冰心,在小脸上冰凉起来。

米是金老师浑然不知,仿佛除了面前的镜子与镜子里的自己,一切都已经不复存在了似的。

"你这是怎么啦?"朱美美钻进米是金老师的怀里,心疼痛不已,低声说,"是不是生病了?"

"我没病——没病,我看见了一泡尿。"

"一泡尿?一泡尿?"

"一泡尿!"

一泡直立的尿,直挺挺在米是金老师面前,闪闪与熠熠漫天飞舞,和白面书生米是金老师相映生辉起来。

与其说米是金老师与"一泡直立的尿"相映生辉,倒不如说他与物质世界之物质相映生辉。

"好花不常开,好景不常在。"

米是金老师矮下去,变成了一只蝼蚁;"一泡直立的尿"愈来愈高大威猛,变成了一座亘古长存的高山。

朱美美心有余悸,慌忙藏起宿舍里所有的镜子来,包括一面用来梳妆打扮的小镜子。镜子是祸害,镜子是杀手。宁拆十座庙,不毁一桩婚!镜子不是镜子,是母亲强大的、炽热的母爱。朱美美爱美,更爱她的母亲。从此以后,她用脸盆装上清水,天然梳妆打扮。清水照样美丽,"清水出芙蓉";天然照样飞扬,"天然去雕饰"。

老子与《老子》

一天晚上,春风暖人心,好雨润无声。

"我女儿哪儿去了?交出来,交出来!不交出来,老娘我天天到县教委大门口,一哭、二闹、三上吊,看县教委主任端不端了你的'狗屎'铁饭碗!"猪五哥母亲披头散发,唾沫飞溅,一脚踹开米是金老师的宿舍门,大呼小叫起来。

米是金老师一丝不挂在床上。

猪五哥母亲左边的大眼瞪右边的小眼,目中无人。

米是金老师一件件地穿上衣服,内衣、外衣。

内衣猪血一样的红,被猪杀了似的。西裤穿反了,两个裤袋露在外面,一对双胞胎,同病难以相怜。白色衬衣的扣子错开了,给人感觉吊儿郎——吊儿郎当的。

袜子不见了,一只在朱美美宿舍的床上,一只在床下,棒打鸳鸯散,两只袜子两相情愿、心心相印,隔"床"相望,见即不见,不见即见。

猪五哥母亲无动于衷,只管呼哧呼哧往床底下钻,一枚肥而硕的屁股一撅一撅的。

米是金老师坐到写字台前,整个人端端正正的,如同一根实心的烂木头。

写字台一尘不染,前面的书架上整整齐齐摆满了书,但丁《神曲》、雨果《悲惨世界》、列夫·托尔斯泰《安娜·卡列尼娜》、加缪《局外人》、卡夫卡《城堡》、曹雪芹《红楼梦》……

"床底下怎么也没有呢?"猪五哥母亲吭哧吭哧往外爬,"床底下怎么会没有呢?"

米是金老师抽出一本书来。

"为无为,无不治。"

米是金老师默念着。

猪五哥母亲一屁股坐到地上,撕扯着乌油油的黑色头发,拼了命地号啕大哭起来,一把鼻涕"飞流直下三千尺",一把老泪"疑是银河落九天"。

米是金老师看起书来。

"邻国相望,鸡犬之声相闻,民至老死,不相往来。"

米是金老师默念着。

"你个穷教书的……我女儿是不会嫁给你的,我女儿金枝玉叶,癞蛤蟆想吃天鹅肉,也不撒泡尿照照自己……"

猪五哥母亲一把夺过米是金老师手中的书,掰成两半,扔到地上,吐痰、擤鼻涕,蹦起来,用脚往死里踩。

米是金老师神凄骨寒。

"撒泡尿照照自己呀!你不是有种得很吗?竟然胆敢把老娘我的唯一的宝贝女儿的魂儿轻丝丝地勾走了!你都已经这样有种了,怎么就没种撒泡尿照照自己呢?我呸!"

猪五哥母亲一屁股坐到地上,扯开嗓子干号起来。

"这是老子的《道德经》呀,您怎么能如此之践踏伟大的老子——崇高的《道德经》呢?"

米是金老师弯腰捡起活活地被拆散开了的老子《道德经》来,抚摸着,心疼不已。

"你他妈的什么时候成了老娘我的'老子'了?老娘我是你这个狗日的混账王八蛋的老子还差不多!呸呸呸、呸呸呸!打死我都不做你的老子,打死我都不做你的老子!老娘我果真成了你这个小乌龟王八蛋的老子了,还不得糟践老娘呀,还不得糟践老娘祖宗八代呀!米是金,你个龟孙子,你个遭天谴的龟孙子,竟然胆敢充当起我一个长辈的老子来了!老子、老子、老子!年纪轻轻的,脏话连篇,有爹生没娘养的东西,从头到脚,从屁股到屁眼,一个完完全全、彻彻底底没有家教的小王八羔子!也不知道我女儿哪根筋搭错了,看上你哪一点了!岂止是一无是处呀,简直就是一个小流氓加上一个大骗子!老娘我怎么就这么命苦呀,一把屎一把尿辛辛苦苦地把女儿拉扯成人,女儿好不容易上了大学,好不容易大学毕业了,好不容易工作了,老娘以为老娘终于熬出头了,终于可以过几天享福的日子了,结果摊上这种人、这种事!老天爷呀老天爷,你就睁开眼睛看看吧,还有没有天理呀?老天爷呀老天爷,你怎么就不天打雷劈死米是金这个活该天打雷劈的小畜生呀!老天爷呀老天爷,劈死他吧——劈死他吧!他死了,我就清静了。到了那个时候,我天天给您老人家烧香拜佛呀!老天爷呀老天爷,您老人家就大发慈悲,可怜可怜我吧!我只有这么一个宝贝女儿,她一定要嫁个有钱有权的人家呀,我将来还要靠她吃大鱼大肉,享大福呢……"

猪五哥母亲拍着两条肥硕的大腿,口中滔滔不绝、一泻千里,两条大腿都拍肿大了,浑然不知。

天哪,世上还有这样不是丈母娘的丈母娘,气死大爷我了!

见多不怪,我早就习以为常啦!

这能不大惊小怪吗?这怎么能习以为常呢?

唉,您老消消火,气大伤身呀!

会说人话吗？大爷我老吗？笨蛋、傻瓜、蠢货！知道吗？你早就一分为二了，你一半，我一半，我就是你，你就是我！你小子老吗？

我没有说我老呀！

你说我老，就是说你自己老，我们是一个人，你是鸟二哥董鸣鸟，我是鸟二哥董鸟鸣，知不知道呀？

哇，"季子正年少，匹马黑貂裘"，你年轻着呢！

这就对啦，"竖子不足与谋"，"孺子可教也"！我岂止是年轻呀，简直就是年轻力壮，年轻有为！可是，你怎么就这么实诚，这么笨蛋、傻瓜、蠢货，这么不知道添油加醋，从而更加增光添彩我呢？

添油加醋？我一没有油，二没有醋，怎么添加？

你呀你，还是和小时候一模一样的！吃了那么多油水，吃了那么多盐巴，都白吃了！倒不如都喂狗，喂猪了！太浪费啦！暴殄天物！你呀你，你简直就是比猪五哥还要蠢货，比瓢六哥还要傻瓜，比鱼七哥还要笨蛋！老人家我所谓的"添油加醋"，就是让你捧我，捧我上天呀！譬如，我是一个人才，你不要仅仅说我是人才，你要说我是人才之中的天才！

啊，拍马屁呀！

什么拍马屁呀，说得多难听，锦上添花、锦上添花而已！

你就是我，我就是你，我们合二为一、一分为二，我拍你马屁，不就是我拍自己马屁吗？自己拍自己马屁，我有病呀！

这不叫有病，叫自恋，知道不？

自恋还不是病？

你个痴呆董鸣鸟！不和你说了，说了也是白说；不和你窝里斗了，斗了也是白斗。你个弱智董鸣鸟！要说，也回头跟你说；要窝里斗，也回头跟你窝里斗！说个口吐白沫，窝里斗个你死我活！大敌当前，一致对外！

谁是大敌呀？

白痴，一头死肥猪猪五哥的母亲呢！

是大敌，也是米是金老师的大敌，八竿子都打不着边，关你和我——我们什么事？

"唇亡齿寒",同病相怜!

这倒也是。可是,怎么一致对外?

看热闹呀,好戏还在后面呢!

啊!

米是金老师两眼发直,浑身发抖起来,抖下去攥在手上的两大半老子《道德经》,捡起来,一声长叹。

"年纪轻轻的,叹气、叹气,就知道叹气,还有没有一丁点儿出息呀?"猪五哥母亲提高嗓门,"也没有人招你、惹你,叹什么气?"

"彼老子非此老子。"米是金老师捂住一对招风耳,悲哀地说,"这真的是老子的《道德经》呀!"

"真的?"猪五哥母亲惊诧地说。

"真的!"米是金老师悲惨地说。

"原来你小子有两个老子呀!"猪五哥母亲一脸的恍然大悟。

"我只有一个老子!"米是金老师斩钉截铁。

"这还用得着你说吗?老娘我都只有一个老子,你一个穷得叮当、咣当直响的穷小子,有什么资格有两个呢?"猪五哥母亲得意扬扬,"你有两个老子,一个是真老子,一个是假老子!真老子是生你养你的真老子,假老子是一本臭烘烘的破书!"

米是金老师一声声长叹起来。

"一丁点儿出息都没有的东西,一丁点儿都不正经的家伙,一次低烧,就把脑子烧坏了,竟然认一本破书做老子了!书老子、书老子,天下奇闻呀,天下奇闻呀!蠢货、蠢货,书老子有金子吗?书老子有银子吗?书老子金枝玉叶吗?书老子是一大碗白白嫩嫩的天鹅肉吗?"

"这真的是老子的《道德经》呀!"米是金老师扯着头发。

"唉,不要说老子了,就连儿子都是靠不住的!即使儿子是靠得住的,只要媳妇靠不住,要不了多长时间,儿子就靠不住了。不仅靠不住了,还活活气死人!你以为老娘我闲扯淡吗?老娘我哪有那么多闲工夫和你这个混蛋——混账王八蛋瞎扯淡呀！我没有嫁进门之前，我男人的老娘可靠得住她的宝贝儿子了，我一进门，立马就靠不住了！天底下这种事多了去了！除了宝贝女儿最贴心，不要说老子、儿子了，就连无比金贵的孙子都扯淡！"

"这是老子的《道德经》，不是孙子的《孙子兵法》呀！"

米是金老师慌忙夺门而出，一路呻吟着狂奔起来。

"我是一泡屎！"

一天，米是金老师站在装满水的脸盆前，低垂着不大不小的沉重的脑袋，一动不动。

世界末日！

朱美美的心都跳到嗓子眼里了。

"我是一泡屎！"猛然间，米是金老师中风一样手舞足蹈地说。

一泡屎？

朱美美一口咬住自己的心。

鸳鸯戏水

从此以后，一旦米是金老师洗澡，朱美美就在凉热最适宜的水里兑上一些"宇宙爱心奶粉"，"宇宙爱心奶粉"柔情似水。米是金老师本来就白，这下子更白了，比最嫩的小白兔还要嫩而白。"宇宙爱心奶粉"，是朱美美呕心沥血秘制而成的，一直秘而不宣。

一天，米是金老师站在一个大水缸跟前发起呆来。大事不好，司马光砸缸，米是金老师这是要"缸葬"！朱美美吓坏了，冲过来，扑通跳进水缸里，米是金老师紧跟着跳进去。

水，顿时活了起来，不一会儿工夫之后，人比水还要活。

活色在生香，鸳鸯在戏水。

香水。

爱情之水。

"踏破铁鞋无觅处,得来全不费工夫"

无可奈何缸太小了,一通折腾下来,米是金老师累得要死不死,朱美美累得要活不活。是可忍,孰不可忍!米是金老师几乎找遍了搓衣板小镇的角角落落,死活找不到一个中意的大水缸。

一天傍晚,夕阳火烧天,米是金老师独自在学校后面的美人山上散心,走过来、走过去,一副失魂而落魄的模样。一个衣服破旧、精神矍铄的老汉看见了米是金老师,以为他得了"失心疯",死活要米是金老师跟他去一个好地方。米是金老师死活不干,老汉将他甩到肩膀上,一哈腰,噌噌噌,一直往前冲。一路上,米是金老师使出吃奶的力气拳打脚踢,老汉什么事都没有一样。

一个小木屋独立山巅。

"踏破铁鞋无觅处,得来全不费工夫",米是金老师一眼就看见了小木屋里一个比天还要大的水缸,兴奋得蹦上了天,吧唧,不偏不倚地掉进大水缸里。

夕阳斜挂美人山,染红了小木屋,美人山仙境,小木屋神境。
"你是不是很想要这个大水缸?"老汉哈哈大笑起来。
"您怎么知道呀?"米是金老师一脸的莫名的惊诧。
"废话,你掉进水缸里,疼得要死不活都死活不吭一声呢!"
"我要,我要!"
"为什么要?"
"我,不说可以吗?"

"可以。不过,我有一个条件!"

"钱吗？我出十倍!"

"钱个屁呀！亏你还一副白面书生相,真是活活糟蹋了白面书生！我都一辈子打光棍看山了,还在乎钱吗？"

"那？"

"我很孤单,以后一个礼拜过来陪我一个晚上,行不？"

"啊!"

"这个大水缸是我一辈子打光棍看山的爷爷传给我一辈子打光棍看山的爸爸的,我一辈子打光棍看山的爸爸传给一辈子打光棍看山的我的,宝贝着呢,你不愿意的话,赶紧拉倒!"

"你爷爷打光棍,不会有你爸爸,更不会有你呀!"

"领养孤儿,不成吗？"

"成!"

"到底陪不陪我？陪,大水缸白送给你；不陪,给我金山银山都扯淡！你是男人,我更是男人,男人之间不要啰里啰唆的,一个字或者两个字,陪,还是不陪？"

"陪!"

"男人!"

可怜天下爱人之心

朱美美提心吊胆校园里里外外的水池、水沟、水塘以及湖泊、河流,恨不得将它们都密不透风地盖上了。

可怜天下爱人之心!

"愿我如星君如月,夜夜流光相皎洁"

某年某月某日,米是金老师奉子成婚。

爱情是美好的,初恋是最美好的。

"如何让你遇见我在我最美丽的时刻,为这我已在佛前求了五百年,求他让我们结一段尘缘。"

米是金老师"在佛前求了五百年",朱美美"在佛前求了五百年"。

一千年一天,一天一千年。

太浪漫,太美好啦,感动得我都要哭啦,黄鹤鸣!

你这是激动吧?

为什么这样说呢?

真感动,早就哭上了!

厉害!

米是金老师和朱美美之所以最终能够走到一起,最大的功臣不是米是金老师,而是朱美美。虽然朱美美温柔似水,但是,似水之人,一旦发起飙来了,是会山洪暴发的。

一天中午,晴空万里纵横,一片蓝色的、宁静的大海。

"海纳百川,有容乃大。"

蓝色在巅峰上,蓝色在森林里;蓝色在苍茫上,蓝色在碧波里。

"重为轻根,静为躁君。"

宁静在有限上,宁静在无垠里。

米是金老师一树阳光在朱美美的怀抱里,朱美美抚摸着他一头乌黑的秀发,一声长叹,说:"再也不能这样下去了,你不疯,我疯了!"

"天终归是要亮的。"米是金老师闭着眼睛说。

"人都疯了,天还亮什么亮?"

"阳光,总在日日夜夜暴风骤雨后。"

"人生苦短,日子是自己的,一天都不能白活!"

"你也不是不知道你那个全世界独一无二的亲妈,我已经累了。"
"生米做成熟饭!"

生米是什么玩意儿呀?搞不懂!
生米是生米呀!
废话!
熟饭又是什么玩意儿呀?搞不懂!
熟饭是煮熟了的饭呀!
废话!

"合情是合情,可是,不合理。"米是金老师抚摸着一枚大美人。
"理个屁呀,情就是理!"朱美美斩钉截铁。

情就是理,那理呢?
笨蛋,理就是情呀!
这还差不多!

"这、这违背了孔孟之道。"米是金老师花样溜冰一样地亲吻着大美人。
"我们谈情说爱,关孔子和孟子什么事!"朱美美义正而辞严。

"存天理,灭人欲",不关孔子和孟子以及荀子的事,那关不关程颐、程颢以及我们的大圣人朱熹的事呢?
你问我,我问谁去呀!
这还差不多,笨蛋!

"孔子是他的父母野合出来的……"米是金老师宽衣解带大美人。

啊,怎么可能——怎么可能呢?孔圣人呀,孔圣人呀!

父母是父母,圣人是圣人呢!
啊,圣人怎么会有这样的父母?
圣人的父母照样是父母!
啊,最伟大、最崇高的孔圣人呀!
伟大是伟大,崇高是崇高,父母是父母呢!
啊,伟大且崇高的圣人怎么能有这样的父母?
伟大且崇高的圣人的父母照样是父母!

不怕闹鬼,就怕内鬼闹,猪五哥的母亲一下子就死定了。
"死生契阔,与子成说。执子之手,与子偕老。"人世间最浪漫、最美好的莫过于爱情;最最浪漫、最最美好的莫过于从爱情走进爱情的坟墓——婚姻之后,依旧一辈子在柴米油盐酱醋茶之中,有所浪漫,有所美好。婚后,米是金老师和朱美美小两口小日子过得可滋润可滋润了,生生一对人间之民间夫妇,活成了一对天上之神仙眷属,天长地久,天荒地老。

十五　猪五哥的丰功与伟绩之一

蚍蜉撼大树——以卵击石
出奇以至于出彩　离谱以至于离异
一只死耗子活蹦乱跳

我不仅不得不和米是金老师的准小舅子一头死肥猪猪五哥同桌,还不得不同床。我是全世界最不幸的人了,教室里只剩下最后一个座位,寝室里只剩下最后一个床位。

"莫笑农家腊酒浑,丰年留客足鸡豚",猪五哥富于农家子弟之好客之本色,力邀我和他共枕。

打死我都不干! 即便不能流芳百世,也不能遗臭万年呀! 这还只是其一。其二,同床地狱,再加上共枕,岂不是人间地狱?

恭喜贺喜鸟二哥董鸣鸟,十面埋伏,四面楚歌,你已经在人间地狱之人间地狱之中啦!

你这人怎么老是幸灾乐祸,落井下石呢?

这非但不是什么坏事,还是天大的好事呀! "要使得生活在这一世界的人们摆脱悲惨的遭遇,把他们引到幸福的境地。"地狱——炼狱——天堂。你鸟二哥董鸣鸟确凿无疑是一只蓝色的大鸟,一只蓝色的大鸟只有经历了十八层地狱的磨折与熬煎,才会抵达幸福。你不下地狱,谁下地狱呀?

说得轻巧,你为什么不来和一头死肥猪猪五哥同床共枕呢? 机不可失,失不再来,来呀,来呀,我的个鸟二哥董鸟鸣!

天哪,我还是赶紧溜之大吉吧!

回来,回来,为了幸福,为了我们天大地大的幸福,我的双胞胎哥哥——鸟二哥董鸟鸣!

呜呼!另一头一躺下,我就受到热烈、强烈、激烈的刺激,差一点闭过气去,一命呜呼。天哪,脚臭!

猪五哥的口臭和脚臭比拼,简直就是蚍蜉撼大树——以卵击石。

无可奈何之下,我只得钻过去和他共枕。

"我就知道你会回心转意的,大凡和我同床的,最终都义无反顾地选择了共枕!"猪五哥死死地抱住我说。

我拼死拼活地从他的怀里挣扎出来。

风平浪静——风平浪不静,睡着、睡着,我越来越感觉不对劲,怎么就更难闻了呢?

狐臭!

猪五哥的狐臭出奇以至于出彩,离谱以至于离异。

我想死!

万不得已之下,我再次调换脑袋与屁股。

"我就知道你会再次变心的,大凡和我同床的,最终都义不容辞地选择了一人睡一头!"猪五哥跺跺脚说。

好不容易迷糊上了,如梦如幻之中,我感觉嘴里钻进一只死耗子,活蹦乱跳着,我大汗淋漓地醒过来。

人间地狱!

猪五哥的大脚指头正在我的口中忙活得不亦快哉,不亦乐乎!

气急败坏之下,我一脚踹醒他,再次和他共枕起来。

"我就知道你会重投怀抱的,大凡和我同床的,最终都义不容辞、义无反顾地选择了抱着我睡!"猪五哥一堆肉钻进我的怀里说。

"有心栽花花不开,无心插柳柳成荫。"

一头死肥猪猪五哥误打误撞,还真就不是一般的对头了,如此之后,我鸟二哥既能相对远离口臭、狐臭,又能相对远离脚臭了。

老鼠蟑螂臭虫苍蝇虱子蚊子蚂蚁

山还是那座山,河还是那条河。

斗转星移。

一天,深更半夜,不仅人和动物几乎都睡死了,就连教室里的课桌以及板凳亦是如此,它们早就被课本、资料和试卷以及我们的屁股压得疲惫不堪了。

"饼干好吃、好吃,太好吃了……"猪五哥睡梦之中大叫起来,两条腿一阵阵死命乱踢,仿佛一头栽进了美丽、性感的雌性饼干的汪洋大海之中,行将淹毙。

"月儿弯弯照九州,几家欢乐几家愁。"

明天上午一二节数学考试,数学是我的噩梦,数学考试是我的噩梦之"噩"。

旧病痼疾,扁鹊不医,华佗难治。心病还需心药医。心药在哪里呢?在未来之中,在现实之中,在历史之中;在太平洋深处,在珠穆朗玛峰峰顶,在宇宙之外。

注意力涣散,一坨坨漫天飞舞,一坨坨遍地开花。一坨撞击一坨,一坨撕扯一坨,一坨缠绕、纠结一坨。一坨烟消云散一坨,一坨轰轰烈烈一坨……尤其是数学课,王子虚老师站在上面,一环扣一环,循序渐进。我坐在下面,从头到尾自己磨折自己,自己熬煎自己,头痛而欲裂,昏昏入睡。

凄风苦雨,一场又一场艰苦卓绝的斗争。

"问君能有几多愁,恰似一江春水向东流。"

天哪！

我好不容易睡着了，脚踏红孩儿的两只风火轮，笔下生"春风得意马蹄疾"之风，开出一朵朵艳丽之花来，一道又一道高难度的数学题喊里咔嚓迎刃而解了。

一头死肥猪，你一不雪中送炭，二不锦上添花，这也就罢了，竟然还"坏"人天大的好事。一股股霹雳之怒火。捅，喜马拉雅山压顶，捅死你个一头死肥猪！

猪五哥叫得更欢了，不仅吵醒了大混合寝室里所有的人，还吵醒了老鼠、蟑螂、臭虫、苍蝇、虱子、蚊子、蚂蚁等，以及小黄快乐。

大混合寝室里顿时热闹上了。

老鼠追求老鼠，蟑螂拥抱蟑螂，臭虫亲吻臭虫，苍蝇爱爱苍蝇，虱子咬噬虱子，蚊子叫嚣蚊子，蚂蚁追随蚂蚁……

我们一个比一个火大起来。

"饼干好吃个屁呀，你个死肥猪，还要不要人家睡觉呀，明天早上不到六点就要起来早读呢！"瓢六哥和鱼七哥异口同声。

"身无彩凤双飞翼，心有灵犀一点通"，瓢六哥和鱼七哥不出手则已，一出手就合二为一。不是一家人，不进一家门，小黄快乐拉亮寝室里的两盏电灯。两盏电灯一南一北遥相呼应，灯光闪烁不定，鬼火。

"生则同衾，死则同穴"

小黄快乐拉亮寝室电灯，不是故意的，是有意的。

鱼七哥号称自己听得懂小黄快乐说话，鬼才信；鱼七哥叫嚣小黄快乐听得懂我们说话，鬼都不信。

你们亲密无间，形同一家人，不但全人类都知道，而且，全狗类都晓得。鸟语花香中学，尤其是文科复读班，因此吃醋的"人"，不在少数；搓衣板小镇,尤其是搓衣板街,因此吃醋的"狗",比比皆是。

没做亏心事,不怕鬼敲门;若要人不知,除非己莫为。

鱼七哥啊鱼七哥,你宁可自己饿着肚子,也要让小黄快乐吃饱了撑得慌。鱼七哥啊鱼七哥,小黄快乐津津有味地谈情说爱,今天这个,明天那个,可怜你孤家寡人,滋滋有味地给它们保驾护航。鱼七哥啊鱼七哥,小黄快乐生病了,大病,差一点就死掉了,小黄快乐好不容易才好了起来,你病倒了,小黄快乐生病期间,你"爸爸、妈妈"般无微不至地照顾它,累坏了。

……

这一切,早就在鸟语花香中学以及搓衣板小镇闹得不可开交啦!

"只愿君心似我心,定不负相思意。"

然而,毕竟狗与人不同类,无法直接性地更好地沟通。呜呼!还是保持现状好,一旦人类和动物界能够挥洒自如地交流了,岂不是要地球大乱了呀?

"小黄快乐流着口水说——大家都醒了,一时半会儿谁也睡不着了。只有灯火通明了,才能想干点什么就干点什么,包括看纸上的美人以及书中的英雄。'天作孽,犹可违;自作孽,不可活。'大家都是被一头死肥猪吵醒的,他还好意思独自春秋大梦吗?灯光'小刺激刺激'他,让他睡不踏实,情理之中。'生则同衾,死则同穴。'亲不亲,一家人,要活一起开开心心地活,要死一起痛痛快快地死!"鱼七哥叉开中指和食指,揉着两只金鱼眼。

天哪,还"生则同衾,死则同穴"呢!小黄快乐是米是金老师的化身吗?春秋战国诸子百家散文、汉赋、唐诗宋词、元曲、明清小说,信手拈来,信口而出?

小黄快乐常流口水,鸟语花香中学文科复读班唯有一头死肥猪猪五哥堪与之相媲美;小黄快乐三天两头换"伴"出行,一个比一个阳光灿烂、春光明媚,有过之而无不及一只蓝色的大鸟鸟二哥"董鸣鸟"加"董鸟鸣"(纯属虚构)。

出家人从不打诳语,小黄快乐鞭挞猪五哥都常见,更何况区区一编排。可是,它开口把话说,纯属"天方夜谭",即使瞎扯鳄鱼淡,也都不带这样瞎扯的!

蛋疼,蛋疼呀!
瞎扯、瞎扯!
皮蛋疼呢!
皮蛋?
我瞪大眼睛,张大嘴巴,咬一个无比美味的皮蛋,孰料皮蛋没咬上,上嘴唇咬到下嘴唇了,疼死了!
皮蛋安然无恙就好,你疼死活该!
皮蛋也疼呢!
你疼不疼,关皮蛋什么事?
皮蛋掉到地上了,摔成一瓣又一瓣,血肉模糊的,它能不疼吗?
赶紧捡起来,吃下去呀!
这还用得了你说?

小黄快乐开口把话说!
鱼七哥呀鱼七哥,就你还绰号"老实"呢!当之有愧呀!你都瞎扯淡成这样了,还好意思蹲着"老实"的茅坑不拉"老实"的屎吗?(鸟二哥之批判鱼七哥之言语)
要活一起开开心心地活,要死一起痛痛快快地死!
还同生共死呢,大言不惭!你鱼七哥和瓢六哥以及小黄快乐,你们哥仨一起同生共死去吧!不想死就不会死呀!赶紧死去吧你们——你!大千世界,茫茫人海,多你鱼七哥一个不多,少你鱼七哥一个不少!你死了死了,顶多也就人世间又少了一个真正的人罢了!(猪五哥之批判鱼七哥之言语)

ABCDEFG"一江春水向东流"

小黄快乐拉亮寝室电灯,纯粹是白费心机。猪五哥一头死肥猪,百炼成钢,百毒不侵,依旧酣酣地睡着,一张偌大的猪嘴巴"一江春水向东流":"天哪,饼干太好吃啦,太好吃啦……"

瓢六哥和鱼七哥的异口同声的呐喊,不是一点作用都没有,猪五哥变词儿了,越变越闹心,越变越恶心。没辙、没辙,太没辙了!

寝室里七嘴八舌起来——
A曰:"猪五哥是一头猪!"
小黄快乐汪一声。一头猪醒过来,垂涎三尺三寸三。
B曰:"猪五哥是一头肥猪!"
小黄快乐汪两声。两头肥猪噌噌噌长膘,膘肥体壮,一起被宰了。
C曰:"猪五哥是一头死肥猪!"
小黄快乐汪三声。三头死肥猪接二连三下崽,呼啦啦长成一头头死肥猪。
D曰:"猪五哥不是人,是一头死肥猪!"
小黄快乐汪四声。四个人,四头死肥猪。
E曰:"死肥猪猪五哥不是人,连我这个人都吵醒了!"
小黄快乐汪五声。五头死肥猪,五个人。
F曰:"死肥猪猪五哥连猪都不是,将我这个人都吵醒了!"
小黄快乐汪六声。六头死肥猪听天由命,苟且偷生——苟延残喘。
G曰:"死肥猪猪五哥连小黄快乐都不是,将小黄快乐都吵醒了!"
小黄快乐汪个不停起来。
……

天哪!

"大弦嘈嘈如急雨,小弦切切如私语。嘈嘈切切错杂弹,大'猪'小'猪'落玉盘。"

大混合寝室里那叫一个吵呀!

"近水楼台先得月,向阳花木易为春"

洪大毛老师怒气冲冲地进来,一件 T 恤、一条大裤衩,大裤衩红得发紫,T 恤紫得发黑。

"近水楼台先得月,向阳花木易为春。"

洪大毛老师在家里待不下去了,临时性地幽居在文科复读班大混合寝室后面的一个单身宿舍里,猛然间听到大混合寝室里闹翻了天,跳下床,拽开房门,飞奔而至。

大混合寝室里鸦雀无声。

"谁在叫?谁没有睡觉?"洪大毛老师咆哮起来。

小黄快乐飞快地拉灭两盏电灯。

"谁在叫、叫、叫,谁没有睡觉、觉、觉?"

没一个人吱声。

"谁、谁、谁在叫个不停,谁、谁、谁大半夜的还不睡觉?"

大千世界,无奇不有,尤其是奇人与异事,譬如,光着圆滚滚的屁股往一挺机关枪圆乎乎的枪口上撞。

"饼干好吃,好吃,太好吃了!"猪五哥睡梦之中大叫起来。

"你是谁?"洪大毛老师笑吟吟的,"给我吃一点,行不?"

我赶紧死掐一头死肥猪。

"我是朱时务,饼干早就吃光了,你还吃什么吃?"猪五哥迷迷糊糊之中,"你这也太'好'吃了吧,你是谁呀?"

"我是洪大毛,饼干你都吃光了,还叫什么叫?"

"洪二毛是谁?"

"洪大毛是你班主任!"

"洪六毛是谁?"

"洪六毛是你历史老师!"

暴风骤雨、电闪雷鸣,"老师"两个字起作用了,猪五哥醒了过来。

杀鸡骇猴,杀一儆百,猪五哥被拽下床来,靠壁罚站。

泛滥成灾

第二天早上,天昏地暗,天翻而地覆,我从噩梦之中惊醒,头昏脑涨,浑身冰凉冰凉的,透心凉,我挣扎着坐起来。

猪五哥依旧靠壁"罚站"着,在梦乡的波涛汹涌之中遨游,香甜至极,口水一泻千里、滔滔不绝。

天哪,寝室里,早就泛滥成灾了。

一头死肥猪!

"好吃,好吃,太好吃了……"猪五哥骄傲的大嘴巴上衔着七八块饼干,嘟嘟囔囔个不停。

这也忒神了吧,叽叽歪歪不止,七八块饼干竟然没一块掉下来的!

"没刮风,没下雨的,好端端的寝室怎么就一晚上进这么多水了? 一股怪怪的味道,到底是不是水呀? 谁谁谁,谁撒尿了?"瓢六哥赤脚下床,大叫起来。

鱼七哥和瓢六哥同床,揉着两只迷迷糊糊的金鱼眼,磨磨蹭蹭下床,慢吞吞地低声说:"不是我干的。"

"掩耳盗铃,欲盖弥彰!"瓢六哥大声说,"不是你是谁?"

"真的不是我。"

"床都尿过不止一次了,还不会尿地? 骗人人不信,骗鬼鬼才信!"

"两码事,一码归一码。不是喝醉了吗? 往事不堪回首,休提矣。"

"谁喝醉了不原形毕露,丑态百出?喝醉了胡作非为,不是丢脸,是彰显义气、豪气和人气!你次次尿床,都是喝醉了吗?"

"只有一次,水喝得太多,实在是来不及了。酒也罢,水也罢,反正都只是喝多了。过去的都过去了,不提也罢。"

"肯定是你,只有你才干得出来!寝室都成厕所了,还要不要人活呀?"

"老实我昨天几乎没喝一口水,想尿都尿不出来。不是老实我,真的不是老实我。"

"老实"和老师谐音,还是老师管用,猪五哥顿时醒了,宇宙混沌,世界一片朦胧,大声叫喊起来:"是我,是我!"

"你?不可能!流口水,千真万确。撒尿,绝对是冒名顶替的!"

我的个瓢六哥哟,你是不是也被高考与复读两座大山,压得脑积"桃花潭水深千尺"了?是个人,只要喝水就撒尿。人家猪五哥好歹也是个人,怎么就只喝不撒啦?再者说了,尿水是水,口水就不是水了吗?

按理说,猪五哥再怎么流口水,寝室也不至于泛滥成灾。
一刮大风下大雨,寝室就漏水。

"采菊东篱下,悠然见南山"

每天早上,猪五哥好容易从春秋大梦(简称"春梦")之中醒了过来,一不洗脸,二不刷牙,一边大吃特吃"降压饼干",一边在寝室里周游列国,指指点点这个,指指点点那个,比"己所不欲,勿施于人"的孔老夫子还要孔老夫子。

"昨天晚上,你是不是梦遗了呀?坦白从宽,抗拒从严!"

"你昨天晚上梦遗了几次啦?还'羞答答的玫瑰静悄悄地开'呢!说嘛,说嘛,这不仅不是什么见不得人的丑事,还是天大的喜事呀!'燕雀安知鸿鹄之志哉！'这足以说明您老年轻力壮,年轻有为,假以时日,必定大有前途矣！说呀,说呀,好事就要和大家一起分享呀！"

"昨天晚上,你肯定通宵达旦梦遗了,天庭饱满、地阁方圆,红光满面的！"

"你昨天晚上肯定尿床了！'物以类分,人以群居',因为我尿床了,所以你尿床了！"

"你为什么不洗脸呢？真不要脸！"

"你为什么不刷牙呢？太不讲究卫生啦！"

"你的头发太乱了,比鸡窝还要乱！"

"你的发型太酷了,比西裤还要'裤'！"

……

"你的裤子穿反了！"

好家伙！一个家伙原本裤子没有穿反,结果,反穿着大摇大摆地离开寝室,昂首挺胸地走进教室里了。

三高

要上早读啦,一头死肥猪！

"狗吠深巷中,鸡鸣桑树颠",猪五哥依旧嚼着"降压饼干",在寝室里晃来晃去,怡然自得,俨然深巷之中,桑树之颠。

死猪都不怕开水烫,更何况还是头死肥猪呢！无药可救！

就要上早读啦,一头死肥猪！

"狗吠'桑树'中,鸡鸣'深巷'颠",猪五哥依旧吞咽着"降压饼干",在寝室里晃悠来、晃悠去,心旷而神怡,俨然"桑树"之中,"深巷"之颠。

活猪都不怕开水烫,更何况还是头活肥猪呢！不可救药！

一头死肥猪猪五哥美其名曰,在督促之中消化饼干,在消化饼干之中督促。

吃货就吃货,装什么"三高",高级、高端、高迈或者清高、雄高、崇高!

自由、平等和博爱

起床之后,大家忙忙碌碌着,各种声音在大混合寝室里响了起来。
瓢六哥和鱼七哥还在对掐,死掐着,不亦快哉,不亦乐乎!
寝室里的声音逐渐稀少起来。
猪五哥依旧靠壁"罚站"着,梦乡之中神游、神佑。
虫三哥冲了过来,刀四哥紧跟其后。

虫三哥既是急性子,又是慢性子。
别人的事情,他比谁都急。自己的事情,除了一件事情之外,即使别人都急得快要死掉了,他照样一点都不急,如同和他一点关系都没有似的。

"天涯地角有穷时,只有相思无尽处",爱慕一个人上不了手的时候,虫三哥急不可待。
爱美之心,人皆有之。
不过,虫三哥所谓的爱慕,欢喜而已;所谓的"上不了手",对方死活都欢喜不起来罢了。
大家可千万别想多啦,虽然虫三哥早就成年了,但是还只是一个高中资深复读生呢!

一次,虫三哥爱慕起小花来。剃头挑子怎么可能不一头热呢?无论他怎么呕心沥血,终究山竹篮打山泉水——一场山空。虫三哥掉转车头,爱慕起大花来。
大花和小花,搓衣板小镇搓衣板街两枝花,闻名遐迩。
小花年轻貌美;大花半老徐娘,风韵犹存。
很小的时候,大花就开始在社会上闯荡。猴年马月,她就"老大嫁作商人妇"了。大花被"神经病"加"精神病"虫三哥爱慕得十分之莫名其妙,万般无奈之下,当机立断,叫人给一枚还没有断奶的小屁孩虫三哥送过来一份精心包装的礼物。虫三哥热泪盈眶地打开一看,赫然眼前,一把生锈的菜刀。我们顿时吓坏了。虫三哥开怀大笑,大声嚷嚷起来,小花不在乎我,大花百分之一千在乎我!

虫三哥呀虫三哥!
华山论剑,东邪西毒南帝北丐中神通,不相上下,不分伯仲;搓衣板小镇搓衣板街之美人山论贱,你胡朋朋天下第一贱,天下至贱无敌手!

"太贱了!"猪五哥得知虫三哥又一次所谓的"爱慕"悲壮了,气呼呼地说,"你这是雄性激素分泌过甚——过剩,火急火燎,脑子被彻底烧坏了! 只要是个女人,就欢喜得不得了,不问青红皂白,不论相貌与年龄! 你大爷我沉默是金,无语得很哪!"
"我这是秉承了法国启蒙主义的思想精髓,自由、平等和博爱!"虫三哥笑嘻嘻的。
"奸污、奸污!"猪五哥鄙夷得眼睛都绿了,"这不是博爱,这是泛滥成灾,渺小的泛滥成灾!"

刀四哥性子不急不慢。不过,虫三哥一急他就跟着急,比虫三哥还要急。虫三哥"上手"不了某个女人的时候,他急得眼睛都恰似蓝天白云了。
猪五哥如是说——
上辈子刀四哥是虫三哥他妈。儿子欢喜上一个女人,做母亲的蒙在鼓里也就罢了,一旦知晓了,比儿子还要一只只热锅里的蚂蚁。

识时务者为俊杰

皇上不急,太监急,虫三哥冲到猪五哥跟前。

"快到点了，还不赶紧去上早读，找死呀你，猴年马月，洪大毛老师就窝在教室门口死守你这头'博爱'死肥猪了！昨天早读就要下课了，您老人家才溜进教室，东张张、西望望，趴到地上，贼头贼脑地从过道上匍匐前进，匍匐到洪大毛老师跟前。两只大臭脚拦路。您老人家倒好，没摸清情况就破口大骂，挡道的是谁，还不给我赶紧滚蛋，再不滚蛋，我就滚蛋了！洪大毛老师气得跳多高，差一点就当场吐血身亡了。洪大毛老师怒吼，你朱时务胆敢再迟到一次，就彻彻底底开除你，没有任何商量的余地！才昨天呀，您老人家今天就忘记得干干净净了？大小便搞不清楚，吃饭、喝水我就从来都没见你忘记过半次！"虫三哥大叫起来。

"就是、就是，盘古开天地之前，班主任洪老师就盯上你朱时务了，识时务者为俊杰，见好就收吧。"刀四哥幽幽地说。

毛毛虫与长柄弯刀

虫三哥胡朋朋绰号钢打铁铸，身材中等偏上，浑身都是令人浑身起鸡皮疙瘩的肌肉疙瘩。鸟语花香一见到虫三哥就两眼发直挺挺的银白色的光，香喷喷的手绢抹个不停嘴巴。一次，忘记了是中饭，还是晚饭，反正是吃鸟语花香中学鸟花花食堂里的饭，虫三哥三生有幸，吃出一只毛毛虫来，活蹦蹦姹紫，乱跳跳嫣红。从此以后，人称胡朋朋虫三哥。

刀四哥苟友友绰号长柄弯刀，两条腿细长细长的，身材貌似比教室以及寝室门框都高，好像只能弯着腰进进出出。长此以往，无论何时何地，刀四哥都弯着腰站立或者前进、后退了。

一身口水泥巴

猪五哥原本还靠墙"罚站"着，口中依旧衔着七八块饼干，虫三哥和刀四哥一通刺激，猪五哥狼吞虎咽下去七八块饼干，轰隆隆，一山堆大肥肉瘫倒到地上。

唉,站的时间太长了,腿脚早就都麻痹啦!

天哪,换了其他任何一个人,早就一屁股坐到地上了。然而,相比较常人而言,猪五哥的身材的长度与宽度之相差小得多了去了,身体之稳定性自然就几乎无人能望其项背,因此,自然而然非常之经久耐站。这只是其一。其二,猪五哥不是怕老师怕到了极点吗? 更何况还是我们敬爱的洪大毛老师罚的站呢!

打滑,打滑,好好的一个地,怎么就这么打滑呢?

扑通!

猪五哥摔了一跤。

地动山摇……

扑通!

猪五哥摔了一跤。

地动山摇……

扑通!

猪五哥摔了一跤。

地动山摇……

猪五哥好不容易从地上连滚带爬起来,赤橙黄绿青蓝紫,一身的口水泥巴。

吃尽苦中苦,方为人上人

早读火烧眉毛,死猪不怕开水烫,活猪怕,虫三哥和刀四哥二话不说,架起猪五哥就走,出了寝室,加快脚步。

"方向错了,不是教室,是厕所!"我万分着急,大声叫喊起来。

"我要去的就是厕所,我要上厕所——上厕所!"

虫三哥和刀四哥马不停蹄。猪五哥手之舞之,足之蹈之,一张死肥猪脸涨得通红通红的。

"上厕所,上厕所,还上个屁厕所呀!洪大毛老师苦苦等待着你今天早读迟到,好狠狠地收拾你,以解深仇大恨压心头呢!憋着、憋着,使出十倍的吃奶的力气憋着,吃尽苦中苦,方为人上人!不就大不了解小便或者解大便吗?多大点事呀!凡事都有个轻重缓急,识'时务'者为俊杰,等洪大毛老师走了,再一泻千里、滔滔不绝也不迟!"虫三哥抹着嘴巴说。

一颗血迹斑斑的牙齿

虫三哥喜欢抹嘴巴,抹过来、抹过去,抹不出一点一滴口水来,"江山代有才人出,各领风骚数百年",虫三哥可不是一般的人物,抹不出口水来,抹得出一颗又一颗牙齿来。

寒冬腊月,大雪纷飞,山川河流"银"与"素",庄严而肃穆。
一片空旷的雪地上。
虫三哥卷起袖子,敞开胸怀,双手拍得胸脯噼里啪啦作响,浑身肌肉疙瘩钢打铁铸。对手又矮又瘦,绰号"矮瘦精","万里无云万里天,千江有水千江月","矮瘦精"闭上双眼,一动不动,一声不吭。
唉,这单挑还有什么看头,还有什么嚼头呀!双方力量之悬殊,即使两只眼睛都瞎了,照样能看得明明白白!
"乱石穿空,惊涛拍岸,卷起千堆雪。"
虫三哥一声声吼叫起来,大雪席卷,奔冲遥不可及的夜空,夜空之上,一轮圆月晃来晃去。
"矮瘦精"一个扫堂腿。虫三哥一个狗啃泥,挣扎半天,一个鲤鱼打挺,从雪地上一跃而起。"矮瘦精"一记勾拳。虫三哥一个仰八叉,痛快淋漓,再也爬不起来了。
天地顿时无语。

"矮瘦精"带着一群人扬长而去。

我们七手八脚地抬起虫三哥来。太沉了！到底吃些什么玩意儿长大的呀？莫非真的如鸟语花香所说的，是吃钢与铁长大的？

虫三哥叫苦连天，马不停蹄地抹嘴，抹出一颗血迹斑斑的牙齿来。

猪五哥好容易弯下腰去，好容易捡起虫三哥钢打铁铸的牙齿来，眉开眼笑，欢天喜地。天与地莫名其妙，一大片、一大片茫茫然。猪五哥猪头猪脑，载歌载舞起来，眉毛一颤一颤的，眼睛都看不见了。

"'身体发肤，受之父母'！"猪五哥口中念念有词起来。

奇花异草！

从此以后，钢打铁铸虫三哥的那颗牙齿，猪五哥视若珍宝。

虫三哥自诩我们的大哥，一天到晚到处吹嘘——

他不仅精通天下三大神功：蛤蟆功与眼镜蛇功与秃鹫功，还某年某月某日突然间就开了天窍，将三大神功浑然一体了，独创出一门神奇之功——"秃蛤镜功"来。从此以后，普天之下无人敢惹他，一旦惹他了，吃不了"花兜兜"兜着走。不过，他敢惹搓衣板小镇搓衣板街最大的流氓地痞大哥——"大和尚"加"小和尚"。

你还别说，还真的有不少青少年就信了，尤其是鸟语花香中学初中部的那些情窦初开的少女，简直就是膜拜上他了。

虫三哥有一样功夫，的的确确是不带吹的。吹牛！他不仅能将活牛吹死，还能将死牛吹活。可是，一旦遇上了真正的对手，嘴上功夫管个屁用呀！虫三哥动不动要打地痞流氓，动不动就被地痞流氓打了。

虽然瓢六哥和虫三哥一样年少气盛，喜欢打架斗殴，但是，两个人背道而驰，根本就不是一条道上的。

虫三哥惹是生非，瓢六哥抱打不平。

亡羊补牢,为时晚矣

虫三哥和刀四哥拼死拼活地驾着猪五哥往前走。猪五哥拼命地挣扎着,一张死肥猪脸红里透紫,紫中泛起黑来。

"猪五哥啊猪五哥,开学才不到两个月,你就被开除三次了。要不是你姐夫米是金老师一次次地低声下气地求情,你早就彻彻底底从鸟语花香中学消失了。什么事都有个尽头。再不洗心革面,你就真的亡羊补牢,为时晚矣,叫天天不应,叫地地不灵了。"刀四哥挤眉弄眼地说。

大得惊人

刀四哥酷爱挤眉弄眼,挤过来、弄过去,眉头还是眉头,眼睛还是眼睛,长江后浪推前浪,后浪更比前浪强,刀四哥同样不是一般的人物,挤不出眉毛,弄不出眼珠子,挤得出眉皮屑来,弄得出一坨又一坨眼屎来。

一次,我们面对面坐在床上吃饭,我无意中看见,刀四哥挤出的眉皮屑漫天飞舞,弄出的一坨眼屎吧唧掉到饭碗里。大得惊人。我还没来得及吱声。刀四哥就和着米饭、咸菜,风卷残云进血盆大口之中,狼吞虎咽下去了。我一声尖叫。刀四哥抬起头来,一脸的莫名其妙。

吓死我了!叫什么叫,鸟二哥董鸣鸟?
狗拿耗子——多管闲事,我叫我的,关你屁事!
你们这群小屁孩呀,不知好歹,不识时务!不仅有的吃,还一个个地吃得饱饱的,这就已经相当地南无阿弥陀佛,观世音菩萨保佑了,你们还叫什么叫?乱叫,瞎叫!还大言不惭狗拿耗子呢!我是一条狗吗?我不是!你是一只耗子吗?你是!群龙无首,蛇鼠一窝,你们鸟中文复班,除了一个个貌美如花的女生,所有的男生都是一只只耗子历经沧海桑田变成的一只只耗子！耗子和人当然不一样啦！人,沉默是金。耗子,不仅乱叫、瞎叫,还咬文嚼字呢!

鸟二哥我是书内之人,刀四哥同样是书内之人,书内之人"尖叫"书内之人,你一个书外之人议论议论也就罢了,竟然还如此之胡搅蛮缠,满口喷"辣椒粉"与"辣椒水",真的是太过分了!

我是鸟二哥董鸟鸣,鸟二哥董鸟鸣我是书外之人吗?

"无边落木萧萧下,不尽长江滚滚来"

猪五哥呻吟起来,不堪的痛苦,"无边落木萧萧下,不尽长江滚滚来"。

"我'朱时务'当然识时务者为俊杰啦,我想憋,可想可想憋了。可是,实在是憋不住啦,要撒,要拉,妈呀,我的亲妈呀,双重——双重呀!"

"叫什么叫?人憋死屎尿再正常不过了,屎尿憋死人从来都没有过!让你憋着,你就老老实实地憋着,别一点都不老实!你小子别身在福中不知福,别害得你姐夫米是金老师的日子也跟着你不好过!"瓢六哥说。

见"江"是长江,见"河"是黄河

不怕有心人,就怕人有心。

"说的什么人话呀?老老实实地憋着,别一点都不老实!我老实什么时候一点都不老实了?我老实一直老老实实的,怎么就招你、惹你瓢六哥了?"猪五哥还没来得及反应,鱼七哥强烈反应上了。

"好你个老实,见'江'就是长江,见'河'就是黄河!我说的是你老实吗?空穴来风,捕风捉影,信口雌黄!"瓢六哥说。

"口口声声说老实,说的还不是我老实?"

"你比我还要不老实,简直就是一点都不老实!"

"我怎么不老实了?我不老实,也比你脑残疾强。"

"我脑残疾?"

"张口闭口你姐夫你姐夫,人家米是金老师和猪五哥姐姐不是还没结婚吗? 没结婚,就没入洞房;没入洞房,就没怎么的;没怎么的,怎么就姐夫上了? 你不脑残疾,谁脑残疾?"

"米是金老师和猪五哥姐姐到底是已经怎么的了,还是没怎么的,你一个局外人怎么就知道? 凭什么知道?"

"没结婚,就没裁结婚证;没裁结婚证,就没盖章;没盖章,就没结婚! 婚都没结,怎么就姐夫上了? 你不脑残缺,谁脑残缺?"

"盖章不一定要有章,知道不知道呀?"

"章都没有,还盖什么盖?"

"猪脑子不开窍,死肥猪脑子一窍都不开! 盖被子呀,被子都一起盖了,还不算盖吗?"

"米是金老师和猪五哥姐姐到底是一起盖过被子了,还是压根儿就没一起盖过,你一个局外人怎么就知道? 凭什么知道?"

"猪五哥,你说说,你一身正气、刚正不阿,肯定不会大逆不道、知情不报的! 到底盖还是没盖,你应该是最清楚了。你说说,猪大五哥!"

糊涂虫　糊涂蛋

猪五哥的泪水混合着汗水,一起下流,发馊,发臭。

急什么急呀?

"我要上厕所,我要上厕所,再不去厕所,我就要尿裤裆了!"猪五哥哆里哆嗦地说。

"憋着、憋着,再不去教室,我们就都跟着你一起倒霉了!"虫三哥和刀四哥异口同声,一个转过身去,一个依旧,两个人拼死拼活地架猪五哥,力量旗鼓相当,架了半天,原地踏步走,可怜猪五哥就要被架散架了。

虫三哥和刀四哥屡屡犯迷糊,给人感觉一个糊涂虫,一个糊涂蛋似的。其实,他们不仅不糊涂,还非常之精明强干。鸟语花香中学文科复读班男生里,除了那只神出鬼没的"亮灿灿、阴森森"的麻子老鼠之外,他们俩是最精明的两个了。

那只麻子老鼠经常躲在一个又一个阴暗、偏僻的角落里,一边自己抚摸(疼爱)自己两条大腿,一边叽叽歪歪个不停。

我们不能不糊涂。晚上十一点半下晚自习,将近十二点才可以睡觉;早上不到六点就起床,六点上早读。年纪轻轻的,正值青春年少气盛,能不迷糊吗?

一枚小作者黄鹤鸣批注——

"百金买骏马,千金买美人,万金买高爵,何处买青春?"

我的个新换的内裤哟

远山一大片一大片,黑黜黜的;近树,朦朦胧胧。

"再这样折腾下去,我们就一起挂了！瓢六哥、鱼七哥,架起虫三哥、刀四哥,我们走!"我哭笑不得。

"鸟二哥都发话了,还不赶紧将我移驾到女厕所——男厕所里去呀!"猪五哥哀哭,"我的个内裤,我的个新换的内裤哟!"

唉,都已经语无伦次了,看样子,是真的憋出什么无法治愈的脑毛病来了,好可怜呀!

太监不急皇上急。瓢六哥和鱼七哥闷头闷脑,架起虫三哥和刀四哥的同时,架起被虫三哥和刀四哥架着的猪五哥。我弯腰抬起猪五哥的双腿来,双腿恰似两头非洲大象。我们气势汹汹地朝着教室的方向"冲锋"陷阵起来。

"非但见死不救,还落井下石"

昨天晚上,一切都风平浪静;一切都风不平,浪不静。

失眠、失眠、又失眠了！

唉——

再这样下去的话，要不了几天，不是失眠死翘翘了，就是大爷我死翘翘了！

天哪！

我好不容易睡着了，猪五哥早就进入梦乡了，突然间坐了起来，垂涎三尺、三尺、三尺……

猪五哥的梦乡，温柔乡、腾云驾雾、翻云覆雨。

一头死肥猪！

"有病呀？'母鸡'都叫两遍了！"

"浑身难受。"

"我还浑身难受得要死呢！"

"我要换内裤！"

"明天早上换，睡觉、睡觉！"

"鸟二哥，你还算人吗？非但见死不救，还落井下石！你，还要不要我一头死肥猪猪五哥朱时务活呀？"

宁可对琴弹牛，也不要对牛弹琴！

沉默是金。

猪五哥折腾了大半天，从火星到水星，从木星到土星，终于换上了一条脏兮兮的内裤，不要说黄花菜了，就连"金星"都快凉了。

一头死肥猪，疯了，换一条内裤都换成这样了！

想当年，如果还没有到忍无可忍自己的地步，猪五哥同学都从不换内裤。鸟二哥我的忍耐力已经足够优秀而强大了，不过，和猪五哥比起来，蚂蚁的鼻毛遭遇大象的鼻孔！猪五哥同学仅有两条内裤，我也是，我们几乎都是。

扯淡,怎么可能？你们是原始人吗？

我们是山顶洞人！

果真如此,难道山顶洞人还不算原始人吗？

必须算！

骗谁呀！原始人是没有内裤这个概念的！

树叶内裤！

哦,你们比原始人还要原始人,原始人还知道"勤洗勤换"树叶内裤呢！

树叶不用花钱买,内裤是需要花钱买的。

你们穷得就连内裤都买不起吗？

总算明白过来了。

原来是一群穷鬼呀！不怕醉鬼,就怕穷鬼！不和你叽叽歪歪了,再也不和你叽叽歪歪了！嗷,得了,赶紧跑路吧我,免得沾上一身的穷气,一生的穷气！

你——

我什么我？我都跑到美丽的天涯海角啦,早就听不见你这个天字第一号穷鬼说话啦！

对不起呀,亲爱的读者,也不知道从哪儿冒出一个嫌贫爱富的"死活不明白人"来,纠缠好大一会儿之后,才气呼呼地一溜烟而去了。唉,我还是接着用心描述我心目中之大爱、唯一的真爱——一头死肥猪猪五哥吧！

"味道如何？味道如何？"猪五哥将换下的内裤堵到一辈子一干二净、干干净净的鸟二哥我面前。

我原本在床上坐着,立马倒下,后脑勺死磕在墙壁上。

熏倒的。

半天才感觉到疼痛。

疼死啦！

死肥猪！

呜呼哀哉,天大的悲剧呀,将近半个月时间,鼻子底下一股股内裤味儿,这还不算完,上厕所上出内裤味儿来,吃饭吃出内裤味儿来。

一头死肥猪!

猪五哥呀猪五哥

宝陀一妙,无人能到。吃饭著衣,屙屎放尿。

——释普济

洪大毛老师站在教室门口,一坨酒糟鼻子,天马行空而独立不羁,浑身到处发光、生辉。

我们六个难兄难弟拼死拼活,终于冲锋"陷阵"到教室门口。

"个个都'熟读唐诗三百首,不会作诗也会吟'了,狐朋狗友,你们俩怎么才过来呢?"洪大毛老师声色俱厉。

我们戏称虫三哥和刀四哥"狐朋狗友",洪大毛老师心态十分年轻,同样昵称起来。

"洪老师,我们抬朱时务过来早读呢。"虫三哥说。

"马平安、牛健康,你们怎么也迟到了?"洪大毛老师提高嗓门,"看看、看看,睁开你们的八只眼睛看看,太阳都快要下山了!"

瓢六哥和鱼七哥都近视眼。一个眼睛贼大,眼镜贼小;一个眼睛贼小,眼镜贼大。两个人相得益彰。

我抬头看天,太阳半根毛都没有,月亮倒有一个,要多么黯淡有多么黯淡。

一旦身处没日没夜的境地之中,太阳和月亮又有多大的区别呢?在高考与复读的双重挤压之下,我们都成了夹心饼干之心,死死活活地捂在里面,白天是黑夜,黑夜是白天。

"马平安、牛健康,你们竟然胆敢还不回答我,吃了熊心豹子胆了,找抽呀你们?"洪大毛老师怒火中烧。

"我们也在辛苦着。"瓢六哥说。

"你们也在辛苦着?"

"抬、抬、抬朱时务过来早读呢,洪——洪老师。"鱼七哥说。

"你呢,董鸣鸟? 一天到晚玩失踪,怎么今天突然就有兴致过来早读了? 太阳打西边出来了吗? 是不是有病呀你?"

我再次抬头看了看天,太阳从东边都还没出来,估计太阳也不堪重负,不堪周而复始,玩失踪去了。

"鸟、鸟、鸟……董鸣鸟抬着我的双腿呢。"猪五哥哆里哆嗦地说。

"鸟董鸣鸟?"

"董鸣鸟鸟、鸟、鸟……"

洪大毛老师日理万机以至于孤陋寡闻,还不知道我早就人称鸟二哥了呢!

"鸟什么鸟?"洪大毛老师高声叫喊起来,"还没轮到教训你呢,你——插什么鸟嘴?"

猪五哥一哆嗦,一股异味儿击打得我晕头转向,浑身酥软起来。

"朱时务,你,怎么了? 是不是又旧病复发了?"洪大毛老师紧皱双眉。

猪五哥经常装病迟到、早退以及旷课,可像可像了,搞得我们都不得不认为他上辈子是一个演戏的名角儿。

洪大毛老师好几次被猪五哥吓个半死。

一天下午,猪五哥一屁股坐到地上,浑身抽搐,口吐白沫起来。洪大毛老师赶紧叫人把隔壁教室的米是金老师喊过来了,米是金老师赶紧叫人把隔壁的隔壁教室的朱美美喊过来了。

"赶紧送卫生所呀!"朱美美板着一张脸孔,"在屁股上打一百针,立即就好了!"

"啊,要打那么多针,那还不得屁股开花呀?"米是金老师惊恐不安。

"家族病——遗传病，一百针，一针都不能少！"朱美美杏眼圆睁。

"那就一百针吧，你说多少针就多少针，都听你的！"米是金老师温柔地说。

猪五哥从地上站起来，抹了抹嘴巴说："遗传病——家族病，有些时候说好就好了，一针都不用打！"

米是金老师怕打针，猪五哥更怕。

虽然"家族遗传病"这条路已经行不通了，但是，条条大路通罗马。猪五哥充分发挥自己的聪明才智，各种病各种装，越来越职业化，越来越专业化。久而久之，洪大毛老师以及其他老师视觉与听觉都太疲劳了，不得不习以为常一头死肥猪猪五哥之"病"了。

"朱时务，你真的又旧病复发了吗？"洪大毛老师一脸的厌恶。

"洪老师，今天我没病。"猪五哥呻吟着，"只不过上泻下吐罢了！"

天空愈来愈博大，大地越来越辽阔，天地之间，不仅鸟鸣声愈来愈多，还异味儿越来越重。我怀疑瓢六哥和鱼七哥重感冒塞住了鼻孔，虫三哥和刀四哥生下来就没有鼻孔，要不，他们怎么就一点反应都没有呢？我就连死的心都有了，我抬着猪五哥的双腿，处在最佳接气位置上。洪大毛老师死死地捏住两个硕大的鼻孔，沉重而沉闷地说："进去、进去，赶紧都进去！"

我们跌撞进教室里。

瓢六哥和鱼七哥以及虫三哥和刀四哥将猪五哥安置到讲台上"早读"之后，瞬间鸟兽散到各自的座位上呕吐起来。

我坐到座位上，吐猪五哥一板凳。

大姨妈的克星

细心的读者也许已经纳闷上了，猪五哥为什么要坐在讲台上早读呢？

猪五哥不仅在讲台上早读,还在讲台上午睡、晚自习。

唉——

不知道受了什么样的刺激,一段时间,猪五哥在床上睡觉,死尸摊板一样,一在座位上早读以及午睡、晚自习,三分钟不到就呼噜震天动地起来。

一个晴天霹雳紧接着一个晴天霹雳!

猪五哥的呼噜声导致班上的女生几乎都神经紊乱以至于内分泌纷纷失调,要么大姨妈提前,要么大姨妈推迟。

天哪,猪五哥的呼噜声简直就是大姨妈的克星!

猪五哥的耳朵

洪大毛老师把猪五哥安排到讲台上之后,他就再也不在教室里震天动地地打呼噜了。不打呼噜,不代表不睡觉。猪五哥"稳重"在讲台上时,如果老师不在,几乎都在睡觉,口水下流,香香甜甜,婴儿极了。

猪五哥早读、晚自习睡觉,火死了洪大毛老师,愁大了米是金老师。米是金老师和洪大毛老师不约而同地加大检查猪五哥早读、晚自习的力度,频频出击,次次逮个正着。两个人约好了似的,一抓住猪五哥睡觉就揪耳朵,一个一直揪左耳朵,一个一直揪右耳朵。猪五哥的耳朵本来就肥大,这下子更加肥大了,就连一头偌大的死肥猪的耳朵都自叹弗如,自惭形秽。

洪大毛老师和米是金老师揪耳朵的力量很不一致,洪大毛老师非常大,米是金老师比较小,最终导致猪五哥的耳朵给人感觉一个是十倍的大盘子,一个是十倍的小碟子。

米是金老师揪猪五哥的耳朵力量比较小,原因有二——

其一,猪五哥名正言顺"准小舅子",力道太大,一不小心将左耳朵揪掉了,还不得被朱美美揪掉一对招风大耳朵呀!

其二,米是金老师和朱美美正热恋着呢,没有多少力气揪猪五哥的耳朵了。

鸟语花香中学副校长牛木匠平日里深居简出,一次发高烧头脑热得不行,于日理"一万个飞机"之中挤出宝贵时间,亲自视察毕业班早读状况,吃惊地发现文科复读班的朱时务在讲台上睡大觉。

"因我得礼你,莫放屁撒屎。带累天下人,错认自家底。"

这还了得!这不等于在我的木匠铺里"放屁撒屎"吗?牛木匠勃然大怒。

从此以后,洪大毛老师改揪为"扯"猪五哥的耳朵。

晚上同床共枕时,我常常揪酣睡之中的猪五哥的大耳朵。

揪右耳朵时,猪五哥梦中言语:"洪老师,我没睡觉呢。"

揪左耳朵时,猪五哥梦中言语:"一枚小屁孩,准小舅子的耳朵就不知道心疼,是吧?你——你这形同出轨,是要被严惩的,知不知道呀?"

十六　猪五哥的丰功与伟绩之二

"男子汉大丈夫牌尿裤子不湿"

想当年,和猪五哥在一起时,他稍有出轨,就有人一脸惊慌地说,老师来了,老师来了!

来的,十有八九是鱼七哥老实。

猪五哥次次吓个半死,一次次尿裤子。尿裤子,要么换裤子,要么不换裤子。一头死肥猪一天至少尿一次,高潮时三四次。春江潮水,海上明月,于情于理,高潮再多也多不到哪里去。可是,他三天两头被高潮得"滟滟随波千万里,何处春江无月明"。无论换裤子,还是不换裤子,都相当麻烦。

兵来将挡,水来土掩,猪五哥充分发挥自己的聪明才智,发明了"男子汉大丈夫牌尿裤子不湿"。你还别说,还真的就挺管用的。

若干年后,"男子汉大丈夫牌尿裤子不湿"风靡全世界,至今还畅销不衰。

唉,只可惜想当年的猪五哥没有(也不知道)申请专利,否则,他早就是世界级大富翁了,也不至于至今还在一个乡村中学吭哧吭哧地教书育人了。

从不越轨,常常出轨

天哪!

一头死肥猪猪五哥从不越轨,常常出轨。

睡觉，一头死肥猪出轨了。

一天晚上，猪五哥从床上掉到地上，一声巨响，幸亏是脑袋先着地，否则，还不得屁股开花呀？话又说回来了，猪五哥绝非常人，说不定开花的不是他肥硕的屁股，而是坚实的大地呢！

上厕所，一头死肥猪出轨了。

一天傍晚，猪五哥猫着赤道腰，捂着珠穆朗玛峰肚子，踉踉跄跄地往大厕所里冲。从大厕所里冲出来一个人，长发飘逸，惊艳。猪五哥差一点就吓死了，赶紧掉头转身，飞窜大厕所的另外一头，一头撞了进去，好不容易解开裤子，才蹲了下去。两个女生有说有笑地走了进来。猪五哥惊吓过度，一屁股坐到蹲位上。

"流氓！"两个女生一起尖叫起来。

"我不是流氓，我不是流氓！"猪五哥连滚带爬起来。

吃饭，一头死肥猪出轨了。

一次，猪五哥和"神经病"加"精神病"鸟二哥打赌。八大碗白花花的大米饭，猪五哥马不停蹄，吧唧、吧唧、吧唧，飞速地吃下去了。没有噎死。我们全惊呆了，一只只呆若木鸡的木鸡。猪五哥吃的时候，意气风发——发疯，精神抖擞——发飙，吃下去之后，撑得死去活来。好可怜呀！在一只麻子老鼠热情洋溢的鼓动下，我们这些铁杆之兄与弟忙活了大半天，灌下去猪五哥一罐又一罐麻子老鼠全心全意自制的泻药。你还别说，不仅真的挺管用的，还立竿见影，从而万事大吉了。

"万事大吉个屁呀，一群无知的蠢货！要不是一头死肥猪年纪轻轻的，且膘肥体壮，还不得被一泻千里死呀？一只麻子老鼠一通神吹，不仅把他的泻药吹成了'神泻药'，还把他自己吹成了'神医'。哇，'神医'麻子老鼠的'神泻药'，贵得要死还在其次，关键是所谓的'神泻药'，是巴豆磨成粉，兑上鸟语花香中学前面的小河水，再加上他老人家喝剩下的一罐又一罐的脏兮今的茶水制作而成的！能不'神泻'吗？能不一针见血、一剑封喉吗？"

你是谁？

我是你二大爷呢！

你到底是谁？你这是在栽赃陷害一只麻子老鼠，知不知道？

行不改名，坐不改姓，大爷我就是一只麻子老鼠，我会自己栽赃陷害自己吗？你以为谁都跟你鸟二哥一样，脑袋在屁股上花枝招展、招摇过市，有病呀！

你就是那只一边在大混合寝室里叽叽歪歪不停，一边滋滋有味地自己抚摸自己两条大腿的麻子老鼠？

这种光明正大、坦坦荡荡的事，你以为谁都能干得出来吗？不是我，莫非是你？怎么可能？你鸟二哥董鸣鸟——董鸟鸣，大庭广众、众目睽睽之下，都不敢堂堂正正地大声鸣叫起来，一个有贼胆没贼心的家伙，出息！

神经病，胆大包天！

精神病，胆小如鼠！

粉蒸玉琢

除了米是金老师，只要是个老师，猪五哥就怕得要死。

你是没看见过他有多么怕老师，唉，一见到老师，他就、他就……想想都恐怖，算了吧，我还是不说了吧，免得你被他的"恐师症"传染了，也一见到老师就……

"问渠那得清如许，为有源头活水来。"

好长一段时间里，猪五哥动不动就唉声叹气地说，我之所以如此怕老师，是因为我读小学一年级时，粉蒸玉琢，超级惹人怜爱；我的老师，尤其是一个姓司马的代课女老师——司马美丽，一见我就到处摸，摸就摸吧，还专拣该摸的地方往死里摸！

唉,我一枚小作者黄鹤鸣读小学一年级时怎么就撞不上这样的好事呢?我的人品还是挺不错的呀!

你就算了吧!就你那人品,岂止精品呀,简直就是神品与仙品——"神仙品"呀!人家是人见人爱恋,你是人见人恋爱;人家是花见花开放,你是花见花放开!

猪五哥纷纷扰扰眼前,几乎无人形,依稀有人样,我怀疑读小学一年级的他不是玉琢的,而是粉蒸的。

粉蒸大肥肉!

猪五哥接着说,现如今,我不照镜子则已,一照镜子就惊呆了,我怎么就长成这副模样了呢?

人贵自知之明。

猪五哥接着说,我怎么直到今天,还是这么有型,这么可爱,这么有味道,这么可以爱呢?

我一下子就明白过来,猪五哥岂止离开娘肚子之后呀,就连"之前"都惨不忍睹,眼不见心不烦,眼见则"呕象"——一头呕吐的大象。

还粉蒸的呢,我呸,一堆牛粪无限发酵的还差不多!

"风乍起,吹皱一池春水"

一天晚上,睡觉之前,猪五哥臭烘烘的大嘴巴一张一合,声色俱香地吧唧吧唧出上面那段陈芝麻烂谷子话来——"我之所以如此怕老师,是因为……"

"以后睡觉之前,就不要说啦!"我拱了拱他惊天动地的屁股。

"为什么呀?"

"'风乍起,吹皱一池春水'。"

"莫名其妙!"

"'一江春水向东流'。"

"正常说话！"

"'春眠不觉晓,处处闻啼鸟'。"

"鸟、鸟、鸟二哥,明白了,明白了,一下子就明白过来了！鸟二哥呀鸟二哥,你真的不是一只好鸟,你真的是一只独一无二的巨大的坏鸟！我喜欢！疯狂崇拜呀,疯狂崇拜！"

"明白了就好！悬崖勒马,为时不晚。从此以后,金盆洗手,改邪归正吧,一头死肥猪！"

"要的就是这个效果！"

"孺子真正可教也！"

猪五哥"孺子不可教也",从此以后,偏偏拣大家睡觉之前大说特说起来。

道高一尺,魔高一丈。

"哎哟、哎哟,哎哟哟,我的个小姨妈的大姨妈,自恋,变态,就你那一副'卷起千堆肉'的'熊'样,还超级惹人怜爱呢！见过厚颜无耻的,从来都没见过你这么厚颜无耻的！难怪脸上除了一个扁平扁平的肉呼呼的鼻子之外,什么都看不见了！我呸,呸呸呸、呸呸呸！"一天晚上,鸟语花香实在是忍无可忍,游出暖烘烘的被窝来,说。

从此以后,无论在什么场合,猪五哥一旦想要说出上面那番话来,就必定先紧张兮兮地看看鸟语花香在不在。如若鸟语花香不在,才说出来。一次比一次得意扬扬,一次比一次趾高气扬。不管听众的多少,不顾听众的反应。

天哪,一头死肥猪猪五哥精神上绝对有病！

猪五哥没病呢,他这一辈子最擅长的就是唱独角戏呀！看看呀,看看呀,他老人家正一边说,一边不该摸的地方往死里摸呢！一个人,孤苦伶仃的。有一种癌症,叫精神癌症,"假作真时真亦假,无为有处有还无",请您老人家多多见谅,多多见谅,大凡老戏骨,都是会入戏太深的！

还老戏骨呢,老流氓!

这就是你的不对了。

我怎么不对了?

大凡小说都是虚构的,我这是在写小说呢!

你的意思是猪五哥原本没摸,你阴险地伪造他摸啦?你这是诬陷,你这是犯罪,是要判刑的,是要锒铛入狱的!

无理取闹!

我是无理取闹的人吗?艺术高于现实,来源于现实,看样子,一头死肥猪还是摸了!

不是高于现实吗?

虽然可以高,但是,你这也高得太出格,太离谱了!脑子进芥末了,早就呛得混乱不堪了,"滥竽充数",你还是别写书了吧!

我不写书,干什么呀?

养猪!

我妈早就跟我说过了,狗儿,狗咬你一口时,你可千万不要咬狗一口呀!不和你这条疯狗胡搅蛮缠了,我还是接着修改我这本书吧,"'六'年磨一剑",累死啦,下辈子宁可做猪,也不写书了!

一头死肥猪猪五哥人来疯,不停地升级换代着这种形式的自鸣得意。

若干年后,我们才懂得猪五哥的"自鸣得意",是自嘲,是自我放松、自我减压。

一头死肥猪,还摸,还摸,再摸就摸死我啦!

"哎哟,哎哟,哎哟哟,我的个大姨妈!"刀四哥模仿鸟语花香尖叫起来,"疼死啦,疼死啦,一头死肥猪!"

刀四哥神模仿,岂止是惟妙惟肖呀,简直就是一模一样!信不信由你,刀四哥不是人,是神,一个宇宙级别的"模仿神"。我们高度怀疑他就连自己都是自己模仿出来的。因此,这世上本就没有刀四哥苟友友这个人。至于苟友友模仿自己的时候到底模仿的是谁,我们这些凡夫俗子就无从知道了。

我喜欢神经病

你还别说,猪五哥那番"脑积粪"加"'脑自恋'"的言论,横冲直撞,误打误撞,还真的就帮了我一个大忙,一刀两断,斩了我的一种烦恼,天大而地肥的烦恼。

也不知道到底是哪根葱插到什么地方去了,鸟语花香打第一眼见我就黏黏糊糊上了,一只只偌大的蚂蝗一模一样。

我说,我其貌不扬。
鸟语花香说,你男人!
我说,我岂止其貌不扬,简直就是丑陋不堪。
鸟语花香说,你太男人了!
我说,我口臭。
鸟语花香说,你男人中的男人!
我说,我不仅口臭,还脚臭、狐臭。
鸟语花香说,你是我的男人!
我说,我有病。
鸟语花香说,你是我的神!
我干号起来,撕心裂肺地大声说,我有精神病。
鸟语花香笑盈盈地说,我喜欢神经病!

我气得跳楼,从一楼往三楼跳,幸好那时候的房屋,尤其是校舍,再高也高不到哪儿去,换了现在,还不得真的就累死了。
唉——
真正的悲剧还在后面呢!
我气得跳楼的时候,鸟语花香一枚"宇宙蚂蟥皇后","一往情深深几许",紧跟着我后面跳,一边跳,一边摸我的屁股。

天地有爱,岁月无情,我本来就越来越不正常了,早就开始出现各种各样的反常的迹象,譬如——

在寝室里,不自在。离开寝室之后,更加不自在。不得不回到了寝室,十倍地更加不自在。

总以为自己落下了什么东西,其实,除了一副臭皮囊以及一身遮羞布,身上什么都没有。

眼镜子戴在眼睛上,到处找眼镜子。

门明明关上了,总以为没有关上,于是乎,反反复复地开门关门,关门开门。

走在墙壁下,时刻提心吊胆墙壁倒下了。远离墙壁,不仅依旧提心,还越发吊胆了。

天空上飞过一只鸟,感觉头上有鸟屎。天空上,除了一朵朵白云,什么都没有,还是感觉头上有鸟屎,一坨又一坨鸟屎。

疯了,岂止是苦不堪言呀,简直就是痛不欲生!

尽管都已经如此了,可是,在大家的眼里,我还是跟往常几乎一个人样——

一天到晚疯疯癫癫的,要多么开心有多么开心,一个馊主意接着一个馊主意,一个恶作剧接着一个恶作剧,恨不得将鸟语花香文科复读班带上天去,孙悟空一样大闹天宫起来。

其实,只不过,我尚能将一切的一切往死里压制在心里,在心里开花,结疤,大家几乎都看不出来罢了!

我要崩溃了,我要崩溃了……

谁知还摊上这种事情、这种人!

阿弥陀佛,菩萨保佑。

猪五哥看在眼里,用上了心。

这么可以"爱"

风和,日丽,大江与大山相亲相爱而多娇。

鸟语花香一直跟在我屁股后面摸我的屁股。

唉——

鸟语花香不是美丽小蹄子,胜似美丽小蹄子,我早就对他无计可施了,万般无奈之下,只得十分之忍辱而负重,成千上万"垂头丧气"与成千上万"长吁短叹"起来。

猪五哥从天而降,圆滚滚的"大肥肉"堆在我硕大无朋的屁股和鸟语花香娇小的脸蛋中间。

好你个鸟语花香,有种,你就接着摸,中间横亘一座威武雄壮的大山,你还摸个屁呀!

啊,啊,啊!

鸟语花香一下子就滑进我和猪五哥中间,左手摸起我的屁股来,右手摸起猪五哥一头死肥猪山堆的屁股来。

啊、啊、啊、啊、啊、啊!

鸟语花香呀鸟语花香,你简直就是一枚"横扫天下无敌贱",我不得不彻彻底底服了你,膜拜、膜拜,神一般膜拜呀!

猪五哥傻了眼,几分钟之后,猛然间大声嚷嚷起来——

我之所以如此怕老师,是因为我读小学一年级时,粉蒸玉琢,超级惹人怜爱;我的老师,尤其是一个姓司马的代课女老师——"司马美丽",一见我就到处摸,摸就摸吧,还专拣该摸的地方往死里摸……我怎么直到今天长得还是这么有型,这么可爱,这么有味道,这么可以爱呢!

鸟语花香猛地抖开两只芊芊玉手,一阵阵抽搐,吐我和猪五哥两大屁股辣椒酱与咸菜。

　　猪五哥沉浸在"可爱"与"可以爱"之中,猪头猪脑浑然不知。我一顿反呕,差一点就连一颗心脏都呕出来了。

　　鸟语花香抹着香喷喷、甜蜜蜜的嘴巴,飞蹿到楼下,一头撞进虫三哥钢打铁铸的怀抱里。

　　虫三哥张开双臂,敞开博大汹涌的怀抱,独自站在楼梯口滋滋有味地仰视楼梯有味滋滋。

　　真是的,看个楼梯都舒服成这样了,脑子绝对被雷电轰炸了!
　　你鸟二哥才脑子被轰炸了呢,人家虫三哥早就守株待兔上了!
　　兔子是谁呀?
　　鸟语花香、鸟语花香!
　　他虫三哥不是司马懿,更不是诸葛亮,他会掐指一算,未卜先知?
　　虫三哥"心有灵犀一点通"呀,笨蛋鸟二哥!
　　啊,莫非他和鸟语花香早就心心相印了?

　　虫三哥一把抱住鸟语花香,鸟语花香一束鲜花怒放。
　　"疼吗,疼吗?"虫三哥一边递给鸟语花香一面小镜子,一边温柔地说。
　　"不疼呢,不疼呢。"鸟语花香更加温柔地说。
　　"我疼!"虫三哥大叫起来。
　　"有多疼呀?"鸟语花香一只手照镜子,一只手拍打着虫三哥的屁股。
　　"疼死了,疼死了!"虫三哥提高嗓门。
　　"小点声,小点声,不要让别人听见了,看见了啦!"鸟语花香一只手照镜子,一只手抚摸着虫三哥钢打铁铸的屁股。
　　天哪,一只蓝色的大鸟鸟二哥和一头死肥猪猪五哥就不是人吗?

　　"落霞与孤鹜齐飞,秋水共长天一色",从此以后,鸟语花香移情别恋虫三哥,再也不纠缠我了。

十七　猪五哥的丰功与伟绩之三

"北方有佳人"

一头死肥猪猪五哥比鸟语花香还要爱镜子，真爱，猪五哥动辄照镜子，要么一脸的"柳暗花明又一村"，要么一脸的"病树前头万木春"。

天长日久下来，月朦胧、鸟朦胧，搞得我们几乎人人都心满意足地以为猪五哥不是活在镜子外面，而是活在镜子里面。

猪五哥给宝贝镜子分门别类，贴上五颜六色的标签，上书——"北方有佳人"，"绝世而独立"；"般般入画"，"姣若秋月"；"绰约多逸态"，"轻盈不自持"；"沉鱼落雁之容"，"闭花羞月之貌"……

一头死肥猪，你糟践自己也就罢了，你为何如此之糟蹋"美"呀？这、这叫四大美人情何以堪呀！

唉——

西施从坟墓里走出来，再也没有心情浣纱了；貂蝉从坟墓里走出来，再也不敢拜月了；杨贵妃从坟墓里走出来，见酒就喝，无论啤酒，还是白酒，很快就醉死了。

一天早上起来，猪五哥最恩宠的一对姊妹花——"入画"和"秋月"，同时不见了。

猪五哥低垂着脑袋，到处找，"秋月"在鸟语花香的床上色彩斑驳，"入画"在鸟语花香的床底下污秽不堪。

一股股怒火呼啦啦升腾起来,撞击得猪五哥的胸腔噼里啪啦作响。

天地之间,飞来舞去灿烂之光,一束束游弋,一束束开花,交汇、阔张于大山之中与大江大河之上,万物用心、用情、用力沐浴。
鸟语花香中学文科复读班教室里,我们哇里哇啦背诵欧阳修的《醉翁亭记》——"环滁皆山也……醉翁之意不在酒,在乎山水之间也……"

小黄快乐和一条漂漂亮亮的小花狗一前一后一溜烟进教室。
小黄快乐呀小黄快乐,你怎么又换伴侣啦?你牛,你比十个牛魔王还要牛。可是,长此以往,你是会引起搓衣板小镇公狗的公愤的呀!团结、团结,群起而攻之。到时候,你可要吃不了兜着走哟,知不知道呀?
"牡丹花下死,做鬼也风流。"我隐隐约约地听见。
好像是从小黄快乐嘴里扑哧扑哧冒泡出来的。
邪了!难道我真的疯啦?我揉起双眼来。
小黄快乐呀小黄快乐,只要两相情愿、心心相印,换就换吧,那是你强大的"个狗"魅力之所在呢!再者说了,"人生在于虹彩缤纷","狗生"又何尝不是呀?可是,有些事是可以明目张胆的,有些事是不能明目张胆的。做人要低调,做狗更要低调呢,知不知道呀?
"低什么调呀?身正不怕影子歪!"我恍恍惚惚地听见。
好像是从小黄快乐嘴里噼里啪啦猴急出来的。
邪了!我真的疯了!我死命地揉起双眼来。

米是金老师站在教室的一个角落里,一边"看"早读,一边自以为是神不知、鬼不觉地照镜子,如痴如醉,似梦似幻。
小黄快乐和小花狗"小花"肩并肩,蹲伏在米是金老师一枚细小的屁股后面,垂涎三尺、垂涎三尺、垂涎三尺。

不是一家"狗",不上一张床,据我的观察,哇,它们俩还真的就有"夫妻狗相"了呢！

"琴瑟和谐,鸾凤和鸣",一旦真心相爱,灵魂相兼相融,才会产生肉身相像的神奇效果。

不过,大凡漂亮小母狗,小黄快乐必定都与之有"夫妻狗相"。

啊！为什么这么肯定呀？

小黄快乐的"爱之同化力"宇宙第一呢！

还大言不惭"爱之同化力"呢,这叫典型的花心大萝卜！没一个好鸟！你鸟二哥董鸟鸣和小黄快乐一丘之貉,一个宇宙第一花心大萝卜,一个宇宙第二花心大萝卜！

天哪,鬼鬼祟祟的角落里,米是金老师莫名其妙地春光满面起来了。

一笑嫣然,百花盛开。

莫非大美人朱美美在镜子后面？

在镜子后面干什么呢？

百媚妖生,"千朵万朵压枝低"。

难道大美人朱美美在镜子里面？

在镜子里面干什么呢？

猪五哥一头撞进教室里,一步步地、重而沉地走向座位,灰头土脸,猪脑子猪心猪肝猪肺,吃了一吨巴豆,吐出来一万公斤似的。

"朱时务同志——同学,你怎么又迟到了？"

米是金老师慌忙藏起来镜子——藏起来朱美美。

猪五哥一屁股坐到座位上。猪五哥的同桌鸟二哥弹起来,一飞冲天,一只蓝色的大鸟九天逍遥游。

米是金老师一个激灵,镜子从口袋里掉下来,碎了。小花吓得漂漂亮亮地钻进小黄快乐的怀里,小黄快乐搂住小花,俨然"公"子汉大丈夫。

"朱时务,请你给我站起来!"米是金老师皱起眉头,"一直站到下课!"

"你还记得昨天上课说过什么吗?"

米是金老师愣住了。

"从今往后'爱的教育',再也不体罚学生了!"

小黄快乐点点头,小花摇摇尾巴。

"我、我说过不罚站吗?"米是金老师说。

"没有!"猪五哥说。

"我罚别人站过吗?"

"大义灭亲,是吧?"

"戴着镣铐跳舞,不以规矩,不成方圆!"米是金老师一丝苦笑。

"罚我站,可以,不过,我有一个条件!"猪五哥轰隆隆站起来。

米是金老师吓一跳,一脚踩在碎玻璃上。幸亏他不仅穿鞋了,还"外增高"加"内增高"。"身无彩凤双飞翼,心有灵犀一点通",朱美美在县城里进修,心莫名地怦怦直跳起来。

小黄快乐紧跟着跳起来,小花温柔地拍了拍小黄快乐。

小黄快乐原本口中衔着一封朱美美写给米是金老师的情书,跳起来的时候,情书没有掉下来,小花温柔地拍了拍它的时候,情书掉到了地上。

小黄快乐侠肝义胆,为了朋友,赴汤蹈火,在所不辞。无论它吓得跳多高,即使跳到九天云霄之外,都不会弄掉朱美美写给米是金老师的炙热的情书的。君子都一诺千金,更何况小黄快乐呢!朱美美早就是小黄快乐的铁杆大姐姐了,小黄快乐早就是朱美美的好兄弟啦!"士为知己者死,女为悦己者容",小黄快乐一代狗雄,怎么可能会辜负大美人朱美美的如此信任呢?可是,英雄都难过美人关,更何况我们亲爱的小黄快乐呀!

米是金老师一步步地走到猪五哥跟前,一脸的莫名其妙。

"成不成?"猪五哥底气十足。

"说!到底什么条件?"米是金老师一脸的山不清、水不秀。

"鸟语花香和我一起站！"

"鸟语花香？"

"我是鸟语花香！"鸟语花香扭扭捏捏地站了起来，笑盈盈的，一枝花。

"你坐下，不关你的事。"米是金老师抿了抿嘴唇，一丝丝微笑游移不定嘴角。

鸟语花香一个屁股坐下来，猪五哥紧跟着一百个屁股坐下来。

"朱时务，你怎么也坐下了？"米是金老师一张白白净净的脸阴晴不定。

"你又不是鸟语花香肚子里的蛔虫，凭什么肯定他是一清二白的？凭什么一口咬定不是他拉我下水的？"猪五哥阴沉着肥大的脸，"太过分了！"

"你——太过分了！"米是金老师哭笑不得。

"鸟语花香昨天晚上摸到我床上了！"猪五哥一脸的哭相。

"啊！"米是金老师一声尖叫。

"一早起来，镜子都不见了，找个昏天黑地，全都在鸟语花香床底下！"猪五哥两只偌大的死肥猪手抹着双眼。

"都不见了，你有很多镜子吗？一个男生——"米是金老师一副莫名惊诧的样子。

"男生就不能爱美了吗？重女轻男，岂有此理！"猪五哥哽咽起来，"鸟语花香不仅偷走了我的镜子，还趁机摸了熟睡之中的我几下！"

"哎哟，我的个大姨妈！我、我压根儿就没摸你、摸你——屁股！"

"摸了就摸了，没摸就没摸！摸了又能怎么的，还能怎么的？摸了，脸蛋照样是脸蛋；摸了，我的脸蛋照样是我的脸蛋！男子汉大丈夫必须敢作敢为、敢担当，女子汉小丈夫同样必须敢作敢为、敢担当！"

"哎哟，我的个大姨妈的大姨妈，'胡说八道'大海为高山，'信口雌黄'月亮成太阳！我鸟语花香是女子汉吗？我鸟语花香是小丈夫吗？"

"你什么都是，什么都不是！你简直就是长得都伶牙俐齿的！人贵在自知之明。识时务者为俊杰。我承认我压根儿就不是你的对手！沉默是金，不和你说了，再也不和你说了！求求您，求求您，只要您以后别偷偷摸摸地摸我了,我们俩就一切都好说!"

"哎哟,我的个大姨妈的大姨夫,我什么时候偷偷摸摸过呀?我偷过十只鸡吗?我摸过一百条狗吗?退一万步说,我果真偷偷摸摸过了。可是,你就光明正大过吗?一百步笑五十步!霸道!你要是真的光明正大的话,为什么心里喜欢我,嘴里就是不说呢?"

"我什么时候喜欢过你呀?"猪五哥恼羞成怒,"前世喜欢过你,还是来世喜欢过你?"

"凶巴巴的!"鸟语花香十分委屈,"春天到了,鸟语花香,皆大欢喜,你难道不欢喜吗?你对春天一点反应都没有也就罢了,竟然对鸟语与花香都如此之麻木不仁,你还是不是人呀?"

"我——"

"理亏了吧?"

"我是一个人,我是一个彻头彻尾、不折不扣的男人!所以,才决不允许你摸我了!"

"君子动口不动手,别老是'摸、摸、摸'了,行不行呀?大庭广众、众目睽睽之下……"米是金老师脸通红,脖子粗大起来。

"你是君子吗?你就没动过手吗?"猪五哥大声说,"一不小心,我不止一次亲眼看见你毛手毛脚、动手动脚的!"

"你!"

"我冤枉你了吗?我是有人证的!"

"我——"

"要不要我去叫我姐姐过来呀?"

"不要——不要。"

米是金老师慌忙走出教室。

远处,"啼莺舞燕,小桥流水飞红";近处,两头硕大的肥猪正在有滋有味地爱与恋着。

太阳七彩泼两头猪,一头飞扬起来,一头飞舞起来。

"哎哟,我的个大姨妈,我没摸你,死死活活要我摸我都不会摸,厕所里看人——把人看脏了,也不撒泡尿照照自己,一头死肥猪,满脑子流猪油,一肚子水煮猪下水,打死我都不,打死我都不!冤枉呀,冤枉呀,我怎么就这么冤枉呢?血溅白练,六月飞雪,大旱三年,我比窦娥还要冤枉呀!蛮不讲理、自鸣得意、百口难辩、万分着急,我、我跳进黄河都洗不清了……"鸟语花香趴在桌子上干号起来。

　　"未经我的许可,拿走我心爱的镜子,这总是事实吧。"猪五哥低下头去,低声说。

　　"哎哟,我的个大姨妈,你的镜子太脏了,比一头死肥猪还要脏一千头!我助人为乐,拿过来帮你擦擦都不行吗?"

　　"啊,擦了之后赶紧给我呀!"

　　"我、我……"

　　"大水冲了龙王庙——一家人不认一家人,一场误会、一场误会,接着背书,我们接着背书!"虫三哥高声说。

　　"就是,就是,高考要紧,高考要紧。"刀四哥笑眯眯地说。

　　"环滁皆'鸟'也……醉翁之意不在酒,在乎'鸟语花香'也……"有人背诵起来,我们紧跟着背诵起来。

　　想起来了,昨天晚上,不知道什么时候,我被摸上屁股了!

　　原以为是在做梦,被一个大红苹果抚摸了。

　　黄粱之美梦。

　　唉——

　　天哪,浑身直起鸡皮疙瘩,鸡皮疙瘩上起鸡皮疙瘩,鸡皮疙瘩联欢晚会!

沉鱼落雁与闭花羞月

　　猪五哥照镜子上瘾了,就连上课时都会偷偷摸摸地照个不停。

　　通常情况下,猪五哥都是两个"双胞胎姊妹镜"左搂右抱着,轮流着照,譬如，"绰约"与"轻盈"。

据猪五哥自暴（自我暴露）——他照镜子，是为了审美，主要是为了审美他老人家上面以及下面的胡须，他的胡须，"大漠孤烟直，长河落日圆"加"小桥流水人家"，简直就是千古绝唱之千古绝唱！

一次上课，英语老师杨竹香实在是看不下去了，犹豫再三，咬咬牙，狠下心来，一声长叹，没收了猪五哥的"沉鱼落雁之容"和"闭花羞月之貌"。

天哪，肯定是要出大事的！

猪五哥发出一阵阵笑声来，看样子是要彻底疯了，我们一个个的很是担心起来，孰料他猛然间收敛起笑容来，风起云涌一脸的天荒地老的颓丧。

白提心吊胆了！

不一会儿工夫之后，猪五哥不管不顾，放声大哭起来，那叫一个伤心呀，简直就要抹脖子上吊了！

杨竹香老师手足无措起来。

"我的，我的……"猪五哥哭喊着。

杨竹香老师默默地转过身去。

"我家，我家……"猪五哥拼命地哽咽着，给人感觉就要不行了。

"是不是你家里发生什么事啦？"杨竹香老师转过身来，愁容满面山重水复。

"我、我……"猪五哥哭得更凶了。

"肯定是家里出事了，照吧，照吧，你就尽兴地照吧，这样心里会轻松一些。"杨竹香老师赶紧把镜子都还给猪五哥，双手抹起眼泪来。

千年修炼成精

一天晚自习，猪五哥坐在座位上照镜子，越来越有感觉，不知不觉之中，轰隆隆站起来，一吨重似的离开座位，聚精会神地走到过道上。

洪大毛老师飘进教室，飘到猪五哥的屁股后面。

"洪老师!"猪五哥在镜子里突然看见了洪大毛老师,一声猪一样的号叫。

"朱时务!"洪大毛老师尖声惨叫起来。

猪五哥被罚"仰面朝天照镜子一个小时"。

毛大头在洪大毛老师的一声铁血命令下,慌忙负责起监督与计时来。

"业精于勤,荒于嬉;行成于思,毁于随。"

洪大毛老师做梦都想不到猪五哥千年修炼成精,早就可以一动不动地长时间地以各种姿势照镜子了。

我是目击证人,猪五哥曾经艰苦卓绝地自我训练过以各式各样的十分优美的倒立的姿势照镜子。一次次地栽倒,一次次地滚爬起来!可怜猪五哥一直惨不忍睹,可怜鸟二哥我一直为之苦不堪言。

虽然猪五哥最后不得不以彻底失败而告终,但是,他的屡败屡战之精神着实激动、感动了我。

猪八戒照镜子——里外不是人。猪八戒的功夫——倒打一耙。东邪西毒南帝北丐中神通,大哥、二哥、麻子哥,都是大哥之中的大哥。然而,天蓬元帅猪八戒"倒打一耙"的功夫,相比较一头死肥猪猪五哥照镜子的功夫而言,那就差远啦!一个一根牛毛,一个九万头牛。不过,有一点上,哥俩双胞胎,一模一样,那就是,都牛哄哄的"里外不是人"。

猪五哥一枚天大地大的"镜痴",晚上寝室熄灯之后照样照,漆黑漆黑地照!

照什么照?镜子都看不见!

那个年代,我们那儿还没有手机的概念。现如今,满天飞,苍蝇、蚊子一样。

好多年前，猪五哥就开始玩手机自拍了，自己偷着乐就偷着乐吧，还一直往微博上传，搞得我一上去就目睹一头头死肥猪自拍，要多恶心有多恶心，可怜我一个"微博控"活生生成了一个"微博恐"！

　　"盛衰各有时，立身苦不早。人生非金石，岂能长寿考？"
　　在沧桑岁月的苍凉洗礼下，我的一辈子好兄弟猪五哥朱时务愈来愈一头死肥猪了。

十八　鸟语花香之"满园春色关不住"

天哪

往事悠悠,故人何在?

一头死肥猪,依旧在心中,依旧在微博与微信里。

天哪!

可怜我被猪五哥的一组组"死肥猪自拍"恶心得不得不大白天睡着了。睡梦之睡梦之中,一个个"昔日之美人"万紫千红地从"万紫千红"牌笔记本电脑里走了出来。

"滚滚长江东逝水,浪花淘尽'天下英雄好汉'"

一个语文老师,从鸟语花香中学调到山外的龙潭虎穴中学之后,人去楼不空,四壁巨大的彩色美女,全是外国妞,全是三点式,一个比一个奔放,一个比一个狂野。

时日已久,已经记不得到底是怎么知晓那些"浪"荡在墙壁上的美女了,只记得鸟语花香中学文科复读班班委会之班长牛大、学习委员牛二以及侠行榜上的鸟二哥和猪五哥一起,神不知、鬼不觉地洗劫一空,兴高采烈地搂搂抱抱回大混合寝室里。

鸟二哥的审美

鸟二哥装模作样(人模狗样)地精挑细选一番之后,厚颜无耻地将挑选出来的一个又一个绝色、绝世之"美女"据为己有。

自作聪明。

鸟二哥要么有眼不识泰山,要么无眼岂能识泰山?

剩下的才是真正的美女啦!

不一会儿工夫,剩下的真正的美女就被一双双青春期之手忙乱地张贴到一堵堵破旧、污秽的墙壁上了。

心怀鬼胎,不大白天闹鬼才怪呢!

鸟二哥的挑选标准,怀抱春天;鸟二哥的怀抱春天,胸大,屁股大,露得多。

猪五哥如是说——

鸟二哥的"怀抱春天"的审美是有很大的问题的!胸大无脑,还能怀抱多大的春天?屁股大,根本就代表不了春天之千山万水妖娆!露得多,不仅丧失了朦朦胧胧的美,还习惯成自然,麻木、麻木不仁了!怀抱春天,靠的是怀,怀也就是闷,只要功夫深,铁杵磨成针,不闷不春天,愈闷愈春天。

闷不仅是一门技术,更是一门艺术。"满园春色关不住,一枝红杏出墙来。"如果红杏、黑杏、白杏、蓝杏、绿杏、紫杏都出墙了,满园的春色也就不过如此了。一个萝卜一个坑,一览无余,还有多大来头?还有什么看头?无论是光着脑袋吃肉,还是光着屁股解大便,都已经彻彻底底显山与露水了,还春什么春?以退为进,以少总多,就连叫喊春天都应该"犹抱琵琶半遮面",更何况怀抱春天呢!虽然春天不是秋天,更不是冬天,但是,一下子就夏天了,一下子就"烈日炎炎似火烧"了,同样是扯淡——荒诞不经的扯淡!不要说没有过程了,哪怕只是有所懈怠,有所偷工减料,以至于过程不够扎实,也会导致结果轻飘飘的,甚至很轻浮!试问,如此之轻飘飘、轻浮地结出来的果,还会芬芳吗?芬芳个屁呀!芬芳都不芬芳,还能掐得出多大的水来?水个海市蜃楼、异想天开呀!不经历闷,没有用心、用情、用力地闷,赤裸裸出来的春天,还能令人心旌摇荡吗?怎么可能?扯淡,扯淡!一杆定乾坤,一棍子打死,鸟二哥太扯了!

　　文采斐然而飞扬,文思通达而超然,一头死肥猪猪五哥太有才啦,岂止是偶像呀,简直就是我的青春期的玩偶、更年期的木偶!
　　青春期的玩偶?
　　青春期,他好,我也好,因此,"玩"偶啦!
　　更年期的木偶?
　　更年期,我不好,他也不好,所以,"木"偶啦!
　　癞蛤蟆见猪八戒——小巫见大巫,鄙人有才,你比鄙人还要十分有才呢!
　　鸟二哥呀鸟二哥,吹什么吹呀?天上鸟在飞,地上牛在走。无论天上之鸟,还是地上之牛,都是您老人家吹出来的!"言在耳目之内,情寄八荒之表",您就接着哈喇子下流——癞蛤蟆下怀,"李宝嘉《官场现形记》丑态百出"与"李宗吾《厚黑学》寡廉鲜耻"地神吹吧!
　　鄙人不是鸟二哥董鸣鸟,也不是鸟二哥董鸟鸣呢,是一枚小作者黄鹤鸣呀,上面的一头死肥猪猪五哥的长篇大论——高谈阔论,是鄙人用心良苦地替他老人家挖空心思地写出来的呢,当然还是有些看头的啦!
　　这还差不多!"谦虚使人进步,骄傲使人落后",知不知道呀?你这人怎么就这么骄傲自满,这么不谦虚谨慎呀?"会当凌绝顶,一览众山小";"欲穷千里目,更上一层楼"。你站在你家平房房顶上,就千里眼啦?你站在鸟语花香中学后面的美人山山顶,就看见天下啦?井底之蛙,鼠目寸光!
　　唉,铁齿铜牙,口吐一坨又一坨牛屎花,说不过你,我还跑不过你呀?我跑!

　　鸟二哥我将"钟情的怀春"贴在床边的墙壁上,除此之外,床上还放了两张,两张最狂放不羁的。
　　天啊!
　　大混合寝室顿时蓬荜生辉,"满园春色关不住"了。

风云际会

一天下晚自习之后,我们风云际会到一个独立不羁的"美女"面前,七嘴八舌地评头论足起来。

"这是一个女人!"

"这还用你说吗?癞蛤蟆闭着眼睛都能看出来!"

"这是一个美人!"

"这还用你说吗?癞蛤蟆嗅都能嗅出来!"

"这次第,怎一个'美'字了得!"

"只要是个女人,就美美美,你呀你,你就不能说点别的吗?"

"漂亮!"

"用一枚小作者黄鹤鸣的话说,驴子换了骡子——照样不是马!"

"好看!"

"用鸟二哥批评猪五哥的话说,孺子真正不可教也!"

"你说,你说,我不说了,行吧?"

"要具体,越细致入微越美好,越无微不至越美妙,知不知道呀?"

"你具体说,你具体说!"

"我也不知道怎么形容呢!"

"有病,你们两个人都有脑病!"

……

我们在独立不羁的"大美人"面前乱成一锅粥,小黄快乐汪汪汪个不停,哈喇子都乐开了"姹紫"与"嫣红"的怀抱。

"完"美

"回眸一笑百'魅'生,六宫粉黛无颜色。"

据鸟二哥目测,"不羁大美人"不是一个纯种的欧洲美女,有可能是拉丁美洲巴西或者玻利维亚或者什么洲什么国家的,还有可能是非洲与欧洲或者亚洲或者什么洲的混血儿。

"不羁大美人",是鸟二哥对大美人之昵称,不是一家人,不进一家门,很快,"不羁大美人"就成了鸟语花香中学文科复读班男生共同拥有的昵称了。

  美不美,八妹平果果的胸,九妹水中央的嘴,十妹木林森的脸,十一妹云改男的腿!
        ——一头死肥猪猪五哥之奇思妙想

世上究竟有没有合四为一的呀?当然有呀!"不羁大美人"虽然皮肤古铜色,但是,简直就是"八妹的胸"加上"九妹的嘴"加上"十妹的脸"加上"十一妹的腿"。什么是"完"美?这就是!更何况皮肤还古铜色。与其说这是不足之处,倒不如说这是锦上添花。为什么呀?健康呗!

"不羁大美人"最扎眼的岂止美胸呀,还有美臀呢!

天啊!臀,圆滚,结实;胸,饱满,非常大。一翘一挺,浑然天成,妙趣在横生,韵味至无穷。

"非人类"

"前不见古人,后不见来者。念天地之悠悠,独怆然而涕下。"

呜呼!

特此严重声明如下——

下面我要插叙的是一枚小作者黄鹤鸣的三场子虚乌有的美梦,与一只蓝色大鸟鸟二哥"董鸣鸟"加"董鸟鸣"没有任何关系。

一枚小作者黄鹤鸣"神经病"加"精神病",独一无二、独立不羁于天地之间,就连做美梦都"非人类"起来了。

"前不见古人,后不见来者"

一天晚自习,鸟二哥独自从教室溜回寝室。

"前不见古人,后不见来者",鸟二哥昂首挺胸地站在古铜色的胸大无脑的"不羁大美人"前面,苦等着丰乳,挺、挺、挺、挺到嘴巴上。

快点呀,快点呀,偌大的寝室里,空荡荡的——空无一人,机不可失,失不再来!

鸟二哥的喉咙干渴着,嘴唇干裂着,一颗小"心",星星、月亮、太阳怦怦直跳。

唉——

一场巨大的出轨的春天之梦而已!

"念天地之悠悠"

一天晚自习,鸟二哥独自从教室溜回寝室。

"念天地之悠悠",鸟二哥长久地站在胸大无脑的"不羁大美人"前面,恨不得绕进去后面,镶嵌进墙壁里,呼啦啦,被肥臀翘上天。

有道是,牡丹花下死,做鬼也风流;美女臀上死,短命亦无悔。更何况区区一天长地久的伟大且崇高的审美呢!

鸟二哥的一个乌七八糟的大头与一张乱七八糟的大脸,莫名其妙地一阵阵燥热起来,鸟二哥扭头一看,猪五哥胖墩墩、肥腻腻地站在他的身后,左手忙碌着,右手愁眉苦脸地托着左手。

天哪,有那么沉——那么沉重吗?

唉——

一场巨大的越轨的春天之梦而已!

"独怆然而涕下"

天啊!

"不羁大美人",乳沟出奇地深,可怜乳罩随时都有可能,只听得嘭的一声。

嘭!
乳罩爆破啦!
乳罩下面还有一个乳罩。
嘭!
乳罩爆破啦!
乳罩下面还有一个乳罩。
嘭!
乳罩爆破啦!
乳罩下面还有一个乳罩。

赤橙黄绿青蓝紫,怎么就这么多漂漂亮亮的罩罩呀?虽然曲径通幽处,必有九曲回肠路,但是,这也太"曲"了吧!唉,岂止是"仙"曲呀,简直就是"神"曲;岂止是远在天边呀,简直就是远在宇宙之外!

"绝代有佳人,幽居在空谷。"
为什么佳人还要幽居,还要幽居在空谷呢?
空谷空心,幽居幽性。
可是,还要不要人审"美",还要不要人"美"审呀?
天哪,那么山高,那么水远,累都累死了,早就爬不动啦!
"人生天地间,忽如远行客。"
一旦"远行客"了,莽莽苍苍"天地间"就一无所有了。既然如此,何不

"向死而生",真心真意过一生,潇洒走一回呢?

走、走、走!

绝代佳人呀绝代佳人,还要不要人活泼泼活蹦乱跳呀?"蜀道之难,难于上青天",可怜我鸟二哥急都急死啦!

意淫、意淫,一枚小作者黄鹤鸣典型的意淫!"本是同根生,相煎何太急",一枚小作者黄鹤鸣呀一枚小作者黄鹤鸣,你这不是在损你的双胞胎兄弟鸟二哥"'董鸣鸟'加'董鸟鸣'"吗?太坏了,表面一套,背后一套,一个表里不如一的伪君子,比大观园里的"凤辣子"王熙凤还要蛇蝎心肠!

"此时无声胜有声",我一枚小作者黄鹤鸣就"悠然见南山"地放你一马,姑且不和你扯皮蛋一样地窝里斗了!我哪有那么多闲工夫呀!我得赶紧定稿,定稿之后立马发给出版社。这本书已经苦苦磨折、熬煎我好多年啦!尤其是最近几个月,天天晚上修改到两三点,甚至三四点。我都快要累死了,我都就要疯了!再不尽快定稿,尽快发给出版社,我……

苍天呀,大地呀!

"独怆然而涕下",鸟二哥"荒老"在胸大无脑的"不羁大美人"跟前,撕心裂肺,苦苦等待着乳罩嘭的一声爆破。

爆破、爆破,爆而不破,爆而不破!

哇!

世界爆破,一览无余;宇宙爆破,一望无垠。

一条乳沟,两座乳峰。

新世界,新宇宙。

新生命。

太无耻啦,鸟二哥太无耻啦,这么长时间了,不要说十月怀胎了,即使十年怀胎,都绰绰有余了,他居然还站在"不羁大美人"面前"典型的意淫"!

闭嘴,我自"出淤泥而不染",我自"濯清涟而不妖"!

不过——
你还别说,我是多么希望钻进深深的乳沟,深深地埋葬在里面呀!"问世间,情为何物,直教人生死相许。"作为一个男人,一个真正的男人,活活埋葬的最高境界莫过于此矣!

哇!
鸟二哥来感觉了,热烈、强烈、激烈!
然而,不是鸟二哥怎么样了,而是鸟二哥被怎么样了。鸟语花香在鸟二哥屁股后面摸鸟二哥的屁股。硕大的、独一无二的屁股!鸟二哥一屁股拱向鸟语花香,鸟语花香飞了起来,冲破屋顶,直上九天云霄之外,扑通,一头栽进鸟语花香中学前面的鸟语花香小河里,鼻子鲜血淋漓起来,染红了整条小河。

鸟二哥一屁股拱飞鸟语花香之后,恍恍惚惚之中,"不羁大美人"嫣然三笑起来。喷血、喷血、喷血,鸟二哥喷鼻血了,姹紫、嫣红,天女散花!

活该,两个人都活该!
唉——
一场巨大的"出轨"加"越轨"的春天之梦而已!

"脉脉眼中波,盈盈花盛处"

既然已经精彩纷呈地叙述完毕了一枚小作者黄鹤鸣的三场子虚乌有的美梦,那么,还是让我们重新回到"不羁大美人"跟前吧!
"不羁大美人"的三角小裤衩,一面旗帜血雨腥风,高高飘扬在战火纷飞、硝烟弥漫的阵地上,遮得了头顶上的一片青天、一轮白日,遮不住"前凸与后翘","前凸与后翘"风起云涌,电闪雷鸣,大雨倾盆。

"不羁大美人"的小裤衩,不是扎头发的橡皮筋一样勒住的,而是系鞋子的鞋带一样系上的;不是正面系,而是侧面系。

"脉脉眼中波,盈盈花盛处。"

"不羁大美人"的双手修长,弹钢琴一样地拽着裤带的两头,两只眼睛贼亮贼亮的,不羁的眼神嗷嗷待哺着,跃跃欲试着。

急什么急呀?

退一步海阔天空,忍一时"暴风骤雨"。

暴风袭击,骤雨狂乱。

佳人佳心。

花好,月圆。

千年等一回,万里飘香。

乐观主义者与悲观主义者

我们很快就分成了两派,以班委会之班长牛大、学习委员牛二为首的一派,一口咬定他们的美女在系裤带子;以侠行榜之鸟二哥和虫三哥为首的一派,咬住不放他们的美女在解裤带子。

系裤带子,系上美丽的青春与美好的激情;解裤带子,解出伟大的理想与崇高的梦想来。

你们的美人、他们的美人、我们的美人,四海之内皆兄弟姊妹也!

鸟二哥戏称解裤带子的是乐观主义者,系裤带子的是悲观主义者。

鸟二哥呀鸟二哥,你装什么装?将一副狂放不羁的"美女"如此抬高到这般人生以及哲学的高度上,你呀你,冠冕"心术不正",堂而皇之,人神,神人哪!你也试能装神弄鬼了,深不见底,深不可测呀!"这次第",怎一个"装"字了得!

"这是系裤带子吗?这一清二楚——清清楚楚是解裤带子!"

"这是解裤带子吗？这清清楚楚、明明白白是系裤带子！"

"'等闲识得东风面,万紫千红总是春！'"

"'问君能有几多愁？恰似一江春水向东流！'"

"我说是系裤带子,就是系裤带子！"

"我说是解裤带子,就是解裤带子！"

"系上啦,系上啦！"

"解开啦,解开啦！"

"噩梦吧,你！"

"美梦吧,你！"

"君子动口不动手！"

"小人动手不动口！"

"这怎么可能是系裤带子呢？有这样系裤带子的吗？裤子不掉下来才怪呢！"

"对呀！"

"对什么对？"

"所以,不是系裤带子,而是解裤带子！"

"掉下来了吗？"

"就要掉下来啦！"

"春风得意马蹄疾,一日看尽长安花",不亦乐乎,不亦快哉,我们针尖对麦芒,唾沫与唾沫互相横着胡乱地飞。

"大隐隐于市,小隐隐于野",小黄快乐一直以一个快乐小王子的姿势坐在寝室的一个角落里,以一个快乐小王子的心情看着乱七八糟的针尖与乌七八糟的麦芒。

我们的少男之心也随之灰飞烟灭了

洪大毛老师如一尊凶神恶煞,早就站在我们身后了。可是,我们浑然不知。

"哪个少男不钟情,哪个少女不怀春?"

春天一步步地向我们走来,春风已然荡漾在我们心中,春光早就在我们眼里了。

"我本来对你们还是有点小乐观的,现在,彻彻底底大悲观了!"洪大毛老师一声尖叫起来。

可怜我们的少男之心之十分之姹紫与十分之嫣红一下子就被"尖"破了,我们从春天之美梦之中惊醒过来。

洪大毛老师暴跳如雷,一声令下,美女一个个被拽下来,就地正法——集中焚毁。

毛大头点的火。爱,是人类永恒的主题;爱美,同样是人类永恒的主题。仰大头一直十分之敬畏洪大毛老师,这一次相当反常,在洪大毛老师反反复复的大声训斥之下,才磨磨蹭蹭地点上火。

明月如霜,好风如水,夜色澄净,山峦迷蒙。

火光冲天。

美女,一个比一个视死如归,一个比一个笑容满面。一个个的,比和我们"同居一室"的时候,还要灿烂,还要妖艳。

我们的心碎了。

"驿外断桥边,寂寞开无主。已是黄昏独自愁,更著风和雨。无意苦争春,一任群芳妒。零落成泥碾作尘,只有香如故。"

唉,都已经泥与尘了,即使再怎么"香如故",又有何用,又能如何呢?

天啊,惨不忍睹、苦不堪言,已然无力回天,唯有无可奈何,眼睁睁地看着一个个美女灰飞烟灭,我们的少男之心也不得不随之烟消云散了。

我们欲哭无泪,除了鸟语花香,鸟语花香"眉飞色舞"一枚枚晶莹剔透的鸟语花香。

洪大毛老师双手黏贴在屁股后面,漫出寝室,漫出一片寂静。

"私有制美女"

我和猪五哥的床铺三生有幸在一个阴暗而昏沉的角落里,我的那些"私有制美女"因此侥幸得以逃脱灰飞烟灭的命运。

未雨绸缪。

一天中午,在猪五哥激情澎澎湃湃的协助下,一卷透明胶布黏贴,一张张发霉、发臭的旧报纸《世界大好青年》铺展到一个个美女身上,八面玲珑,四平而八稳。

需要欣赏时,一把掀上去即可。

一举两得。

我怎么就这么地智慧呢?

一天中午,洪大毛老师突然大驾光临大混合寝室,目睹中规中矩的《世界大好青年》,良久不发一言。

我和猪五哥紧张得要死,以为他火眼金睛,什么都看见了。

"啊——"

洪大毛老师捋着几根胡须,将一个"啊"字拉得比长天茫茫还要长。

我们差一点就"坦白从宽,抗拒从严"了,孰料,洪大毛老师酒糟鼻子突然间一颤,不仅频频颔首,还赞叹不已起来了。

不久之后,班会课上,洪大毛老师一通表扬——我和猪五哥世界大好青年,关心天下时事,非常之有思想,非常之有追求,假以时日,必定人类社会之栋梁矣!

床上还有两个呢,鸟二哥!

这可是天大的秘密,你一个局外人怎么会知道呀?

你自己早就在这本书里说过了,还天大地大的秘密呢!银河系都早就传开了!

床上睡着的两个"私有制美女",姹紫生龙与嫣红活虎,一旦真的被明察秋毫的洪大毛老师发现了,那还了得,死无葬身之地!

大家千万都别慌呀,她们有发黑的被子发黄地捂着呢!这还不是关键所在。我和猪五哥的床铺太臭了,没有几个人敢接近,更甭提掀开被子了。接近,也就晕头晕脑罢了。掀开,不被熏死才怪呢!

鸟二哥呀鸟二哥,不是我说你,你这不是明明穿了十条内裤,非得说自己没穿一条内裤,超级自黑吗?

我本来就黑得很呀!

无药可救,不可救药!可是,你自己破罐子破摔也就罢了,你这样说,活活地连累了你的好兄弟一头死肥猪猪五哥朱时务,知道吗?

他比我更黑呢!

鸟二哥呀鸟二哥,谁做你的兄弟,谁倒了八辈子大霉;谁和你同床共枕,谁睁眼是瞎子,闭眼照样是瞎子!我还是赶紧逃之夭夭吧!太晦气了!

兄弟,别走呀!

日夜在床上的"私有制美女",着实给我带来了不少麻烦。

冬去春来,美女早就褪色了。日久见人心,美女越发温馨起来了。

可是,时值夏日,"睡"在她们身上,黏糊糊的,拉拉扯扯,实在是难受!

这也就罢了,有所得必有所失嘛!

"一江春水向东流"

我很少午睡,即使午睡,也就趴在座位上小寐一小会儿罢了。一天中午,我不仅在床上睡着了,还是和衣躺下的。好一个春光明媚的午觉!一觉醒过来之后,就要上课了,我赶紧前往教室。

前脚进教室,后脚老师跟进来。
幸亏是语文课,语文老师米是金热恋如火如荼之中。
"关关雎鸠,在河之洲",米是金老师曾经孤枕难眠于长夜漫漫之中,辗转反侧,春花与秋月何时了。

教室里哄堂大笑起来。
米是金老师笑成一朵少男之花,一张白面书生之白脸畸变成大美人朱美美屁股之六分之一。
开心!
一个非你莫嫁,一个非你莫娶,他们俩"心有灵犀一点通",早就夫妻相啦!

"鸟二哥背新娘,新娘美,新郎累不累,累——不——累?"一个家伙呼天喊地起来,应者云集。
米是金老师直起笑弯了的腰来,大声说:"不累,不累!"
两拨人马一拨比一拨更加起劲起来——
一拨:"鸟二哥背新娘,新娘美,新郎累不累,累——不——累?"
一拨:"不累,不累!"

我怎么突然间就成了"洞房花烛夜"的新郎了?
猪五哥飞滚过来,一把拽下来"我的新娘",一张黏附在我背上的"私有制美女"。我顿时傻了眼。这个美女是所有美女之中体态最豪放的,表情最狂放的。丢脸哪!我不由自主地扭头看八妹。八妹拍手称快,两座山峰乱颤,两座山峰拔地而起,呼风、唤雨,和"我的新娘"一模一样。羞死啦!我恨不得赶紧找个马里亚纳海沟钻下去。

鸟二哥呀鸟二哥,马里亚纳海沟在"两座山峰"之间,你敢去吗?

敢!

大庭广众、众目睽睽之下呢?

不敢!

虽然早就成年了,但是,你那时还是一个高中生呢!敢,还是不敢?

岂敢,岂敢!

你都已经是一个二进宫的复读生了,到底敢,还是不敢?

不敢,不敢!

"沉者自沉,浮者自浮","孺子可教也"!

不怕操蛋的,就怕瞎操蛋的。

猪五哥踮起厚实的脚跟来,脚尖胖乎乎地着地,怀抱着"我的新娘"翩翩起舞,口中念念有词,也不知道到底在叽叽歪歪些什么,一阵阵阴风,一阵阵阴雨,九天之上,飞过来、舞过去,一片片污秽,吧唧、吧唧、吧唧,普及大地,大地普及起来。

《天鹅湖》《天鹅湖》!

一只天鹅——一只鹭鸶——一只鱼鹰——一只癞蛤蟆。

岂止是糟蹋呀,简直就是践踏,更何况还癞蛤蟆流哈喇子!

哇!

将来有这样一个新娘子该多好呀!

这样的新娘子,我是背不动的。不要说整个人了,就连半边屁股都够呛。我背不动她,她背我呀!都一家人了,谁背谁不都是"背"?真是的!

猪五哥回到座位上,东张张、西望望,手忙脚乱地往怀里塞——从我背上拽下来的美女。

啊,美人、美人,我的美人!

"别有幽愁暗恨生,此时无声胜有声。"

我最钟爱的美人就这样活活地被一头死肥猪糟蹋掉了,眼睁睁地。

米是金老师开始上课,手之舞之,足之蹈之,唾沫水——"龙飞"与"凤舞"。

我老感觉一头死肥猪猪五哥那边窸窸窣窣一只只耗子。是可忍,孰不可忍!天哪,还在阴暗面阴暗,还在阴暗面阴暗……下课铃响起来,我一把拽起来猪五哥,猪五哥猝不及防,双手从博大的胸怀里抽离出来。"最美女"好不容易摆脱了一头死肥猪的致命掌控,泪如雨下,眨眼间不翼而飞。

浓墨与重彩

夕阳缓缓西下,将大地染成了天空,将群山红成了江河湖泊。我站在夕阳之上,一声声长叹起来。

"新娘","新娘","我的新娘"!

一世英名毁于一旦,从此以后,我都没脸见人了。

报应哪!

在此之前,我发起一场轰轰烈烈的恶作剧来,一张张纸条子鬼鬼祟祟地黏贴到一个个男生、女生背上。

近朱者赤,近墨者黑,我开了一个水淋淋的好头,效仿者雨后春笋般冒了出来,大有一发不可收拾之势,除非我再弄出另外一种恶作剧来,才会消停下来。

这类事,一头死肥猪猪五哥是我的最佳搭档。

"叫嚣乎东西,隳突乎南北",猪五哥搔肥首,弄肥姿,唾沫水四面八方飞溅,不要说打"董鸣鸟"加"董鸟鸣"一个人的掩护了,即便打一千只"鸣鸟"加"鸟鸣"的掩护,都绰绰有余!

鸟二哥我冲锋陷阵,斗志一直在高涨,一直在昂扬,岂止一千个"董鸟鸣"加"董鸣鸟"在不亦乐乎,不亦快哉呀,简直就是不计其数的"鸟鸣"加

"鸣鸟"在不亦快哉,不亦乐乎!

哇,双剑合璧,如鱼得水,势不可挡!

一排男生往食堂走,一个比一个威武、雄壮的背上,飘过来、拂过去,一张张纸条子,上面哈哈大笑着浓墨与重彩——

"我是一个数典忘祖的大混蛋,我复读了!"

光大门楣,光宗耀祖。

"我是一个愧对天下苍生的混账,我复读三次了!"

三次三生,三生石,忘忧草。

"我是一个小混球,我英语单词突然就一个都记不住了!"

数学公式,我还突然就一个都背不出来了呢,小巫见大巫,大惊小怪,小题大做!

"我是一台机器,吃下去的是复读奶,吐出来的是高考草!"

吃下去的是草,吐出来的是奶吧?

"我在吃奶,请勿打扰!"

……

"窈窕淑女,君子好逑"

四面环山,直抵苍凉;夕阳西下,直达寂静。

八妹大踏步地往食堂走,走到操场上。操场上人来人往,人声鼎沸。我一步步地逼近八妹。八妹不知不觉。我咽下去一大坨口水,兴奋地往八妹背上贴一个长长的纸条子。奇妙的长长的纸条子上,龇牙咧嘴一行字——"窈窕淑女,君子好逑"。八个大字八种大颜色,龙飞凤舞、龙凤呈祥。八妹依旧不知不觉。

也许八妹早就有所感知了,要不怎么她的背影都如此之出奇地妩媚——明媚起来了呢?只不过,八妹做梦都想不到我这个宇宙一只蓝色大鸟的所作所为如此之"严重"罢了!

"审优美"

"插花临水一奇峰,玉骨冰肌处女容。烟袂霞衣春带雨,云鬟雾鬓晓梳风。"

八妹、八妹!

"奇峰""玉骨冰肌",天女下凡。

美,除了优美,还有壮美。世间从来都不缺少美,缺乏的是一双发现美的眼睛。一旦有了"美"之眼,审美就呼之即来了。审美,无外乎"审优美"和"审壮美"。"审壮美",审鸟二哥也;"审优美",审八妹也!

"爱恋之召唤"以及蜜蜂与蜂蜜

八妹健步如飞,看样子,早就饿得要死了。

一个男生发现八妹背上的纸条子,一群男生感知伟大且崇高的"爱恋之召唤",一大群男生鬼鬼祟祟在八妹的屁股后面,包括鸟语花香中学"两大著名傻子":大傻和小傻。

大傻和小傻,是鸟语花香中学理科复读班的两个非常之资深复读生。这个学校、那个学校,搞不清到底多少个学校了,两个人一直在一起复读,时时刻刻黏在一起。

有人说大傻是蜜蜂,小傻是蜂蜜;有人说小傻是蜜蜂,大傻是蜂蜜。鸟二哥我坚定地认为两个人都是蜜蜂,一只大蜜蜂、一只小蜜蜂;两个人都是蜂蜜,"傻"是蜂蜜。

想当年,白面书生米是金老师和大美人朱美美是鸟语花香中学(简称"鸟中")一道最美的风景线,大傻和小傻是鸟中一道最"傻"的风景线。

无论是美,还是傻,只要可爱,可以爱,就都是在为这个熙熙攘攘的人世间添色增彩。

八妹昂首挺胸地往前走。

一个男生,"形容枯槁,面目黧黑",胡子拉碴;哈喇子"飞流直下三千尺,疑是银河落九天"。

一个男生,鹰钩鼻子,鼻毛一坨一坨地发黑;眼珠子布满血丝,直勾勾地瞪出来。

一个男生,大嘴巴、厚嘴唇,光头残阳如血,裤子都快要破了。

一个男生,瘦高个子摇摆不定,白发苍苍一片迷蒙,一脸的苦大仇深,已然裤子破了。

一个男生,五大三粗,鼻孔朝天,脸上红云朵朵。

一个男生,一身雪白的运动服,双眼迷离,张大嘴巴,泪水下来了,混着晚霞瑰丽的鼻血。

"我记得那美妙的一瞬,在我的面前出现了你"

一个男生吟起诗来——

"我记得那美妙的一瞬,在我的面前出现了你,有如昙花一现的幻影,有如纯洁之美的精灵……"

吟诗的男生,人称"伟崇诗人"(伟大、崇高的诗人之简称),白面(白馒头),矮胖(冬瓜),公鸭嗓子。

"落霞与孤鹜齐飞,秋水共长天一色"

"伟崇诗人"夹在两大惊天动地的傻子——大傻和小傻中间。大傻,眉在愉快地飞,色在快乐地舞;小傻,龙在兴奋地飞,凤在奋发地舞。

"请问阁下,这是您的大作吗?"小傻摸了摸"伟崇诗人"的屁股,两条白色的毛毛虫爬了出来。

"'十年磨一剑,霜刃未曾试。'""伟崇诗人"眉头一皱。

"'今日把示君,谁有不平事?'"大傻笑嘻嘻的。

"'有鱼昙花幻影,有鱼纯美精灵',鱼儿啊鱼儿,鱼儿啊鱼儿,简直就是千古爱情之绝唱,你这也太牛掰了吧!"小傻摸了摸自己的屁股,两条黄色的毛毛虫钻了进去。

"'两句三年得,一吟双泪流。'""伟崇诗人"鼻子一酸。

"'知音如不赏,归卧故山秋。'"大傻笑呵呵的。

"天才,天才呀,堪比大傻和小傻,胜似诗仙李白与诗圣杜甫!"小傻捏死斑斑点点的鼻子,鼻子歪到了一边。

"啊鼻涕,啊鼻——涕,啊鼻涕——鼻涕!""伟崇诗人"上蹿下跳起来,"啊——啊——"

"你这'鼻涕之歌'就非常之欠缺火候了。"大傻笑吟吟的。

"啊,啊,啊,米是金老师早就循循善诱、谆谆教导过我们,作诗,最忌讳'啊、啊、啊'了。"小傻一手的毛毛虫。

"这最容易令人浮想联翩了。"大傻笑容满面打滚。

毛毛虫接二连三甩向"伟崇诗人",一坨又一坨黄褐色,吧唧、吧唧,百发百中,百步穿杨。

"啊!啊!""伟崇诗人"凌波微步,"啊……"

"衣服破,尚可缝;手足断,安可续"

一个浓眉大眼的学生身形矫健地走到大傻跟前,一脸的严肃山重而水复,大声说:"你就是那个做梦都嚷嚷着要征服我的古往今来天字第一号傻子——大傻?"

"是是是。"大傻一百八十度鞠躬。

"我欢喜八妹。"大眼睛杏眼圆睁,"你——给我靠边站!"

"这么多人跟在屁股后面,为什么偏偏就让大傻靠边站呢?"小傻的脸上堆满欢笑的麻子。

"你这样的早就靠边站了!"大眼睛利剑出鞘,直指小傻黑褐色的鼻子,"跟在八妹屁股后面,尖嘴猴腮、贼眉鼠眼地白跟事小,乌七八糟地玷污她的屁股事大!"

小傻连连倒退,张嘴就要反扑。大傻一只手拎起来小傻,一哈腰,飞驰而去。

"也不是缺胳膊断腿的男生,一个女生跟在后面瞎起什么哄?"小傻拳打脚踢,"乾坤都颠倒了,阴阳都错位了,还快刀嘴蛇蝎心肠,太死不要脸了!"

"嘴巴尿壶一样,不干不净的!"大傻扑通扔下小傻来,"再说,我一巴掌抽死你!"

小傻在地上飞快地打滚,哽咽着说:"你是孟良,我是焦赞,焦不离孟,孟不离焦!人家刘备都知道'兄弟如手足,妻子如衣服',你怎么能这样对待兄弟我呢?'衣服破,尚可缝;手足断,安可续'?为了一个欢喜火辣女生欢喜到发疯以至于夜以继日穷追不舍的火爆女生,至于吗你?"

"兄弟?兄弟反目,比天气还要快!女人?女人比茅厕里的石头还要情真意切,以至于都又臭又硬了!天壤之别,一个在天堂的云端上,一个在地狱的臭阴沟里!女人是母牛,吃下去的是草,拉出来的是奶——牛奶!男人是公牛,除了好色,就是好斗!"大傻气冲斗牛。

"你是公牛?"

"公牛之中的公牛!"

"好色?"

"热爱生活——爱恋女人!"

"爱恋?热爱?"

"感恩,报恩!我们都是喝奶长大的,不是吃草长大的!要懂得感恩,懂得报恩!"

"感谁的恩?报谁的恩?"

"你妈——我妈!"

"女主内,男主外,男人还要辛辛苦苦地赚钱养家糊口呢!"

"分内之事,何足挂齿!"

"可是,大眼妹不是你妈,也不是我妈呀!"

"老婆就是妈——小妈!"

"妈呢?"

"大妈——大姨妈!"

"啊?大妈是大姨妈,小妈就必定是小姨妈了!可是,你刚才还说了,老婆就是妈——小妈。既然老婆和小姨妈都是小妈,那么老婆不就成了小姨妈了,或者说,小姨妈就成了老婆了?这也太乱了吧!这是要遭天打雷劈的呀,我的个哥!"

"你怎么就这么傻呢?比我还要傻!以后我大傻让位给你,你是大傻,我是小傻,你是我哥——我大哥,我是你弟——你小弟,可以不?"

"岂敢,岂敢呀!不要说借我一百个熊胆了,就算是借我一百个豹子胆,我都不敢呀!你是我哥,我一辈子的大哥!"

"哪来那么多废话!"

夕阳还在西下,夕阳"美"人,"仙"女,"夕阳无限好,只是近黄昏"。

小傻躺在地上,撸着鼻涕。大傻搀扶起来小傻,东张西望大眼睛女生——大眼妹,大眼妹淹没在人群之中。

"小荷才露尖尖角,早有蜻蜓立上头"

"泉眼无声惜细流,树阴照水爱晴柔。小荷才露尖尖角,早有蜻蜓立上头。"

八妹大步流星起来,步态轻盈,仿佛一只只蜻蜓、一只只小燕子。

没有女生的世界,一切都寂静无声;有女生的世界,三个女生一台戏,三个男生十台戏。八妹身后的男生,一个比一个绅士,一个比一个贵族;一个比一个执着,一个比一个飞翔——一个比一个下坠。

八妹早就习以为常了，头也不回，小蛮腰一扭一扭的，胸脯挺拔成高山，高山波光为大海，大海巨浪滔天，山在"海"中立，海在"山"之外神采飞扬，飞扬跋扈。

北师大博士艺术家曾建华之摇滚《机器之歌》

我们
不仅能吃,还能睡
还能睡
能睡
睡睡睡睡睡睡睡睡睡睡睡睡睡睡睡睡睡睡睡睡

一台台机器,飞转,飞转,飞转,飞转,飞转,飞转,飞转,飞转,飞转,飞转
永不衰朽,从不苦累
从——不——苦——累

青春年少年少年少
最能折腾折腾折腾折腾折腾折腾折腾

无论上午,还是下午,一到最后一节课,就饿得不行了
饿得不行了饿得不行了饿得不行了饿得不行了饿得不行了
饿得不行了饿得不行了饿得不行了
饿得不行了饿得不行了
饿得不行了
不行了
不行了
不行了
——北师大博士艺术家曾建华之摇滚《机器之歌》

"青山依旧在,几度夕阳红"

原以为八妹会径直去食堂,孰料她中途来个急转身,身后的大部队齐刷刷停下来,不仅不乱丝毫,反而更加整齐划一起来。

八妹两个小酒窝飞扬,一步一个灿烂的脚印,目不斜视,大部队哗啦让开一条光明大道来,八妹昂首挺胸而过,大部队齐刷刷掉头,尾随八妹往前走。

天边,一只只小鸟,驮着夕阳归巢。

冬瓜和丝瓜以及蚕豆以及大傻与小傻

八妹走近一幢低矮、破旧的建筑物。

晚霞漫天,暖心,生爱。

八妹一步跨进去,一个高个子男生紧跟着往里走,一个矮个子男生死死地拽住。高个子男生绰号丝瓜,矮个子男生绰号冬瓜。

"你有我这么高大吗?"丝瓜气呼呼的。

"这不是高大不高大的问题。"冬瓜不紧不慢。

"是矮小不矮小的问题?"丝瓜愤愤不平。

"这是厕所的问题。"冬瓜不慌不忙。

"脑子进大粪了,关厕所什么事!"丝瓜火冒三丈。

"这是女厕所!"大傻说。

"你要什么流氓!"小傻紧跟着说。

丝瓜扬尘而去,冬瓜亦步亦趋。

"脑子进癞蛤蟆啦? 早说是女厕所不就得了,害得我差一点就毁了大好声誉! 大好声誉都毁了,我这个大好青年还会有大好前程吗?"丝瓜扭头对冬瓜说。

丝瓜的脑袋摇摇欲坠，冬瓜跳起来，稳稳地托住。

"欺软怕硬，天理难容！"小傻挥舞着蚕豆一样的铁拳头，拔腿冲向丝瓜，"不修理修理，还不得翻天覆地呀？"

"回来，回来，屁点大的事，用得了这样吗？"大傻冲向小傻。

"我这是路见不平，拔刀相助，有心才能从良，除暴才能安良！"小傻说，"我不下地狱，谁下地狱？我不剥蚕豆，谁剥蚕豆？"

"他们周瑜打黄盖——一个愿打，一个愿挨，好着呢，你这是吃饱了撑的！"大傻说。

小傻张开苦瓜手臂拦住丝瓜，丝瓜怒火中烧、飘飘欲仙。

"才复读五六年，就整成这副人样了，唉，孺子真正不可教也！"

大傻停下沉重的脚步来，转过身去，一双公牛眼睛"铁血丹心"大眼妹，滴溜溜乱转着，神采奕奕而波光粼粼。

小傻踉踉跄跄地蹲下去马步，高高地昂起头来，怒目细而小地圆睁，充满了凛然的大义与正气以及悍然的勇气与力量，直逼"一夫当关，万夫莫开"。

丝瓜看了看小傻后面，一丝微笑扭曲着攀爬上嘴角，上前一大步，双手叉腰，尖声尖气地说："小傻，我早就看你不顺眼——刺眼了，我和冬瓜的妹妹蚕豆从小一起长大，你不知道从什么年代、哪个犄角旮旯的粪坑里冒出来的，一上来就插足，插不上，还插、插、插、插、插、插个不停！你以为这是插秧吗？这、这、这、这不是！这是插队！太不是东西了，太是东西了！我早就想和你做个了断了，今天是个好日子，单挑、单挑，决一雌雄，赢了的是爷爷，输了的是爷爷——爷爷的孙子！"

"我插了吗？我插了吗？你见过吗？你见过吗？"小傻气冲斗牛，"单挑就单挑，谁怕谁？赢了，是一头'英'熊；输了，是一头狗'雄'！"

天哪，第三次世界大战！

"坚持和平共处，坚持和平共处！"冬瓜滚到两个人中间。

"谁不希望世界和平？谁不希望社会稳定呀？我这是十倍、百倍、千倍的被逼无奈！再不出手,我就不是丝瓜了！再不有心从良,再不除暴安良,就连蚕豆都瞧不起我了！"

"丝瓜,你听我冬瓜一声劝,蚕豆是我妹,我妹永远都是我妹,我们都一个头磕到地上,不分彼此了,当务之急是高考,鲤鱼跳龙门、金榜题名、光宗耀祖、光大门楣！"

小傻回头看了看,一丝丝苦笑,后退两大步,高声说:"和平共处！和平共处！世界和平,世界和平;社会稳定,社会稳定！"

"人生若只如初见,何事秋风悲画扇"

人群摩肩接踵,不动,无声。

大眼妹拨开人群,大摇大摆地走进厕所,不一会儿就出来了,一个飞吻,热辣辣人群,人群毫不为之所动,人群后面的大傻摇摇晃晃起来。

大眼妹的目光"一条条毒蛇"咬上大傻,大傻好不容易站稳了脚跟,大眼妹蹦蹦跳跳地走回厕所,大傻两只眼睛——两条灰塌塌的破抹布。

"'人生若只如初见,何事秋风悲画扇'……"

人群之中,伟崇诗人孤独地吟起诗来。

夕阳为之残阳。

伟崇诗人吟毕,发现没有任何人有任何反应,唯有自己大激动、大感动起来,一丝丝诗情,一缕缕画意,汪洋大海之中,巨浪滔天,伟崇诗人沉浸其中,无名的忧伤莫名地涌上心头,潸然泪下。

"十年磨一剑,霜刃未曾试"

"'十年磨一剑,霜刃未曾试。今日把示君,谁有'大眼睛'？'"有声音在耳边响起。

伟崇诗人扭头往左看,大傻笑得比哭还要难看。

"我在这边呢。"有声音在耳边响起。

伟崇诗人一个寒战,往右看,小傻热乎乎地贴上来。

"鼻涕虫,鼻涕虫!"

伟崇诗人慌不择路,冲向女厕所,两只玉手突伸,伟崇诗人四脚朝天,尖叫连连,大眼妹双手抱胸站立,天神一样。

伤心欲绝

将近半个月的时间里,八妹都对我不理不睬,我是路人甲,她是路人乙似的。

我后悔死了。

一段时间之后,我才明晓八妹生气不是因为我让她在大庭广众、众目睽睽之下丢人现眼了,对于八妹来说,这根本就算不得什么,而是我让她伤心了。

我又何尝不伤心呢?

可是,很快就要期中考试了。

一旦考砸了,我的父母还不得伤心死了呀!

十九　虫三哥"误入歧途、改邪归正"之一

"子在川上曰：'逝者如斯夫'"

鸟语花香中学文科复读班第一学期数学期中考试，好多题我都做不出来，时间一分钟紧接着一分钟过去，"子在川上曰：'逝者如斯夫'"。

火急火燎。

火上浇油。

这题，那题；那题，这题。

还有一题！

还有一题！

还有一题！

……

做不出来，做不出来，就是做不出来，就是做不出来。

一片安静之中，其他同学的答题声，沙沙沙、沙沙沙、沙沙沙、沙沙沙，直往我的两只招风大耳朵里钻，越来越繁杂，越来越密集。

"乃知大寒岁，农者尤苦辛。"

父母面朝黄土背朝天。

面朝黄土面朝黄土面朝黄土……

背朝天背朝天背朝天……

苍天在上，黄土地在下，一望无际的黄土地上，一个农民的孩子独立于

苍茫之中，内心深处一声长啸紧接着一声长啸，翻江倒海，疼痛。

我瞪大眼睛看试卷，突然感觉试卷也在瞪大眼睛看着我。
瞪什么瞪？也不是我不想做出来，也不是我故意不做出来！
有没有搞错呀，你个白痴鸟二哥，我瞪你了吗？你一直睁着两只巨大的恐龙蛋眼睛，龇着两排参差不齐的牙齿，咧着一张丑陋无比的大嘴巴，傻子一样地瞪着数学试卷我。数学试卷我就不能稍微"意思意思"，瞪瞪你呀？只许傻瓜笨蛋蠢货杀人放火，不许"0123456789 与根号二"点灯放屁，岂有此理！还死活不承认自己有精神病呢，你的的确确不是精神病，你神经病神经病神经病神经病！

汗水一直往下流往下流往下流往下流……
沙沙沙沙沙沙沙沙沙……
一根根针。
针
针
针
……
可怜天下父母心。
父母心
父母心
父母心
……
可怜
可怜
……
汗
水

往
下
流
……
沙沙沙沙沙沙沙沙沙……
沙沙沙沙沙沙沙沙沙……
一滴滴血。
一滴滴血。
血
血
血
血
血
……
从此我无颜再见亲人面。
从此我无颜再见亲人面。
……

姐姐在吃饭。吃个饭有必要发出那么大的声音吗？难听死了！
烦、烦、烦……
火、火、火……
抢过来姐姐的饭碗，摔掉、摔掉、摔掉！
摔个稀巴烂。
稀巴烂
稀巴烂
……
父亲一声断喝！
一声断喝的同时抄起一根龙飞凤舞的扁担来。

"真者,精诚之至也"

一声断喝不是我的父亲,是我的数学老师。数学老师一声断喝的不是我,是虫三哥和刀四哥。

虫三哥抄袭刀四哥。

(恍恍惚惚之中,我以为是"一声断喝",其实,只不过是轻声细语罢了。)

数学老师轻声细语的同时,没收了虫三哥和刀四哥的试卷。

数学老师姓王名子虚,不仅教书育人点石成金,闻名遐迩,还视学生为自己的亲人。

"精诚所至,金石为开",王子虚老师不哭自哀,不怒自威,不亲自和。

虫三哥和刀四哥简直就是大庭广众、众目睽睽之下光着屁股拉屎——冒天下之大不韪。

一个抄袭的天才

虫三哥抄袭不是新闻,是旧闻。龙潭虎穴中学高三应届插班时,我就屡屡耳闻目睹同桌的他屡屡抄袭。

"大江东去,浪淘尽,千古风流人物。"

只要考试,虫三哥就抄袭,抄袭方式五花八门,五花八门——五花肉八面玲珑。

虫三哥抄袭非常"知己知彼",几乎"百战不殆",绝对是一个抄袭的天才。

"精神失常"与"精神不正常"

虫三哥在抄袭,他的同桌——鸟二哥我在自己斗争自己。

鸟二哥精神失常啦,鸟二哥精神失常啦!

我的左边耳朵里突然大声叫喊起来。

叫什么叫?叫什么叫?

鸟二哥精神不正常了!鸟二哥精神不正常了!

我的右边耳朵里突然高声叫喊起来。

喊什么喊?喊什么喊?

"轻拢慢捻抹复挑,初为《霓裳》后《六幺》。大弦嘈嘈如急雨,小弦切切如私语。嘈嘈切切错杂弹,大珠小珠落玉盘。间关莺语花底滑,幽咽泉流冰下难。冰泉冷涩弦凝绝,凝绝不通声暂歇。别有幽愁暗恨生,此时无声胜有声。银瓶乍破水浆迸,铁骑突出刀枪鸣。曲终收拨当心画,四弦一声如裂帛。"

别有幽愁与暗恨!

一旦愁与恨,突破了幽之幽闭,冲破了恨之恨锁,则化为"《霓裳》加《六幺》"乘以"大弦加小弦"乘以"莺语加泉流"乘以"银瓶乍破加铁骑突出"乘以"裂帛"。

这哪里是什么"有声"与"无声"呀,简直就是"无声"都"有声"!

吵、吵、吵、吵、吵、吵,吵死啦,吃饱了撑得慌,瞎胡闹,"精神失常"等于"精神不正常"——"精神不正常"等于"精神失常",两者一码事,知不知道呀?还在吵,还在吵!你们无聊不无聊呀?

什么?完全两码事!

什么?彻底两码事!

什么?一个四个字,一个五个字!

什么?一个五个字,一个四个字?

无语,你们呀,"傻瓜"还两个字,"傻瓜蛋"还三个字呢,还不是一个意思、一个人样!

什么?傻瓜蛋是傻瓜下的蛋!

什么？傻瓜是傻瓜蛋的爸爸！

你们就胡扯吧,姑且胡扯傻瓜与傻瓜蛋成真理,可是,两个字的"左耳"和三个字的"左耳朵"呢?

什么？左耳朵比左耳有力量！

什么？左耳比左耳朵简洁！

你们就接着胡扯吧,姑且胡扯成天大地大的真理,可是,右耳朵和右耳呢？

什么？一个三个字,一个两个字！

什么？一个两个字,一个三个字！

黔驴技穷了吧？你们！

什么？我瞎扯淡！

什么？我淡瞎扯！

你们俩呀,瞎扯、瞎扯！

什么？瞎扯是瞎扯淡的动力！

什么？瞎扯淡是瞎扯瞎扯出来的淡！

疯了,疯了,你们俩都疯了！

什么？你们没疯,我疯了！

什么？我疯了,你们没疯！

扯、扯！

什么？一字一乾坤,扯和扯淡是两码事！

什么？一字一乾坤,瞎扯和瞎扯淡是两码事！

……

唉——

精神失常！

精神失常！

……

精神不正常！

精神不正常！

……

一只虫子在左边耳朵里叫嚣，一只虫子在右边耳朵里叫啸。

左耳里的虫子是右耳里的虫子，右耳里的虫子是左耳里的虫子。因为右耳里的虫子爬进了左耳里，左耳里的虫子爬进右耳里。

左耳里和右耳里激烈争吵起来，越来越白热化，越来越势不两立，大打出手起来。

我打！

我打！

两边耳朵里——

一个说的是"精神失常"，一个说的是"精神不正常"，大同小异。可是，左边要右边和自己保持高度一致，右边要左边和自己一模一样，两边终至反目成仇。

嘿，怎么就不考虑考虑我这个天大、地大的脑袋呢？风箱里的老鼠——两头受气！这是我一只蓝色的大鸟鸟二哥的地盘，你们可是在我的地盘上撒野呀！我的地盘我做主！可是，我做得了主吗？

"高处不胜寒"

天高云淡，山川湖泊自然天成，鸟语而花香，水落而石出。

千山万水县龙潭虎穴镇龙潭虎穴中学文科应届班第一学期语文期中考试。

语文老师姓刘名中华,一边津津有味地摸头,一边滋滋有味地看我答题。

语文考试,小菜一碟矣!

乐极生悲,笔下开花、扯淡,一不小心,我将"秃子头顶上的虱子——明摆着"写成了"虱子头顶上的秃子——明摆着"。

刘中华老师为之惊叹不已,龙飞凤舞批语——

"'秃子头顶上的虱子',用的人太多了,太模式化了,俗气!俗气是写作的大忌。'虱子头顶上的秃子',闻所未闻、见所未见,非常之陌生化,灵气!灵气是写作的关键。'虱子头顶上的秃子',与花和尚鲁智深之'红刀子进、白刀子出',有异曲同工之妙,实在是高,简直就是'高处不胜寒'哪!"

刘中华老师聪明秃顶。

我怀疑——秃顶和聪明是大有关联的。有道是,前秃为匪,后秃为贼;中秃为王,边秃为民。我遇到的聪明透顶之人十有八九秃顶。各种秃。

"宝剑锋从磨砺出,梅花香自苦寒来"

"轻拢慢捻抹复挑,初为《霓裳》后《六幺》",虫三哥盯着刘中华老师的秃顶,颇有风情、颇是滋味地摸起自己一枚自鸣得意扬扬的光头来。虫三哥的光头,烈日当空照;虫三哥的两道目光,两束来自外星球的闪电,十分之冷静,一万分之诡异。"宝剑锋从磨砺出,梅花香自苦寒来",刘中华老师的秃顶莽荒而蛮荒,宛若横空出世,"五岳归来不看山,黄山归来不看岳",独一则无二,独立必不羁。山外青山楼外楼,强中自有强中手,在虫三哥的硕大无朋的光头对照下,刘中华老师的秃顶黯然失色起来;"兴酣落笔摇五岳,诗成笑傲凌沧海",在虫三哥的钢打铁铸的逼视下,刘中华老师的秃顶不仅肉,就连皮都不笑了。

"同是天涯沦落'头',相逢何必曾相识。"

刘中华老师冷不丁发现虫三哥死盯着自己光明正大的秃顶马不停蹄地摸起他那硕大的光头来，一个寒战——两百只寒蝉，一只手抚摸秃顶的动作戛然而止，掉头转身，一步步地离开，不一会儿工夫，双手窸窸窣窣地攀爬上冷冷清清、凄凄惨惨的秃顶。

机不可失，失不再来，虫三哥赶紧抄袭起我来。

老马失蹄

窗外，风旷大起来，云虚妄起来；雷、电、雨，不是按兵不动，而是蓄势待发。

虽然虫三哥确凿无疑一匹识途的老马，但是，久而久之，风云变幻无穷，老马亦失蹄。

虫三哥挥洒自如地抄袭起鸟二哥我的作文来，我的大作之中，一段话如下——

"世人眼中，我董鸣鸟是一个疯子，我辩解，孰料越抹越黑，于是乎，我干脆装疯卖傻，结果，我疯定了。众口铄金，积毁销骨。什么是跳进黄河都洗不清？这就是！"

虫三哥抄袭如下——

"凡夫俗子眼中，我董鸣鸟是一个疯子，我竭尽全力辩解，孰料越抹越不成人样，无可奈何，呜呼哀哉，破罐子破摔，结果，我疯定了。唾沫水淹死人。什么是跳进长江都洗不清？这就是！"

语文老师刘中华当机立断，一棍子千山万水县鸟语花香臭鸭蛋，打死虫三哥的作文的同时，打晕了虫三哥。

虫三哥啊虫三哥，无论跳进黄河，还是长江，至少这一辈子你都洗不清了！

毛淼淼　与金焱焱

太阳,羊痫疯;阳光,一头头疯癫羊。

龙潭虎穴中学高三文科应届班数学小测验,虫三哥抄袭坐在我前面的女生"一江春水"(绰号或者昵称)毛淼淼。

虫三哥舍近同桌鸟二哥我,求远毛淼淼,实属无奈。一次数学小测验,他老人家抄袭我一帆风顺,得意扬扬。结果,我考了37分,他考了38分。他连呼上当,以头撞墙,墙轰然坍塌,头完整无缺。墙是纸扎的,头是铁打的。

虫三哥不露声色地塞给毛淼淼的小纸条,从"亲妹"到"亲妈"到"小姑奶奶"到"小祖宗"……

毛淼淼统统收下,一概置之不理。前有死猪不怕开水烫,后有狗急跳墙,虫三哥扯起毛淼淼的头发来,一扯一大绺。毛淼淼一直闷声不吭。虫三哥一大绺紧接着一大绺。

疼死啦!

虫三哥扯一次,我揪心一次。"一江春水"毛淼淼无动于衷,仿佛扯的不是自己的头发,而是同桌"火焰山"金焱焱的。毛淼淼不是一个人,是一块大石头。局外人——局内心,我心里很快就苦得不行了。毛淼淼头上的发本来就不多,再扯、再扯,呜呼哀哉,一枚小尼姑横空出世!

"求求你,抄我的,可以不?"我压低嗓门。

"求求你,不让我抄你的,行不?"虫三哥捏紧鼻孔。

虫三哥继续拔毛,毛淼淼依旧不予理睬。

"毛淼淼,你头上只有三根毛啦!"我大声叫喊起来。

毛淼淼一个冷战,赶紧将试卷挪到一边,方便起虫三哥来。

无论什么时候,清白都是最重要的

龙潭虎穴中学文科应届班"几何"老师牛德宝,站在讲台上,脖颈细而长,一个硕大的脑袋转来转去,一声尖叫:"董鸣鸟,你过来!"

我脚踏实地,走上讲台。

"董鸣鸟,你抄袭!"牛德宝老师板着一张脸,云霄数声炸雷。

我一声不吭,一动不动。

"看看你,看看你,头昂得像一只公鸡,胸挺得像一头母牛,不以抄袭为耻,反以抄袭为荣!你还是一个学生吗?"

"牛老师,我没有抄袭!"

小葱拌豆腐——一清二白,无论什么时候,清白都是最重要的。我宁可交白卷,也不抄袭,这是我从小就有的原则与底线,一旦突破了,我就不是我了,我就不是一只蓝色的大鸟了。

"没抄袭,叫什么叫?神经!"牛德宝老师暴跳如雷。

嗨,有抄袭乱叫的吗?你以为我真"神经病"加"精神病"了呀!

唉——

窦娥冤,千古奇冤,抄袭的是虫三哥,不是我呀,跳进矿泉水都洗不清了!

我扭头看了看,虫三哥抄得可欢实了。

空前绝后

大千世界,几家欢喜几家愁;芸芸众生,有人欢喜有人悲。

我鸟二哥不仅成了虫三哥抄袭的烟幕弹,还成了替罪羊。

虫三哥考了88分,空己之前,绝己之后。牛德宝老师铆足劲儿表扬了他整整一节课。

那次数学小测验——虫三哥88分,探花;毛淼淼89分,榜眼;金焱焱90

分,状元。

常在河边走,哪能不湿脚

　　大风,狼一样地嚎;大雨,鬼一样地哭。
　　没做亏心事,不怕鬼敲门;常在河边走,哪能不湿脚?
　　接下来的数学小测验,虫三哥扯毛森森的头发,一不小心扯上金焱焱的头发。
　　虫三哥一颗光头,日月同辉,天地齐寿,没有一根头发可以拽与扯。金焱焱搂搂抱抱虫三哥的脑袋,虫三哥钢打铁铸地半推半就。金焱焱一顿狂咬,大窟窿、小洞、细眼。虫三哥独立不羁的光头独一无二地鲜血淋淋漓漓起来。疼,虫三哥那叫一个哭呀!
　　毫无疑问,这是悲剧。然而,更大的悲剧还是,金焱焱当场就揭发了虫三哥。这还了得!考试结束之后,牛德宝老师二话不说,就将虫三哥请进了他的办公室里。这下子,即使虫三哥再怎么钢打铁铸,也都死定了!

二十　虫三哥"误入歧途、改邪归正"之二

同病相怜

前文说到,鸟语花香中学文科复读班第一学期期中数学考试,虫三哥抄袭刀四哥,被"火眼金睛"——数学老师王子虚当场抓个正着。

语文老师米是金不是老先生,数学老师王子虚才是老先生呢!实践出真知,王子虚老师"'监考'破万卷,'抓捕'如有神"。人不可貌相,海水不可斗量,王子虚老师一身书生气,一副弱不禁风的样子,一双眼睛小得可怜,给人感觉时时刻刻都是闭着的,而不是睁着的,然而,抓起抄袭来,一抓一个准,灭绝"灭绝师太"绰绰有余。他的学生一到考试时个个噤若寒蝉,没有一个敢东张西望的,更甭提抄袭了。

天罗、地网,虫三哥照样是一个凡夫俗子,更是一个凡夫俗子,当然也不例外。

"难得糊涂","聪明反被聪明误"。

虫三哥给人感觉经常糊里糊涂的,其实,他差不多是鸟语花香中学文科复读班,除了刀四哥,除了幽灵一样神出鬼没的一只麻子老鼠之外,最有自知之明的了。

扯!

除了一只麻子老鼠之外,最有自知之明的当之无愧一头死肥猪猪五哥呀,"识时务者为俊杰"呢!他不是叫朱时务吗?难道就白白地叫啦?

唉——

东施、西施、李逵、李鬼,你还真以为所有的人,都人如其名——名如其人呀?

太岁爷的头上动土,老虎的屁股上打盹,除非一只蓝色大鸟鸟二哥"董鸣鸟"加"董鸟鸣",鸟语花香中学文科复读班其他任何人打死都不会干,更何况钢打铁铸虫三哥了。

鸟二哥不仅有病,还病得不浅。

虫三哥习惯成自然,不由自主地抄袭上了。五十步,一百步。虫三哥同样不仅有病,还病得不浅。

"滚滚长江东逝水,浪花淘尽'英雄与狗熊'。"

虫三哥和鸟二哥的病之症状驴唇不对马嘴,病之"源头"大同小异。

千军万马过独木桥。

你们是我的老师,我是你们的学生

王子虚老师前面走,虫三哥和刀四哥后面跟着。

虫三哥低垂着花岗岩大脑袋,大脑袋摇摇欲坠;刀四哥的乒乓球小脑袋低垂到两根鹭鸶腿之间,两根钢丝鹭鸶腿与之相得益彰,相亲相爱一家人。刀四哥不停地挤眉弄眼,不停地唉声叹气;虫三哥使劲地抹着嘴巴,一声不吭。

王子虚老师突然停了下来,虫三哥一屁股撞到刀四哥身上。刀四哥瘦骨嶙峋,刀光剑影。虫三哥咬紧牙关。刀四哥踉踉跄跄,一口气卡住喉咙,一张小脸涨得通红通红的,差一点没憋死。

王子虚老师一步步地走上讲台,将没收的试卷整整齐齐地放到讲桌上,抬起头来,两只小眼睛,时有时无,若隐若现,一阵阵精光、一阵阵神光、一阵阵寒光。

鸟语花香中学文科复读班教室,从热带雨林陡转到冰天雪地的南极洲,虫三哥和刀四哥在冰雪之中心无处可逃,浑身抖个不停。

王子虚老师立定在讲桌后面,笔挺西装革履。虫三哥和刀四哥一个比一个抖得厉害。王子虚老师目光直视前方,前方是空虚而荒凉的大海。

两个胆小鬼,敢做不敢当,还算男人吗?

兄弟,这就是你的不对了!

我不对个屁呀,群龙必无首,蛇鼠才一窝,若不臭味相投,何来狼狈为奸?"力拔山兮气盖世。时不利兮骓不逝。骓不逝兮可奈何!虞兮虞兮奈若何!"你鸟二哥董鸣鸟照样一路货色,不仅惹是生非,还胆小如鼠,十分缺乏楚霸王项羽一样的誓死担当精神!"生当作人杰,死亦为鬼雄。至今思项羽,不肯过江东。"我呸,呸呸呸,你鸟二哥董鸣鸟给楚霸王项羽提尿壶都不配!没有金刚钻,就不要揽瓷器活儿;没有天梯,就不要上天!懦夫!你们鸟语花香中学——鸟中文复班的男生,无论肥瘦高矮,一鸟窝懦夫!我鄙视你们,热烈、强烈、激烈地鄙视你们!

兄弟,这就更是你的不对了,你可以尽管骂我,可是,你是不可以骂我那些兄弟的!

他们是你兄弟,我也是你兄弟呀!

此兄弟非彼兄弟也!

此话怎讲?

我和鸟语花香中学文科复读班的兄弟们同舟共济、同甘共苦!

难道我们俩就不是吗?

不是!

不是?

你分裂了我,我分裂你,我们日日夜夜窝里斗!

这倒也是,你折磨我——我煎熬你,我们一天到晚相互摧残着呢!

明白过来了就好。

可是,责任在你,不在我呀!

推卸自己的责任,是吧?

这叫明辨是非呢！

无语,不和鸟二哥董鸟鸣你这个不负责任的家伙浪费时间了,我还是接着述说虫三哥和刀四哥吧!

虫三哥和刀四哥站在讲台下,战战兢兢,如履薄冰、如临深渊。

刀四哥抿紧嘴巴;虫三哥双手死死地贴在大腿外侧,一动不动。

仿佛当头一棒,仿佛大梦初醒,仿佛一步登天,仿佛"手可摘星辰",仿佛才从云端下来,仿佛才感觉到虫三哥和刀四哥的存在似的,王子虚老师的两束目光直逼虫三哥和刀四哥。

虫三哥和刀四哥顿时变成两根死木头了。

"木头心"那叫一个苦呀!

虫三哥和刀四哥低下头去。

头是负担,心脏是天大的累赘。头,一个坑,两个坑……污水在横流,臭气在冲天;心脏,一座荒坟,两座荒坟……坟头插满石头,石头在无声地尖叫着、哭泣着。

"抬起头来。"

王子虚老师一个字一座珠穆朗玛峰。

虫三哥慢腾腾地抬起头来,屁股起伏不定;刀四哥激灵灵一个冷战,抬起头来,连环伤食屁。两个人埋在十座珠穆朗玛峰下,屁股一体,分不清谁是谁的屁股,谁是谁放出来的屁。熏死了!

"看着我。"

王子虚老师的声音温柔得掐得出水来,轻飘飘而沉甸甸的。

虫三哥和刀四哥挣扎着从珠穆朗玛峰的巨大的岩石间探出头来,刀四哥一脸的"羊尾巴",虫三哥一脸的"枣谢了"。

眼神的力量是最强大的,王子虚老师一直看着虫三哥和刀四哥。

我深深感觉王子虚老师看的是我,心中发慌,浑身冒出"出奇而离谱"的冷汗来。

猪五哥瑟瑟发抖,抖一地的虱子,一地肥美的虱子,赤橙黄绿青蓝紫,到处乱爬。

王子虚老师三两步走下讲台,清嗓子,嗓子痒,王子虚老师双手靠到屁股后面,岿然不动起来。男生、女生都不由自主地抬起头来。王子虚老师走到虫三哥和刀四哥跟前。虫三哥恰似一具僵尸,刀四哥如同一具死尸。

"你们上讲台吧。"

王子虚老师不温不火。

虫三哥"僵尸"般站在讲台上,刀四哥"死尸"般站在讲台上。

"你们抄袭,我不配做你们的老师,只配做你们的学生。你们胆敢抄袭,肯定是我的老师,绝对不是我的学生。从现在开始,你们是我的老师,我是你们的学生。"

我们都深深地低下头来。

僵尸火化,死尸冰封。

我吃惊地发现猪五哥的虱子迅速地向鸟语花香鸟语花香地集中,十面埋伏,四面楚歌,鸟语花香吓坏了,木偶起来。

"风流直欲占秋光,叶底深藏粟蕊黄。共道幽香闻十里,绝知芳誉亘千乡。"

风流秋光,叶底蕊黄;十里幽香,芳誉千乡。

桂花香清冷自然,鸟语花香的香是世界上最假冒伪劣的香水(一只麻子老鼠精心自制的)喷薄出来的浓香。

"不识'麻鼠'真面目,只缘身在此山中。"

仁者仁,智者智。

虱子好的就是这一口,趋之若鹜,兴高采烈。

考试终于结束了。

王子虚老师离开教室，一步一个清澈而坚定的脚印。鸟语花香尖叫起来。王子虚老师回头看了一眼，摇摇头，大踏步地走起来。

有泪水从两腿之间出来的吗

虫三哥和刀四哥一言不发地慢慢腾腾地走向座位。"此时无声胜有声"，一旦苦到了极点，就已经不是"不堪言"，而是不要说言语了，就连放屁的力气（心情）都没有了。

刀四哥挤眉弄眼，自己以为两条鹭鸶腿"死死地夹着"一个乒乓球小脑袋；虫三哥抹着嘴巴，自己以为抹出了瘀血来，抹出了鲜血来。

虫三哥滴下一路的血，刀四哥洒下一路的水。

"尿水吗？"鱼七哥揉了揉两只金鱼眼。

"泪水、泪水！"瓢六哥皱紧眉头，"你以为谁都像你呀？胆子比蚂蚁产的卵还要小！"

"有泪水从两腿之间出来的吗？你个超级脑残疾瓢！"

"什么眼神呀！他不是脑袋十分沉重，低到两腿之间了吗？"

"猪脑子呀你，刀四哥不是脑袋十分沉重，而是心情太沉重了！"

"我瓢顶多也就脑残疾，才不会脑残缺，不像某人，没人脑子猪脑子滥竽充数！"

"你、你骂我老实猪脑子！我是一头猪吗？太、太欺负老实我老实巴交了！"

"不是说你的啦！你是一个人，你是一个人！"

"你说的是谁？你说的是谁？"

"猪五哥、猪五哥！"

"城门失火，殃及池鱼"

城门未失火，只是打开了，没有殃及池鱼，殃及一头正在拱门的死肥猪，扑通,水花飞溅,一头死肥猪掉进水深火热的池子里。

王子虚老师发现虫三哥抄袭刀四哥,一声轻声细语的训斥,猪五哥尿裤子了;王子虚老师教育虫三哥和刀四哥时,猪五哥一直尿个不停。

王子虚老师一离开教室,猪五哥就尿歇菜了,咕咚咕咚,拼命地喝起水来。

无论换了谁都会口渴,更何况一头死肥猪猪五哥,据一枚小作者黄鹤鸣的大学室友北师大博士曾华建说,猪五哥五行缺水。

呜呼哀哉!

唉——

换了我,这么一通折腾,早就缺水,早就虚脱啦!

我一把夺下猪五哥的水杯。

"城门失火,殃及池鱼",我的一双布鞋早就被猪五哥的尿水浸泡成两个不成人样的馒头了。再喝、再喝,再尿、再尿,水漫金山,波涛汹涌,进了隔壁的寝室,我的另外一双鞋,一双暖鞋,还不得紧跟着遭殃?我总共只有三双鞋,三双旧鞋。

瓢六哥扭过头来,一脸的幸灾乐祸。

猪五哥从课桌底下钻过去,猛地咬上瓢六哥的一条腿,硬生生地喝起硬生生的鲜血来。

"鱼七哥咬我,你怎么也咬我?"瓢六哥撕心裂肺。

"我渴……"猪五哥含糊不清。

"喝水去呀!"瓢六哥咬牙切齿。

"水杯鸟二哥拿去了。"猪五哥吞吞吐吐。

"喝鸟二哥的血去呀!鸟二哥血糖偏高,血是甜的;我甲亢,血又辣又咸!"

"鸟二哥没骂我没人脑子猪脑子滥竽充数!"

"喝吧、喝吧，不喝就不喝，喝就喝个够，报应哪报应，可怜我关起门来放屁——自作自受！"

很快，瓢六哥的左腿就只剩下肌肉和骨骼了，与右腿极其不协调起来。

"一根麻秆、一根电线杆，这也太不像样了吧！"瓢六哥带着哭腔，"猪五哥，求求你，行行好，把我右腿也一并解决了吧！"

"我喝饱了！你叫我喝，我就喝呀？你不叫我喝，我们俩还是有一定的商量余地的。你居然叫上了，打死我，我都不喝！"猪五哥抹了抹嘴巴。

"你！"

"我怎么啦？"

"不和你这个忘恩负义的小人计较了！"

"以怨报德——不吃眼前亏的好汉，才是梁山好汉！"

"老实，你来帮帮我吧！"

"帮你什么呀？"鱼七哥漫不经心。

"喝血！"

"我才不喝呢！"

"你又不是没咬过我，你是知道我的血的滋味的！"

"正因为知道了是什么滋味，所以才不喝，打死我，我都不喝！"

十一妹彩云飞云改男，仿佛一朵彩云飞过瓢六哥的身边，无意之中触碰到了瓢六哥的左腿。瓢六哥热血呼啦啦地沸腾，左腿不断地充盈，飞速地粗壮起来，瓢六哥心花怒放成一个美丽的大世界。

追求平衡与一致是好事，可是，任何事情都有个度。

瓢六哥热血沸腾个没完没了，全然不顾比右腿越来越粗壮的左腿。

鱼七哥从寝室里端来一大盆洗脚水，劈头盖脸瓢六哥，瓢六哥的热血渐渐地不再沸腾了。

猪五哥的洗脚水

鱼七哥从寝室里端来的一大盆洗脚水，是一头死肥猪猪五哥的洗脚水。

猪五哥天天洗脚，几乎从来都不换洗脚水。猪五哥的洗脚水，招苍蝇、惹蚊子，以至于苍蝇和蚊子不叮、不咬寝室里其他任何人，乃至一条小黄狗小黄快乐，只叮、只咬一头死肥猪。

印象中，一年下来，猪五哥的洗脚水总共只处理过三次，两次是泼出去的，一次是喝下去的。

两次泼出去的，一次已经说过了。

另外一次是一个女生泼出去的，劈头盖脸一头死肥猪。至于到底是哪一个女生泼的，那个女生为什么要泼一头死肥猪猪五哥，此是后话的后话，暂且不说。

喝下去的那一次，经过太千曲百折，个中的滋味太万万千千啦！亲爱的读者，这本书里我就不叙述了，下部书里我再详细而具体地叙述呀！

二十一　虫三哥"误入歧途、改邪归正"之三

世上从来就没有不透风的墙

　　世上从来就没有不透风的墙，洪大毛老师很快就得知了数学期中考试虫三哥抄袭刀四哥。

　　数学老师王子虚是不会告诉洪大毛老师的，王子虚老师根本就没有这个必要，他对虫三哥抄袭刀四哥的教育到此为止就绰绰有余了。

　　我们当中肯定有人告发了。

　　到底谁是"奸细"呢？

一亩三分地

　　胆敢在我洪大毛老师的一亩三分地上撒泼，反了呀你！不一棍子结果了，还不得人人效仿，个个死不要脸，堂堂鸟语花香中学文科复读班，岂不成了抄袭培训基地？贻笑大方、贻笑大方矣！这还得了！

　　杀鸡"骇"猴。

　　棍棒下出孝子，教鞭下出人才！

　　洪大毛老师左肩扛着一把扫帚，右肩扛着一条扫把，凛凛寒风之中，威风凛凛地杀向教室。

　　数学老师王子虚的考试都敢抄袭，语文、历史等科目的考试，还不得次次都抄袭呀！都已经复读了，还抄袭，应届还不得从高一抄袭到高三呀！从

高一抄袭到高三,还不得从小学一年级抄袭到初中三年级呀!从小学一年级抄袭到初中三年级,还不得从出生作弊到读小学一年级呀!从出生作弊到读小学一年级,十有八九就连出生也是作弊的!出生都作弊,娶老婆肯定也会作弊!娶老婆作弊,生孩子绝对会作弊!

长此以往,人将不人矣!

慢着、慢着,我得再想一想,是不是太操之过急了?我老爸——搓衣板小镇姹紫嫣红中心小学洪小毛校长从小就教育我,凡事要三思而后行。我现在就去把"狐朋狗友"胡朋朋和苟友友两个人揪出来,无论对猴,还是对鸡,震慑效果都是非常之有限的啦!

这不是打草惊蛇吗?

啊哈,啊哈,啊哈哈,欲擒故纵,效果自然是没的说了!

风光无限在险峰

除了王子虚老师的考试,虫三哥每门课次次都抄袭,十分之用心、用情、用力。

每每得手。

一旦得手,则风光无限在险峰矣!

我是目击证人,虫三哥抄袭上瘾,我观察他抄袭上瘾了。一次地理考试,虫三哥从太平洋抄到印度洋,从大西洋抄到北冰洋;从亚洲抄到欧洲,从北美洲抄到南美洲,从非洲抄到大洋洲。我一直都在认真仔细地观察虫三哥抄袭,津津有味、滋滋有味。关起门来放屁——自作自受,下课铃声响起来的那一刻,我才手忙脚乱地在试卷上写上仅有的三个字:南极洲。

虽然北风往北吹,南风往南吹,但是,我们都中毒非常之深。

我不是人,是精神病人;虫三哥是人,是神人。

信史,然而,信则灵,不信则不灵。

"横看成岭侧成峰,远近高低各不同",下面鄙人不厌其烦地叙述的,都是依据鸟语花香中学史料上记载的。

虫三哥从小一抄袭到高三,同样是钢打铁铸的事实。一段时间,每天晚上睡觉之前,虫三哥都会高谈阔论他伟大且崇高的抄袭史,绘声绘色、活灵活现。虫三哥俨然一个演说家,天赋英才,激情四射,搞得我们都仿佛身临其境,都自以为是和他老人家一起无比幸福、无比自豪地"共同作案"似的。"碧草含情杏花喜,上林莺啭游丝起",我们乐在其中,乐此不疲。那段时间,"发愤图强"之外,我们谈论的中心话题想不是虫三哥抄袭都不成,我们就连做梦都梦见自己在自豪而幸福地抄袭。

一天晚上,虫三哥神侃他的中考神抄。

"您这不是抄袭,是抗日——大智大勇的抗日啊!"猪五哥迷迷糊糊于睡梦之中,拳打脚踢。

"歼敌无数,毫发未损!"虫三哥说。

"不以抄袭为耻,反以抄袭为荣!"瓢六哥气呼呼地说。

"什么是耻?什么是荣?"刀四哥幽幽地说。

寝室里安静下来。

"两个监考老师,一个是亲戚,一个是曾经的小学老师,中考考不上才怪呢!"一只麻子老鼠一边躲在阴暗、偏僻的角落里抚摸自己的两条大腿,一边阴阳怪气地说。

"胡说八道,造谣!捕风捉影,无中生有!你这是对我的抄袭技术、抄袭艺术的极大侮辱!"虫三哥怒目圆睁,青筋暴出。

"我说的是我自己。"一只麻子老鼠言毕,破天荒地摸上了自己的小腿。

"大家都听见了吧?他说的不是我,是他自己呢!"虫三哥大声说。

"这不是里通外合吗?这也太……"

"狼狈为奸。"一只麻子老鼠嘟囔着。

"说谁呢?"虫三哥气呼呼地说。

"说谁呢?"刀四哥幽幽地说。

"他说狼和狈呢!"瓢六哥高声说。

"狼和狈太坏啦!"鱼七哥斩钉截铁。

"头上三尺有神灵!"

"天地之间一杆秤!"

"人间自有公道在!"

……

"哎哟哟,我的个大姨妈,一个个吃不到葡萄嫌葡萄酸!"鸟语花香鸟语花香。

寝室里再次安静下来。

虫三哥不是作弊出来的。

父母双方都有媒人——大媒人,不仅领了结婚证,还办了一次又一次红红火火的酒席,只不过好多年之后才终于有了虫三哥罢了!

虫三哥无论娶老婆,还是娶媳妇,都作弊了。

一天深夜,虫三哥使出浑身解数,才把一个无比妖艳的女子灌醉了。事后不久,女子的肚子就隆重起来了,含悲忍泪,"老大嫁作商人妇"。

严格地说,虫三哥生孩子同样属于作弊范畴。

孩子呱呱落地,是妖艳女子和一个稀奇古怪的异性在一个荒无人烟之处开的花、结的果,黑果加白果,姹紫嫣红。

这些,一只麻子老鼠都猫在一个阴暗、偏僻的角落里耳闻目睹了,不信你去问问他。

现如今,他定居在平安市,腰缠万贯,一天到晚阴阳怪气的。

《打猪草》

洪大毛老师双手深深地靠在屁股后面,一路上哼着黄梅小调《打猪草》。

一回家,洪大毛老师就钻进暖和的被窝里,不一会儿,他就春秋大梦上了。

捉奸在床"狐朋狗友"虫三哥和刀四哥,铁证如山,两个人百口莫辩。

斩草除根!

小天才比人才多一个"小二"

几天之后,历史小测验突如其来。

洪大毛老师在教室里转来转去,两只眼睛眯细眯细的,滴溜溜乱转大智大慧,神采奕奕,鬼谷子加上老子加上孔子加上孙子加上曾子。

"楚战士无不以一当十,楚兵呼声动天,诸侯军无不人人慑恐。"

虫三哥低头看试题,试题一个接一个抬起头来看他。仇人见面,分外眼红,虫三哥拉开以一当百的架势冲锋陷阵一道道试题,一道试题一道坎,景阳冈、秦岭、横断山脉、珠穆朗玛峰……

银样镴枪头,逞什么"熊包"能?景阳冈都过不了,还秦岭、横断山脉呢!更何况世界最高峰珠穆朗玛峰!

唉——

虫三哥过不去的是心坎,他不是做不出来试题,而是即便做得出来,不抄袭都备受折磨、备受煎熬呀!

时间早就过半了,还是不见虫三哥有任何令人兴奋的异常举动。洪大毛老师就要急死了,两颗小眼珠子如同两粒奇异的小樱桃,一个酒糟鼻子仿佛一朵横空出世的云彩。

洪大毛老师漫不经心地远离虫三哥,冷不丁转过身来,虫三哥坚若磐石。

可怜洪大毛老师屡屡故技重演,虫三哥一直稳如泰山。

洪大毛老师是人才,虫三哥是小天才,小天才怎么地也比人才多一个

"小二"。

神来之笔!

突然,一团白色(月亮之"种的变异")仓皇逃窜进教室,从洪大毛老师胯下冲杀过去,洪大毛老师一声尖叫,掉头转身。一团白色再次从胯下冲杀过去,洪大毛老师再次一声尖叫,掉头转身。一团白色进进出出胯下,洪大毛老师尖叫着转圈、转圈、转圈……

一团白色风驰电掣,洪大毛老师腾空而起,冲破屋顶,直上云霄。

神来之笔!

虫三哥抓紧时间抄袭起来。

那年那月那日

考试结束之后,洪大毛老师将虫三哥和刀四哥请进办公室里。

至今,我们都不知道那年那月那日办公室里到底发生了什么。

当年,我们有目共睹——

去之前,虫三哥和刀四哥一脸的沮丧归一脸的沮丧,至少还是人模人样、狗模狗样的。回来之后,虫三哥双眼红肿,两颗大眼珠子两个硕大的馒头,一道道残阳之血;刀四哥的小脑袋萎缩、低垂到两条鹭鸶腿之间,风雨之中飘摇,摇摇欲坠。

一个可爱的小孩

晚上睡觉之前,大家议论纷纷起一团白色来——

甲曰:"一头猪,一头神猪!"

乙曰:"一只猫,一只从天而降的猫!"

丙曰:"一个幽灵,一个神秘的幽灵!"

丁曰:"一个小孩,一个可爱的小孩!"
……

"复读,复读,拿命来!高考,高考,命拿来!"有人,鬼一样地叫喊起来。

大混合寝室里顿时安静下来。

"复读,复读,拿命来!高考,高考,命拿来……"有鬼,人一样地此起彼伏。

大混合寝室里顿时死寂了。

复读之鬼　高考之神

不久之后,历史小测验兴冲冲地卷土重来。

虫三哥盼星星、盼月亮,盼一团白色再次大驾光临鸟语花香中学文科复读班教室,再次旋转洪大毛上金碧辉煌的天宫。

做美梦吧,你!

又来了,又来了!

那是一次个案,知道不知道呀?

个案就不能普及吗?

普及了,还叫个案吗?没长猪脑子的家伙!

盼的岂止虫三哥?

一团白色就是不出现。

也许,一团白色根本就没有来过教室;兴许,压根儿就不存在所谓的一团白色。

不是我们疑神疑鬼,是我们被鬼神缠身了。

二十二　虫三哥"误入歧途、改邪归正"之四

"我不下地狱,谁下地狱?"

"惊风飘白日,光景西驰流",后天,后天,后天就要高考历史模拟考试了。高考历史模拟考试,洪大毛老师的模拟考试,泰山已经压顶,五雷就要轰顶。

天寒地冻,万物萧瑟;铁树不开花,枯木不逢春。
虫三哥通宵达旦地洗冷水澡,嗷嗷直叫,鼻涕与泪水狼狈为奸,合起伙来,一起下流。
"不就一模拟考试吗?有必要搞得这么紧张兮兮的吗?考不好,又能怎么样?门门都不及格,又能怎么样?再洗、再洗,你小子就感冒了!你小子不心疼自己,大爷我好心疼、好心痛呀!"猪五哥带着哭腔说。
"我不下地狱,谁下地狱?"虫三哥龇牙咧嘴地往脑袋上浇水。

呜呼!
虫三哥早就在地狱之中了。

小黄快乐陪考

猎猎寒风,惨惨飞云;霜浓,冰厚。
小黄快乐窝在瓢六哥和鱼七哥座位下面,冷不丁吠起来。

一分钟之后,洪大毛老师准到。我用电子表对过,将近一年的时间里,分秒不差。

小黄快乐每次都连吠三声,一声比一声低,一声比一声沉。除此之外,在教室里从来都不吭声。这一点上,它绝对和十妹闷葫芦木林森有的一拼。

小黄快乐一落音,教室就瞬间游乐场成了墓地。

视炎热为凉爽,把寒冷当温暖

毛大头三两步走到门后边,用力开门,不料想洪大毛老师正在使劲推门。

寒风呼啸而入。

冷死啦!

洪大毛老师一头钻进毛大头怀里,毛大头一把抱住,连连倒退,只听得扑通一声山响。

哄堂大笑。

"笑什么笑,笑什么笑?"洪大毛老师趴在毛大头身上,大叫起来,怒气冲冲。

鸦雀无声。

洪大毛老师一件崭新的红色棉袄,喜气洋洋;一条干干净净的白色围巾,一束灿烂的阳光。天哪!洪大毛老师瑟瑟发抖,一条黄鳝钻进水蛇窝里。我们一个接一个颤起来,除了一头死肥猪猪五哥。猪五哥神游梦乡,梦乡——温暖之乡。

"真是的,有这么冷,这么寒冷吗?一只只缩头乌龟,一个个不成人样了!抖啊抖,抖啊抖,阿斗、阿斗,小蝌蚪、小蝌蚪,都快将衣服抖光了!这点小考验都成这样了,还能成什么气候?还能成多大的气候?出息,一点追求都没有!"洪大毛老师笑逐颜开,"想当年,我洪大毛寒窗苦读……

"想当年,金戈铁马,气吞万里如虎!"

"人和猪是不一样的。猪一模一样,除了吃,就是睡,吃在猪食槽里,睡在猪圈里。人分人上人、人下人。人上人,享不尽的荣华富贵;人下人,受不完的累,遭不完的罪! 吃得苦中苦,方为人上人! 视炎热为凉爽,把寒冷当温暖,有了这种伟大、崇高的以苦为乐、苦中作乐的精神,试想想,还有什么事做不了,还有什么事干不成?'有志者事竟成','苦心人天不负'。不就一千军万马过独木桥的高考吗? 小菜一碟,小菜一碟矣!"洪大毛老师慷慨激昂。

我们欢欣鼓舞起来,不约而同地停止了颤抖。

睡梦之中,猪五哥手舞足蹈,大嘴巴,吧唧、吧唧……天哪,又在梦中独自吃上什么好吃的了,做人吃独食是会遭报应的!

光明正大地抄袭　老老实实地老实

窗外飞过一只蓝色的大鸟。

"这次高考模拟考试,有本事你们就抄,抄就光明正大地抄,不要偷偷摸摸地抄!"洪大毛老师高高地昂起头来。

唉,世上到处都是偷偷摸摸地偷猪、偷牛的,从来就没有过光明正大地偷猪、偷牛的!

"不抄袭,不就没本事了吗?"瓢六哥小声说。

鱼七哥狠踩瓢六哥一大脚,瓢六哥咬紧牙关,死死地堵住尖叫,尖叫在口中横冲直撞起来。

"没本事你们就老实,老老实实地老实,不要东张西望,不要交头接耳,不要窃窃私语,不要自言自语,不要愁眉苦脸,不要神色慌张!"

"骂你老实没本事呢。"瓢六哥低声说。

鱼七哥死掐瓢六哥,瓢六哥一声尖叫破门而出,一声声尖叫冲锋陷阵起来。

"谁在叫？谁在叫？"

猪五哥揉了揉迷迷糊糊的眼睛，摇摇晃晃地站了起来。

"又是你，又是你！"

洪大毛老师鼻孔涨大，鼻翼翕动，一枚酒糟鼻子一架英美喷气式飞机。

猪五哥东张张、西望望，目光之中一股股莫名的哀怨。

"叫什么叫？"洪大毛老师一脸的凶神恶煞样。

"肚子疼。"猪五哥带着哭腔说。

"真的吗？"洪大毛老师皱起眉头来。

"真的！"猪五哥一脸的痛苦不堪。

"肚子疼还坚持考试，好样的，好样的，榜样的力量是无穷的，好榜样的力量是无穷无尽、无边无际的！从今往后，无时无刻，大家都要向朱时务同志——同学学习，学习他的迎难而上的大无畏的乐观主义精神！"洪大毛老师庄严、肃穆至极。

天上掉下来一个巨大的馅饼，馅饼是黄色的，黄金一样的黄色，比黄色还要黄。

"洪老师，我拉肚子！"猪五哥泪眼婆娑。

"一考试就拉肚子，你就不能不吃不喝呀！"

两大股汩汩而出

洪大毛老师一团火；虫三哥一根冰棍，钢打铁铸。

沙沙沙、沙沙沙，教室里一大片答题声，沙沙沙、沙沙沙。

洪大毛老师阴云密布，一道道闪电直逼虫三哥。

猪五哥瞄一眼虫三哥，虫三哥单衣单裤，浑身瑟瑟发抖，猪五哥摇了摇肥大的猪头与肥硕的猪脑，不知对错地飞快地答起题来。

抄呀，抄呀，怎么不抄呀？你不是挺能抄的吗？怕死啦？怕死就不是我洪大毛的学生！

洪大毛老师搓起手来。

即便你是孙猴子,也休想逃过如来佛祖的五指山,更何况你还就连猴子的一根毫毛都不是!

洪大毛老师加大力度,虫三哥在他的双掌之间支离破碎、血肉模糊起来。

虫三哥咳嗽起来,猪五哥重沉地抬起头来,一声沉重的叹息。

"'平时'不努力,'考试'徒伤悲!"洪大毛老师严肃地说,"早知现在,何必当初呢?"

猪五哥默默地低下头去。

虫三哥的咳嗽一声比一声悲壮,一声比一声惨烈。洪大毛老师的眉头深锁春夏与秋冬。虫三哥嘴巴上面,两大股青色的鼻涕汩汩而出。洪大毛老师的双眼顿时失去了光彩,毛发竖立,一步步地倒退,猛地转过身去,再也不回头了。

虫三哥抓紧时间抄袭起来。

"养不教,父之过。教不严,师之惰"

养不教,父之过。教不严,师之惰……玉不琢,不成器。人不学,不知义。

——《三字经》

"遍身罗绮者,不是养蚕人",虫三哥的祖父和父亲都吃尽了烈日与暴风骤雨的苦头。

吃尽苦中苦,方为人上人,虫三哥的祖父和父亲都坚信棍棒下出孝子,教鞭下出人才。

虫三哥的祖父是一个农民与泥瓦匠,虫三哥的父亲是一个泥瓦匠与农民。父子俩都望子成龙。

小学时,虫三哥一旦考试不及格,父亲就打,比八十分少多少分打多少下,不是假打,是真打,皮开肉绽;初中时,虫三哥的父亲改打为骂,骂比打还要令人难受;高中时,虫三哥父亲变骂为看,看比骂令人难受多了。

洁癖

虫三哥大冬天的洗冷水澡,单衣单裤,是为了让自己感冒,感冒流鼻涕,青色的鼻涕,两大股汩汩而出。

鸟语花香中学妇孺皆知洪大毛老师洁癖到了极点——

夏天,三天洗一次澡;冬天,一天洗三次澡。

可是,孩子呀,你有没有想到你母亲呀

虫三哥的父亲被车子撞死了。

一次,虫三哥抄袭,老师托人传话给虫三哥的父亲,虫三哥的父亲去学校的路上,一辆车子飞速而过,虫三哥的父亲被撞死了。

从此以后,虫三哥更加不由自主地抄袭了。

王子虚老师家访的时候才知道了虫三哥的一切情况,悲哀地告诉了杨竹香老师,杨竹香老师痛哭流涕,赶紧烧了一桌子好菜。

夫妇俩一起喊虫三哥去了他们家。

吃饭的时候,王子虚老师轻声细语:"孩子,我理解你为什么一直抄袭。"

虫三哥头也不抬,大口地吃起饭来。

"你父亲不在了。"王子虚老师接着说。

虫三哥大口地吃起肉来。

"虽然你是一个好孩子,但是,你叛逆……"

虫三哥一口吃下一块大肥肉,一口接一口吐出来。

"你之所以叛逆,之所以抄袭,是因为你在乎——你爱你的父亲。"

虫三哥将吐出来的肥肉夹到碗里。

"可是,孩子呀,你有没有想到你母亲呀?"

虫三哥的双手抖动起来。

"你母亲——你母亲……"

虫三哥双手抓起来一块块肥肉,一块块塞进嘴里。

从此以后,虫三哥再也没有抄袭过了。

"少成若天性,习惯如自然"

虫三哥第一次高考,数学抄袭,数学被判零分;第二次高考,英语抄袭,选择题第二题抄成第三题,第三题抄成第四题……

第三次高考,虫三哥不再抄袭,从而大功告成了。

呜呼哀哉!

凭虫三哥的智力与干劲,十有八九一次高考就 OK 了。

虫三哥第二次高考,抄袭的是坐在他前面的九妹"宛在水中央"。

二十三 世界该有多么阳光灿烂——春光明媚

"蝉噪林愈静,鸟鸣山更幽"

中午,阳光打在大地上,一根根入木三分,一根根摧花辣手。

"落霞与孤鹜齐飞,秋水共长天一色。"

九妹宛在水中央端坐在鸟语花香中学文科复读班教室里,逐字逐句地苦读王勃的《滕王阁序》,苦中作乐,乐在其中。

烈日在上。

九妹趴到课桌上,长发散开,流光而溢彩,九妹淹没在长发之水之中,温婉、娉婷,"宛在水中央"。

烈日一天比一天火辣,一天比一天火爆,九妹如同一朵栀子花开放在书山题海之中,书山题海"钢打铁铸"加"钢打铁铸",九妹越来越憔悴,越来越枯萎。

我们看在眼里,放在心上,心疼、心痛,烈日炎炎之中大雪纷飞,可是,即使我们再怎么心疼,再怎么心痛,又能怎么样?

"书山题海"加"书山题海",山呼、海啸,天昏而地暗。

泥菩萨过河——自身难保。

随着高考的"天籁"的步步地紧逼,我们一个比一个疲惫不堪起来,一个比一个焦虑不安起来。

高考来了,高考终于来了!

九妹已经病了,我和她在同一个考场上,耳闻目睹她病怏怏地走进考场,病怏怏地离开考场,长发依旧,然而,不再飘逸。

高考成绩下来了,九妹以一分之差落榜了。

九妹家境贫寒,十分懂事,早熟而敏感,读书刻苦至极,成绩非常优异,从小学到高中一直在班上数一数二。

打小,我就没见过像她那样读书的,无论上课,还是下课,都一直在埋头苦读着。

天道酬勤。

如果高考期间九妹没有生病,健健康康的,发挥正常,从而金榜题名,甚至高中魁首,走进某个名牌大学,走进理想(走进梦想),那么,世界该有多么阳光灿烂——春光明媚呀!

那个夏天,水面上漂满了栀子花瓣,晶莹、洁白,空灵而飘逸,仿佛天使的翅膀在空间里灵动——仿佛天使的心灵在时间里超逸,仿佛整个世界都春光明媚起来了。

栀子花瓣,是我们哭着洒下水潭的。

高考成绩下来之后,九妹独自走到她家附近的山坳之中,走进一个深深的水潭里,死了。

"蝉噪林逾静,鸟鸣山更幽。"

天空在上,大地在下。

我们都不知道她是怎样一步步地走进水潭的,蝉知道,鸟也知道,所以林逾"静",所以山更"幽"。

九妹是面无表情地走过去的吗?九妹是一路哭泣着走过去的吗?九妹是欢声笑语地走过去的吗?

九妹很少欢笑,可是,她的欢声笑语早就深深地铭刻在我们的心里了。

复读班元宵节前就开学了。元宵节那天,我们十几个男生厚颜无耻地凑份子买了一条糕,晃晃悠悠到九妹家,心花怒放地在她家吃了顿丰盛的团团圆圆饭。

我们狼吞虎咽的时候,九妹一直看着我们,一直欢笑着。

但愿九妹是心里平静地走过去的。

但愿!

毕竟临死之前平静过了,尽管时间是那么短暂,如同太阳刚刚升起之初,如同莞尔一笑,如同昙花一现。

九妹从小就营养不良,长大了之后,弱不禁风。

从读书识字开始,她瘦弱地背负着亲人——背负着亲戚——背负着左邻右舍,一步步地走向中考,走向高考。

一步希望,一步失望;一步失望,一步希望。

寒暑交加。

平静,对于九妹来说,是一种莫大的奢侈。

面前是死亡,身后是亲人。

潭水淹没头顶的那一刻,九妹在想什么呢?

是不是还在想那"一分之差"呀?

不是、不是!

但愿不是。

水面上只剩下长发——只剩下一缕长发,长发成为一朵花。

一朵生命之花,一朵死亡之花。

九妹的父母都是老实巴交的农民,她是家里的独生子。

父母还等着她养老送终呢!

水潭四面环山。

远处,一棵棵绿树一层层绿山,绵延不绝。近处,蓝天拥抱着白云,下了水潭,水潭发绿,生出蓝来,生出白来,白与蓝游弋其中,水与"乳"交融,浑然一体。

远处不仅有鸟语花香,还有九妹家的几间土砖屋,孤零零的。

水潭,山涧之中,一颗明珠。

鸟语花香中学读书期间,犯病时,我屡屡独自走过去,扑通跳进水潭之中,游过来、游过去,仰泳天空,潜水"大海",洗掉"神经衰弱"与"精神强迫症"的污秽,暂时性地远离复读与高考——远离忧愁与烦恼,三九寒冬亦如此。

一次,我在水潭之中抽筋起来,我沉下去……

醒来之后,我躺在九妹家的床上。

九妹的老父亲砍柴,刚好路过,跳进寒彻骨髓的潭水里,救了我。

老父亲大病一场。

九妹成为明珠之心,成为我们永恒的疼痛。

水面上的美丽的栀子花瓣,晶莹而洁白,飘满在我们心上,无声无息而终生相伴。

月空如洗,星辰寥寥。

寂静的水潭里,一轮皎洁的圆月,托起一潭的栀子花瓣与一潭的前生、今世之美好来。

从飘移的栀子花瓣上升起来两股飘逸的黑烟,一股黑烟变成两个字——高考,一股黑烟化作两个字——复读。

一切都重了起来。

我从噩梦之中惊醒。

九妹、九妹!
九妹早就离开人世间了,"宛在水中央"。

九妹一直在搓衣板小镇,一直在鸟语花香中学。
"风萧萧兮,易水寒。"
九妹一直在鸟语花香中学文科复读班埋头苦读着,明天、明天,明天就要高考历史模拟考试了。

二十四　鸟语花香之鸟语与花香

一片枯黄的落叶

高考历史模拟考试前一天中午,寒风哭号,铺天盖地肃杀之气,落叶飞沙走石,天地虽大,无处遁逃。

"书山有路勤为径,'题'海无涯苦作舟。"

教室里,一股股硝烟味,一股股战场上硝烟味。

我的眼前惊现一副对联——

上联:读死书死读书读书死,下联:考死试死考试考试死;横批,一个偌大的"死"字,飘过来、拂过去,鲜血淋漓。

我吓得闭上了双眼。

……

九妹"宛在水中央"成了"死"字,"死"字成了九妹"宛在水中央"。

……

我吓得睁开了双眼。

复读、复读,高考、高考!

"十年寒窗无人问,一举成名天下知。"

考好试,读好书! 读好书,考好试。

头晕!

头痛欲裂!

神经衰弱衰弱衰弱……
精神强迫强迫强迫强迫……

举目广阔无垠的窗外——
天荒荒、地寒寒,一片枯黄的落叶,飞来舞去,漂泊不定。

嘎吱,嘎吱,嘎吱吱……
不知道从什么时候开始,一旦沉重,一旦难以承重了,我就咬牙切齿起来。
唯有咬牙切齿。
咬的是牙齿,更是一颗心灵。

"兰死根亦香,人死不知处"

我深处在恍恍惚惚之中,一头死肥猪从讲台上游离下来,飘忽不定到跟前,朦朦胧胧地揉着惺忪的睡眼,说:"吃什么好吃的呀?牙齿咬得嘎吱吱响!我看看,我看看,做人不能吃独食,天地之间一杆秤,头上三尺有神灵,人间自有公道在,吃独食是会遭天打雷劈的!咱俩谁跟谁呀,咱俩两相情愿、心心相印,举案齐眉、相敬如宾!"

天哪,我算是服了你了,讲台离角落里的倒数第一排那么远,您老人家居然还能听得见我咬牙切齿地"吃东西",更何况您还正趴在讲台上呼呼大睡着呢!

不可思议,不可理喻!
一个不折不扣的吃货!

我用胳膊肘捅猪五哥,猪五哥杀猪一样地号叫起来。
我拿眼睛瞪他,他幽幽地说:"人家是逗你玩,逗你开心的啦!有必要这么烦恼,这么忧愁吗?这次不及格,下次力争及格,下次还是不及格,下下次力争及格……长此以往,百年之后,终究会及格的啦……"

百年之后,"兰死根亦香,人死不知处"。

我两眼直直地看着猪五哥。

"求求你,别这样看我了,行不?凄风苦雨,凄神寒骨,再看、再看,我就要号啕大哭了!唉,我还是回到讲台上接着做我的黄粱美梦吧,一'睡'解千愁!"猪五哥转身离开,一步步沉重。

"海阔凭鱼跃,天高任鸟飞"

"寒风摧树木,严霜结庭兰",寒风是落叶的羽翼,严霜是落叶的魂魄。
狂风席卷,窗外的那片枯黄的落叶不知所终。

我不想做一片落叶,一片命运之狂风席卷——不知所终的落叶。
"海阔凭鱼跃,天高任鸟飞",我想成为一只小鸟,一只自由飞翔在蓝天之上的小鸟,俯视大地,仰望宇宙,与白云为伴,一起悠游而自在。
天空一片漆黑,我找不着方向;翅膀早就折了,我怎么飞翔?
我默诵起王安石的《梅花》来——
"墙角数枝梅,凌寒独自开。遥知不是雪,为有暗香来。"

第 N 次批评大会

历史模拟考试之后的一天,洪大毛老师主持第 N 次批评大会,地点:鸟语花香中学文科复读班教室,时间:晚上七点到十一点四十四分。
发言的仅有一个人——洪大毛老师,一泻千里、滔滔不绝;被批评的仅有一个人——鸟二哥,一声不吭,三棍子打不出一个屁来。

董鸣鸟呀董鸣鸟,您老人家是越来越有出息了,以往考试,要么几乎都没做,要么大半都没做,这次考试,不光填空题、选择题、名词解释,就连简答题、论述题都做了!"士别三日,即更刮目相待!"长江后浪推前浪!"青,取之于蓝而青于蓝;冰,水为之而寒于水!"破天荒啊破天荒,我做梦都想不到,不做梦更想不到!我教书都教老了,我的考试,每一道题都做了的学生,你是第一个,也是最后一个!

董鸣鸟呀董鸣鸟,三大张试卷,龙飞、凤舞,密密匝匝,猪拱、狗扒,密密麻麻,可怜我批阅得头昏脑涨,两眼直冒金、木、水、火、土星!

龙不飞,还是龙吗?凤不舞,不是凤!猪嘴巴不拱土,还是猪的嘴巴吗?狗爪子不扒灰,不是狗的爪子!

可是,你飞的、舞的、拱的、扒的,都是些什么呀?英雄、英雄,您是一个大英雄,大大的英雄!

气杀吾也!

填空题——

《红楼梦》的作者是____。

答:落叶!

(一片枯黄的落叶飘进教室,飘到洪大毛老师的酒糟鼻子上,生出光辉的辉来。)

罗贯中与施耐庵的代表作分别是____和____。

答:《寒风》《寒风》!

(配乐:八妹两声喷嚏,一声比一声铿锵有力,一声比一声气壮山河。)

吴承恩《西游记》师徒四人西天取经,一个师父叫唐僧,三个徒弟分别叫____、____和____。

答:小鸟 小鸟 小鸟!

(插图:一头死肥猪猪五哥接连画了三只小鸟,只只惟妙惟肖,振翅欲飞。)

(注:猪五哥画一只小鸟,放一个臭屁,猪五哥的小鸟不是画出来的,而

是放出来的。)

呜呼哀哉!
天哪!
《红楼梦》作者曹雪芹,怎么就一片落叶上了呢?
林黛玉"花谢花飞飞满天",香消玉殒;贾宝玉万念俱灰、心如死水,削发为僧,"只落得一片白茫茫大地真干净"。
"假作真时真亦假,无为有处有还无。"
贾宝玉是一片落叶还差不多!

《三国演义》和《水浒传》,怎么就两股寒风上了呢?
《三国演义》一部谋略宝典,人人超凡脱俗,个个文曲星下凡!尤其是诸葛亮,不出手则已,一出手就是大手笔,火烧新野,水淹七军,赤壁横空剑——谈笑划神州!
《水浒传》一百零八条好汉,个个艺高人胆大!花和尚鲁智深倒拔水杨柳;黑旋风李逵杀人如麻;行者武松杀人切西瓜;菜园子张青、母夜叉孙二娘夫妇俩,坏人的人肉包子美味佳肴!

沙和尚是一个卷帘的不假,可是,这也得看给谁卷帘呀!
沙和尚是一只小鸟吗?
猪八戒是天蓬大元帅!
猪八戒是一只小鸟吗?
孙悟空大闹天宫!
孙悟空是一只小鸟吗?

……

安好

明月当空,月光嬉戏高山,大地沉默不语。

轰轰烈烈的大会,终于无声无息地结束了。

寒风之中,我们落叶一样地飞舞进寝室,爬上床,钻进被窝里,小鸟一样地瑟瑟发抖起来。

不一会儿工夫,猪五哥就进入了甘甜的梦乡。

天哪,能睡则能吃,能吃则能睡,这话太在情在理啦,简直就是真情真理呀!

"春眠不觉晓,处处闻啼鸟。"

猪五哥说起梦话来。

一头死肥猪,睡就睡吧,为什么非要扰乱我的一颗"芳"心呢!

大家七嘴八舌起来——

"鸟二哥不鸣则已,一鸣惊人!"

"鸟二哥闻鸡起舞,鹤立鸡群!"

……

"夜来风雨声,'毛毛虫'落知多少。"

猪五哥说起梦话来。

一头死肥猪,做梦就做梦吧,为什么非得要跟一只只"毛毛虫"过不去呢!

大家接着七嘴八舌——

"鸟二哥不是人,是神人,人神!"

"寒风、落叶、小鸟,太牛了,我的偶像,我的牛人!"

……

"春眠不觉晓,处处'牛轰轰'鸟。"

猪五哥说起梦话来。

猪五哥呀猪五哥,你这不是在害我吗?

大家继续七嘴八舌——

"鸟二哥呀鸟二哥,爱死你了,爱死你啦!"

……

"夜来风雨声,'下蛋'知多少。"

猪五哥说起梦话来。

猪五哥呀猪五哥,你这不是陷我于水深火热之中吗?

大家依旧七嘴八舌——

"寒风凛冽,落叶飞舞,'寻寻觅觅,冷冷清清,凄凄惨惨戚戚',鸟二哥,你那一只小鸟安好?"

……

"春眠不觉晓,处处'连理'鸟。"

猪五哥说起梦话来。

天哪,你的梦话能不能正常点呀?

大家照样七嘴八舌——

"鸟二哥,怎么就不春风、绿叶、大鹏展翅呢?'春风得意马蹄疾,一日看尽长安花',多好呀!"

……

"夜来风雨声,'死鸟'知多少。"

猪五哥说起梦话来。

天哪,你的梦话从来都不正常呀!

迷你小作文

四天之后,语文老师米是金米老先生作文课,一篇迷你小作文,第一节课书写,第二节课点评,题目《寒风 落叶 小鸟》。

十妹闷葫芦木林森之小作文——
我的身体是一片枯黄的落叶,我的心灵是一只死去的小鸟,寒风啊寒风,你无情地摧毁了我!
米是金老师点评——
这已经不是失望,是绝望了,我、我点评不下去了!
猪五哥泪水涟涟,鱼七哥心中血丝丝缕缕。猪五哥发誓,以后要想方设法哄十妹开心;鱼七哥发誓,无论十妹愿不愿意,都要照顾她一辈子。

鱼七哥老实牛健康之小作文——
我是寒风中的一只小鸟,落叶呀,你我同病相怜,我眼中全是你飞舞,你眼里有我飞翔吗?
米是金老师点评——
"同是天涯沦落人,相逢何必曾相识。"
猪五哥泪水涟涟,瓢六哥心中血点点滴滴。猪五哥发誓,以后要想方设法哄鱼七哥开心;瓢六哥发誓,无论鱼七哥愿不愿意,都要照顾他一辈子。

瓢六哥瓢马平安之小作文——
寒风把把刀,落叶是飞镖,小鸟空中飞,岂有不挨刀,哪能不中镖?
米是金老师点评——
出来瞎混,迟早要偿还的。
"哎哟,我的个大姨妈,吓死我了!"鸟语花香鸟语花香。

虫三哥钢打铁铸胡朋朋之小作文——

我不是一片脆弱的落叶,我是一只坚强的小鸟,我、我、我,哦、哦、哦,摧枯拉朽寒风!

米是金老师点评——

"人只不过是一根苇草,是自然界最脆弱的东西",在突如其来的灾难面前照样不堪一击!

"哎哟,我的个大姨妈,太威武雄壮了!"鸟语花香鸟语花香。

毛大头之小作文——

寒风不久即春风,我的人生只有绿叶,没有落叶,我即使是一只小鸟,也要大鹏一样展翅飞翔!

米是金老师点评——

"冬天到了,春天还会远吗?"想法固然是好的。可是,春天过后,还有冬天!

"哎哟,我的个大姨妈,我终于知道牛是怎么吹出来的了!"鸟语花香鸟语花香。

九妹"宛在水中央"水中央之小作文——

寒风凛凛兮,吾心堪忧。

落叶萧萧兮,吾爱何在?

小鸟奄奄兮,魂飞魄散!

米是金老师点评——

"悲莫悲兮生别离,乐莫乐兮新相知。"

十一妹彩云飞云改男之小作文——

寒风吹呀吹,吹来吹去吹口哨;落叶舞呀舞,舞来舞去舞精灵;小鸟飞呀飞,飞来飞去飞蓝天!

米是金老师点评——

文章童心未泯,大天真、小清新,但愿云改男同学一直飞来飞去飞蓝天!

一头死肥猪猪五哥朱时务之小作文——
寒风是寒的风,落叶是落的叶,小鸟是小的鸟。一只小鸟懒得要死,除了吃喝拉撒睡之外,什么都不干,包括垒窝。寒风呼啸,落叶纷飞,深更半夜,小鸟死翘翘矣!

米是金老师点评——
第一句,废话连天;第二句,俗气冲天;第三句,画龙点睛。"言为心声","文如其人"。总而言之、言而总之,概括起来说,这篇文章是作者本人的真实写照。

猪五哥一口吐出一顿"降压饼干"来。

刀四哥长柄弯刀苟友友之小作文——
"有志者,事竟成,卧薪尝胆,三千越甲可吞吴;苦心人,天不负,破釜沉舟,百二秦关终属楚。"
我视寒风为春风,我将落叶作绿叶,我今天小鸟飞翔嗷嗷叫,明天大鹏展翅叫嗷嗷!

米是金老师点评——
热爱生命,天道酬勤。不过,小鸟嗷嗷叫吗?我否定!大鹏叫嗷嗷吗?我怀疑!写文章可以虚构哉,不可以信口雌黄矣!建议干净干净耳朵,倾听倾听大自然的倾诉。

"哎哟,哎哟,哎哟哟,我的个大姨妈,不干不净,百病不生!"鸟语花香鸟语花香。

鸟语花香之小作文——
"哎哟,寒风!哎哟、哎哟,落叶!哎哟,哎哟,哎哟哟,小鸟!"
米是金老师点评——
哎哟,哎哟,哎哟哟,我个大姨妈!

"哎哟,哎哟,哎哟哟,我个大姨妈的大姨夫,高山流水,千古知音哟!"鸟语花香鸟语花香。

一只麻子老鼠之小作文——
"寒风可以用来发电,落叶可以用来烧饭,小鸟可以用来做菜!"
米是金老师点评——
我就不点评了吧!

八妹苹果平果果之小作文——
寒风、寒风,我接二连三地打喷嚏,地"动摇"地,山"摇动"山,落叶、落叶,到处都是枯黄的落叶,一只小鸟惊吓过度,飞进我温馨的怀抱里,生根、发芽、开花、结果。
米是金老师点评——
古有李白《将进酒》,"烹羊宰牛且为乐,会须一饮三百杯";今有平果果打喷嚏,"地动摇地,山摇动山"。两者遥相呼应,相得益彰。妙乎哉?太妙也!"落叶"推波助澜,"小鸟"锦上添花,搞得你平果果打喷嚏'地动山摇',真的一样。神来之笔矣!美中不足的是,这只小鸟的所作所为也太不符合实际了。你平果果打喷嚏地动山摇,震源非你平果果莫属。小鸟情之所至、理所应当,逃之夭夭,怎么还就飞蛾扑火上了呢?文章要高于生活,更要源于生活。啊,啊,啊,难不成这只小鸟脑子有问题?天哪,一路铺垫下来,一只"脑子残疾鸟"活灵活现,高、高、高,简直就是太高了!
"小鸟惊吓过度了呀!"猪五哥高声转低语,"搞不定谁脑残疾呢。"
米是金老师接着点评——
对极,对极!情有可原,情有可原!地震袭来,别说一只小鸟了,就连一头恐龙都会慌不择路,一头栽进鸟语花香中学大公共厕所巨大的粪坑里。天赋之作,天纵英才!天才、天才,横空出世!不过,这只小鸟飞进你平果果的怀抱里,生根、发芽、开花、结果,啊、啊、啊,我就实在是弄不明白了!
请问——

生的什么根?

发的什么芽?

开的什么花?

结的什么果?

"仁者见仁,智者见智","一千个观众眼中有一千个哈姆莱特"。

请讲,请讲,我米是金米老先生洗耳恭听!

八妹一声不吭,怀抱里飞出一只绿叶一样的小鸟来,紧跟着一群绿叶一样的小小鸟,顿时,满教室春风荡漾,春光无限起来。

"人生若波澜,世路有屈曲"

寒风呼号,一匹匹野马、一头头野生大象,"彼锯牙而钩爪",铁蕨藜骨朵,仿佛要将参天大树连根拔起,如同要削平连绵起伏的群山。

一切都是衬托,一切都是背景。

大树独立不羁,群山岿然不动。

"咬定青山不放松,立根原在破岩中。千磨万击还坚劲,任尔东西南北风。"

竹心,人心。

"人生若波澜,世路有屈曲","莫听穿林打叶声,何妨吟啸且徐行。"

一只绿叶小鸟

天籁。

一只绿叶小鸟。

春江花月夜,春江"花"月夜。

花开、花落,云卷云舒。

深更半夜,鸟语花香中学文科复读班大混合寝室,众口难调、众声喧哗起来。

"小鸟慌不择路飞蛾扑火,火不是火,是窝,安乐窝,哇,窝出一大窝儿孙满堂天伦之乐来!"虫三哥抹着嘴巴说,"'塞翁失马,焉知非福!'"

小黄快乐亲了亲虫三哥的嘴巴,虫三哥的嘴巴湿漉漉的,出水。

"'等闲识得东风面,万紫千红总是春。'"刀四哥挤眉弄眼地说,"艳福不浅,艳福不浅呀!"

小黄快乐吻了吻刀四哥的眉和眼,刀四哥眉开眼笑起来,眉是绿色的,眼是蓝色的,两顶绿帽子,两个蓝魅。

"明明白白是一只小鸟,怎么就弄出一群小小鸟来呢?"鱼七哥皱着眉头说,两只金鱼眼冒来冒去,若有所思,若有所忆。

"一只小鸟,就连一只小小鸟都弄不出来!"瓢六哥高高昂起头来,一脸的天真无邪与无辜。

"对呀!到底是怎么回事呢?"鱼七哥说。

"你是真老实,还是假老实?"瓢六哥说。

"行不更名,坐不改姓,我牛健康绰号老实,牛健康就是牛健康,老实就是老实!"

"老实呀老实,一只小鸟是一只'雄'小鸟呀!"

"你怎么知道呢?"

"笨蛋,八妹不是女的吗?"

"你,你,你!"

"我什么我?"

"你是一只流氓瓢!"

"才知道呀!"

"不和你睡了!"

"随便,随地大小便!"

小黄快乐不知所措,在床上跑来跑去,跑着、跑着,泪水涟涟起来。

无情　有意　绝情

瓢六哥说话等于放屁,不放则已,一放了之。鱼七哥一言既出,驷马难追。

瓢六哥抛弃了鱼七哥,小黄快乐收留了鱼七哥。第二天凌晨,鱼七哥从床底下连滚带爬出来,天朗气清,神清气爽。接下来的时间,鱼七哥天天晚上在床底下与小黄快乐"同床共枕"。小黄快乐如沐春风,春光无限,一天天肥美起来。鱼七哥"莫道不销魂,帘卷西风,人比黄花瘦"起来。

瓢六哥后悔不迭,天天力劝鱼七哥,天天无用功,万般无奈之下,只得也移驾床底。小黄快乐嫌挤,睡到瓢六哥和鱼七哥的床上。

美梦　噩梦

文科复读班大混合寝室,依旧众口难调、众声喧哗着。

"一个个闲得蛋疼,瞎掰!幼稚、幼稚,怎么就这么幼稚呢?即使不能一针见血,也要一语中的,关键是谁是那只幸运的绿叶小鸟!"班长牛大忍了好久好久,实在忍无可忍,不得不发话了。

小黄快乐频频颔首。

"谁是绿叶小鸟呢?"学习委员牛二白白净净地说。

小黄快乐抬起头来,一脸的狐疑。

"我是!"一个家伙拨弄着头发,头发发白。
"我是!"一个家伙摆弄着牙齿,牙齿发疼。
"我是!"一个家伙捣鼓着鼻孔,鼻孔发黑。
"我是!"一个家伙抠着脚丫,脚丫发痒。
……

此起彼伏,一个比一个是,一个比一个不是!

小黄快乐简直就是郁闷到了极点。

一只蓝色的大鸟鸟二哥一直沉默不语着。

装、装、装!装什么装?

鸟二哥担心惊醒一头死肥猪猪五哥呢!

杞人忧天,一头死肥猪早就死尸摊板啦!

一群绿叶一样的小小鸟,在鸟二哥的怀抱里,在鸟二哥甘甜的梦乡之中,自由飞翔,带着八妹的体温,溢出八妹的体香来。

"复读,复读,命拿来!高考,高考,拿命来!"毛大头冷不丁叫喊起来。

"叫什么叫?好容易美梦一下下,这下倒好,美梦成噩梦了!"

"大爷我美梦差一点就成真了!"

"复读有小鸟重要吗?"

"还高什么考呀,小鸟、小鸟!"

"刚刚还比翼齐飞着呢!"

"还我的小小鸟来!"

……

大混合寝室里一团糟糕。

小黄快乐焦急万分起来。

大人大量

隔墙有耳。

"明天班会课。"洪大毛老师的叫骂声气势汹汹地传进来,"人人竖着进去,横着出来!"

大混合寝室里顿时死光光了。

"什么?你们竖着进去,横着出来,我怎么进去——怎么出来?我横着进去,竖着出来! 不对呀,吃豹子心熊胆了,胆敢如此问我,是谁,到底是谁?"

"什么? 横着怎么进去,竖着怎么出来? 还问,还问,还乱问! 谁说的? 谁说的? 站出来,站出来,站出来承认错误,做深刻检讨,我大人大量既往不咎! 要是还不站出来的话,我书不教了,班主任不当了,全力以赴一查到底,查出来之后卷铺盖滚人!"

嗨,您老人家一通暴喝,寝室里不要说人言语,就连呼噜声、喘息声,都一声都不声了! 谁敢呀,除非有病,吃饱了撑了没事干,光着屁股往枪口上撞!

横着怎么进去,竖着怎么出来

寒风鬼哭狼嚎着,洪大毛老师一直没有任何动静,莫非早就离开了吗?
太冷了,太冷啦!
该来的终究要来,该走的终归要走。
"没一个吱声,是吧?"洪大毛老师震天动地敲门,"开门,开门!"
毛大头钻出被窝,扑通下床,手忙脚乱地打开门,一股寒风蜂拥而入,洪大毛老师跌跌撞撞进来。
"拉灯,拉灯!"
毛大头拉亮两盏灯,两盏灯一盏比一盏回光返照起来,一盏比一盏如同幽灵一样。
"都给我下来,都给我从床上下来!"洪大毛老师搓着双手,不停地朝手掌上哈气。
"不得了了,翻天了,翻天了,还敢穿棉袄! 我让你们穿棉袄了吗? 我让你们穿棉袄了吗? 脱下,脱下,都给我脱下来!"洪大毛老师浑身抖个不停,筛糠,抽风。
毛大头脱下单衣单裤,飞快,风一样的男人——风一样的自由。
"谁让你脱的呀? 脱裤子放屁——多此一举!"

"我、我、我,您、您、您……"

"都给我老老实实地站好了!"洪大毛老师双手背到身后,"谁不老实,谁就是胡说八道我'横着怎么进去,竖着怎么出来'的!"

我们站得旗杆一样笔直,我们谁都不想背上一大口黑锅。

冤枉呀,冤枉呀!"横着怎么进去,竖着怎么出来",横空出世,不可理喻!到底是谁呀,到底是谁呀?敢做不敢当,算什么英雄好汉!

"'横着怎么进去,竖着怎么出来',请您立即给我站出来!"晴天一声霹雳,半天没人吱声。

"这么冷的天,都快要冻僵了!不说是吧?都给我站到明天天亮,站到明天天黑!冷死了,冷死了,真的冷死了!"洪大毛老师怒气冲天,"冷死了,我都奉陪到底!"

瓢六哥蠢蠢欲动,鱼七哥暗中拉了拉他的手。

"董鸣鸟啊董鸣鸟,小鸟、寒风、落叶,看看、看看,看看你开的好头,就算你不是'横着怎么进去,竖着怎么出来',我这次也铁板钉钉在你头上了!其他人都上床睡觉,你——董鸣鸟一直站到明天早上上早读,早读接着站,接着站!"

"我说的,我说的!"猪五哥山堆在暖洋洋的被笼里,突然间大声叫喊起来。

"好哇,好哇,你居然到现在还没下床!下来,下来,还不赶紧给我从床上滚下来!我数三声……"

地动、山摇,一头死肥猪猪五哥轰隆隆地滚下床来。

"你说的。"洪大毛老师两大行青色的鼻涕,"你说什么了?"

"报告洪老师,鄙人梦见王老虎抢亲,路见不平、拔刀相助,大喝一声,住手!"猪五哥双眼迷离,轻飘飘而沉甸甸地说,"但是……"

"但是什么?"

"但是人微言轻,势单力薄,根本就不管用!"

洪大毛老师哆嗦出寝室。

我们赶紧钻进被窝。

还是被窝里好呀！

小黄快乐眨眼间拉灭大混合寝室里两盏鬼魂灯。

"朱时务，你——给我站到明天天亮！"洪大毛老师的怒吼声抖进来。

猪五哥飞快地下床，靠墙站立起来，一声不吭，一动不动。

小黄快乐依偎到猪五哥的两只光脚上，一团暖融融的春天。

大混合寝室里安静下来。

祖训

一年同床共枕下来，我就从来都没有见过猪五哥同学——猪五哥同志穿过一次袜子，大冬天的同样如此。

猪五哥不仅从不穿袜子，还早上起来不洗脸、不刷牙。

可是，一头死肥猪一张小脸又白又嫩，一嘴的黄金牙齿完好无缺！

莫非真的是背道而驰，物极必反吗？

猪五哥祖训，早上洗脸、刷牙会破财，一直不穿袜子能消灾。

天哪！

一头死肥猪猪五哥是一个孝子贤孙！

您是我的再生父母——岳父岳母

"猪五哥，洪大毛老师早就热乎乎地春秋大梦上了，你还站什么站？冷不冷呀你，上床、上床！"虫三哥打破大混合寝室荒郊野坟之风平浪静。

"就是呢！"刀四哥说。

"洪老师兴许还在外面猫着呢。"猪五哥一头死肥猪嘟嘟囔囔。

"傻呀你，如果他还在外面，听见虫三哥这么一番'鸟语花香'，早就将虫三哥拎出去一顿暴揍了！"瓢六哥说，"上床、上床，哪来那么多废话？"

"上去呀,上去呀,赶紧上去呀,一直这样站着,不冻死才怪呢!"鱼七哥说。

"我才不上去呢,班主任现在不在,不代表过一会儿不在,打死我,我都不上去,我朱时务——识时务者为俊杰,俊杰有那么傻吗?"

……

无论我们怎么苦口婆心,一头死肥猪猪五哥依旧坚持自己死活认定的真理。

我们只得一个个从床上下来,一件件棉袄一件件温暖他。

无论是谁,猪五哥都会说,谢谢、谢谢,您是我的再生父母——岳父岳母!

牛市上牛气冲天牛皮哄哄的抢手货

我辗转反侧在一头死肥猪猪五哥澎澎湃湃的怀抱里,好不容易迷糊上了,突然,一声惨叫粘连着一声惨叫,"惊恐不安"加"惊恐不安"。

除了猪五哥,我们都吓醒了。

我一身冷汗,浑身鸡皮疙瘩癞蛤蟆。

惨叫的是鱼七哥。

鸟语花香哧溜钻进瓢六哥和鱼七哥的被窝里,比鳝鱼还要滑不溜秋。

瓢六哥和鱼七哥早就一起酣然入睡了。

鸟语花香好羞涩!

瓢六哥一脚踹飞鸟语花香。

"哎哟,我的个大姨妈,小葱拌豆腐——明明白白、一清二楚,是你个不要脸的死不要脸地叫我过去的!你叫我过去,我就过去了,多么美好,多么美丽呀!出尔反尔,小人行径,非君子所为也!脸变得比六月份的天气还要快!死猴子屁股!阴阳人!说话不算数,害人精,伤人心,伤心欲绝——悲痛欲绝!骗人、骗人,骗人是小狗!哎哟,哎哟哟!"鸟语花香哭哭啼啼起来。

"我——我叫了吗?"瓢六哥浑身一波波威武雄壮的鸡皮疙瘩。

"你说,如果洪老师还在外面,听见虫三哥这么一番'鸟语花香'……"鱼七哥惊魂未定,声音畸变,激变成鸟语花香的。

"过来,过来!"虫三哥说。

"哼、哼,爱要不要,爱要——不要,你不要,大家疯狗一样抢着要!我是猪市上臭气冲天的垃圾股吗?才不是呢,我是牛市上牛气冲天、牛皮哄哄的抢手货,我的个大姨妈,哎哟,哎哟哟!"鸟语花香破涕为笑,梨花带雨,桃李芬芳。

"你是星星的眼睛,你是月亮的脸蛋,你是太阳的灵魂……"虫三哥说。

鸟语花香哧溜钻进虫三哥的被窝里,虫三哥将鸟语花香双手搂进怀里。

"还要不要人活呀?"一只麻子老鼠躲在偏僻阴暗的角落里,一边抚摸着两条大腿,一边愤愤不平。

"我这不是活得好好的吗?"虫三哥说。

"我要好好地活,我要好好地活!"鸟语花香嗲声嗲气地说。

"非得逼洪大毛老师拿出撒手锏吗?"一个声音平地而起。

一片死寂,汪洋大海。

洪大毛老师的撒手锏,请家长配合学校工作。

鬼缠身

山山与水水,一座小桥,几处人家。山还是那座山,水还是那道水,岁月千变万化,转瞬即逝。

天还没有亮,天还是黑的,我们陆陆续续起床,纷纷扰扰、熙熙攘攘,一天的战斗轰轰烈烈地拉开了序幕。

"黑云压城城欲摧,甲光向日金鳞开",战斗是激烈的。

睁不开眼睛,眼睛是沉重的。

一头死肥猪猪五哥在混搭的棉袄丛之中直挺挺着,一具僵尸——一大堆热气腾腾的牛屎。

白色的牛,白色的牛屎,热气腾腾,朝气蓬勃。

大梦春秋。

春秋战国,战火纷飞。

红刀子进,白刀子出。

小黄快乐的两条前腿环绕一头死肥猪猪五哥的"奇黑圈圈"之脖颈,整条狗垂悬在猪五哥超博大、超肥美之胸口,嘴对着他。

棉袄丛湿漉漉的,都是拜哥俩的口水所赐,臭不可闻。

"昨天晚上,你怎么不让我说话呀?"瓢六哥从床上坐起来,揉着睡意蒙眬的双眼,气呼呼地对鱼七哥说。

"你说,你说,你说什么呀?"

"我是'横着怎么进去,竖着怎么出来'!"

"我就知道你会这样!是你说的吗?是你说的吗?"

"……"

"无语了吧!是你,男子汉大丈夫,一人做事一人当,天经地义!你要是缩头乌龟,我第一个瞧不起你,第一个和你一辈子绝交!不是你,你图一时痛快背黑锅,后果不堪设想!洪老师都已经火成那样了,绝对会开除你的!耽误前程,是大事;活活气死你母亲,是天大的事!"

小黄快乐费尽九牛二虎之力,弄不醒猪五哥,急中生智,一头撞进两腿之间,猪五哥一声声惨叫起来。

撞得好,不撞白不撞,撞了可不是白撞!

"昨天晚上到底发生了什么大不了的事呀?洪老师那么可怜兮兮的,看着都让人心疼!"猪五哥踉踉跄跄地站了起来。

"还是可怜可怜你自己吧,一头死肥猪!"瓢六哥哭笑不得。

"大爷我好着呢,好着呢,说呀,说呀,大家都说说呀,到底怎么啦?"猪五哥噼里啪啦拍着汹涌澎湃的胸脯。

"闹鬼了。"刀四哥幽幽地说。

"我的个妈呀!"猪五哥咻溜钻进床底下。

"鬼在床底下!"虫三哥大叫起来。

"我的个亲妈呀!"猪五哥咻溜从床底下油腻腻地弹出来。

"大白天的,闹什么鬼呀?"鱼七哥不紧不慢地说。

"大白天的不闹鬼,晚上呢?"猪五哥惶恐不安,抖动着颤动的声音说,"晚上,我、我一头死肥猪可该如何是好?"

"晚上的事晚上再说。"鸟二哥说。

"鸟二哥,我的个亲哥哥,我的个亲亲的哥哥,晚上,我一头死肥猪就交给您啦,由您负责,由您全权负责!天哪,只要不被鬼缠身了,就好,就好!"猪五哥哀求着。

当天白天,鸟语花香中学文科复读班教室里,咳嗽声此起彼伏,一声比一声悲壮,一声比一声惨烈,以至于屋顶都晃晃悠悠起来,摇摇欲坠了。

当天晚上,鱼七哥突然神神秘秘地冒着一双神神秘秘的金鱼眼,幽幽密密地说:"我知道昨天晚上那些气坏洪大毛老师的话是谁说的。"

"说!谁说的,谁说的?"瓢六哥义愤填膺,"敢做不敢当,算什么英雄好汉!"

"扒皮,抽筋!"虫三哥气呼呼的。

"裹上泥巴烧烤,啊哈,啊哈,啊哈哈,我可喜欢吃叫花鸡了!"毛大头慢条斯理地说。

大家只不过是随口说说,以解心头一时之恨罢了!

呜呼哀哉!

孰料第二年五月份,常来常往鸟语花香中学文科复读班寝室的一条小狗,真的就被人烧烤了。

小母狗不仅长得漂漂亮亮的,还十分之乖巧可爱,我们称之为"鸟语花香"。

"鸟语花香",是九妹"宛在水中央"家养的一条小狗。

"鸟语花香",是小黄快乐的最爱。

鸟语花香"动手动脚"毛大头。

"哎哟,我的个大姨妈,你个大头鬼,你怎么就这么心狠手辣呢?把你裹上泥巴烧烤烧烤,你就知道那得有多么难受了!虫三哥要多善良有多善良,也就扒皮抽筋而已,无论怎么扒皮抽筋,即使疼死了,也比烤熟了葬身人腹强多了。烧烤、烧烤,这得是怎样死不瞑目呀!还喜欢吃叫花鸡呢,你个死不要脸的好吃货!你知道叫花鸡怎么做的吗?第一步,将你毛大头一刀宰了,三下五除二掏出内脏,扔进厕所里去;第二步,带毛涂上臭气冲天的烂泥巴;第三步,枯枝败叶堆成山;第四步,一只手将你丢进枯枝败叶里点火烧烤;第五步,铁榔头敲去泥壳,毛一根根随壳脱落,香气顿时四溢,我一口咬下去,入口酥烂、肥嫩。哎哟哟,我的个大姨妈!"

鸟语花香说着、说着,口水流毛大头一脑袋。

毛大头浑身颤抖起来,浑然不知。

"到底是谁说的,鱼七哥?"班长牛大和学习委员牛二异口同声。

小黄快乐狂吠不止起来。

"小黄快乐说的!"鱼七哥斩钉截铁。

我们当中没有一个人相信鱼七哥。

鱼七哥不仅咳嗽,还发烧了。

烧糊涂了,烧糊涂了!

我们都认为寝室里真的闹鬼了。

高考结束后的那一年寒假,我才相信了鱼七哥那天晚上的神秘之语,铁证如山,不由得我不相信。

那一年寒假一放假,我就火急火燎地前往搓衣板小镇,去看望那些依旧在鸟语花香中学文科复读班奋斗不息的兄弟姐妹。

上课期间,我独自爬上美人山山顶,不远处隐隐约约地传来哭声,一阵比一阵苍白,一阵比一阵凄凉。

走近一看,是小黄快乐趴在"鸟语花香"的坟墓上哭诉着。

二十五　那一年刻骨铭心

一条条小船

夜深人静的时候,我坐在一台"万紫千红"牌笔记本电脑前面,一直敲敲打打着我在高中求学的经历,一直敲敲打打着虫三哥、刀四哥以及猪五哥以及瓢六哥、鱼七哥和八妹、九妹等高中求学的经历,酸、甜、苦、辣、咸,一起涌上心头。

"长风破浪会有时,直挂云帆济沧海。"
那年那月那日,我义无反顾地走进千山万水县搓衣板小镇鸟语花香中学,一步踏入高三文科复读班,壮举我的第二次复读。

一条条小船行驶在茫茫大海之中,惊涛骇浪,前方看不到边,远方遥不可及。
为了理想——为了梦想,为了咸鱼翻身,为了争那一口气,我们从四面八方不约而同地来到同一条小船上。
书还是那些书,题还是那些题,可是,我们的心境都大不一样了。
我们是复读生,我们是资深复读生!
以前,竞争主要是由外而内;现如今,竞争主要是由内而外。
我们更加懂事(成熟)了,一个个发愤图强起来。

"惊翔之鸟相随而集,濑下之水因复俱流。"

虽然我们是竞争对手,但是我们更同病相怜。

眼前,一道独木桥,摇来晃去,一个不小心就掉下去了。身后,一道道目光,亲朋好友的目光、父母的目光,犀利的目光固然令人难受,哀怨的目光更加令人受不了。

我们的求学,亦是我们的亲人——我们的亲朋好友的求学。

源远流长的历史环境与熙熙攘攘的现实环境形成一股强大的合力,将我们死死地捆绑在一起,固若金汤、坚不可摧。

至于这到底是幸,还是不幸,唯一真正拥有发言权的是当事人。尽管大家都只是一辈子,可是,由于各种因缘,人与人之间的处境终究是有所不同的。

一道分水岭 + 一块石碑

鸟语花香中学复读那一年,风雨交加与阳光灿烂共存。

那一年,是我人生之中的一道分水岭;那一年,是一块石碑,永远立在我的心中;那一年,我长大了。

往事不堪回首,往事频频回首。

"生年不满百,常怀千岁忧。"

生离,死别。

心有灵犀。

生者频频回首,死者怎么可能不频频回首呢?死者频频回首,生者怎么可能不频频回首呢?

"四顾何茫茫,东风摇百草。"

人生最悲痛的莫过于最亲之人与自己的永别。

那一年,从小带大我的最疼最爱我的祖母永远地离开了我。

残阳冷血,残阳寒血。

我独自在残阳之下的祖母的坟前,号啕大哭。

一颗残阳,冷血热血,热血寒血。

一直风雨。

雨天,风雨在眼前、在心中;晴天,风雨依旧在眼前、在心中。

我一想起祖母就泪流满面起来。

凄风苦雨。

"晚风拂柳笛声残,夕阳山外山。"

欲哭无泪,唯有长歌当哭!

"青青陵上柏,磊磊涧中石。人生天地间,忽如远行客。"

远行客,远到天边,远到天边之外;远到刻骨铭心,远到心与骨日日夜夜疼痛不已。

"接天莲叶无穷碧,映日荷花别样红。"

高考前四天,祖母洗澡时,突发脑溢血,遂不省人事起来。

"谁言寸草心,报得三春晖。"

小时候,深更半夜,一旦醒过来了,觉得饿了,我就不管不顾地大声叫喊起来,奶奶、奶奶,我饿啦,我饿啦!祖母白天辛苦,晚上睡得很死,可是,只要我一叫喊,她就醒了。她的宝贝孙子肚子饿了,她赶紧下床弄好吃的去了。

人死不能复生。

这一次,祖母不是因为太疲惫不堪,睡得很死很死了,而是昏迷不醒,不省人事了,而是就要死了,就要死了。

人死不能复生。

这一次,祖母照样是因为太疲惫不堪了,老人家一辈子一直忙忙碌碌着,一直忙忙碌碌着,在这个熙熙攘攘的人世间。

祖母特别爱干净,无可奈何自己年岁已高、疾病缠身、卧床不起,就连屎尿都无法正常自理。

回光返照。

那一天，傍晚时分，父亲和母亲还在田里劳作，祖母自己从床上下来，自己找来洗换衣服，自己烧水，自己拿来洗澡盆，自己兑水，自己将自己洗得干干净净的。

为了我的高考——我的前程，大家一致决定，不通知我回家见祖母最后一面，以免对我产生什么不良影响。

如果他们想方设法地告知我，我是能够见祖母最后一面的（祖母是能够见我最后一面的），至少，我是可以见到她的尸体的，这样，我就可以最后一次抱抱她，抱抱她的尸体。

我是在祖母的怀抱里长大的，我知道有多么温暖，我想温暖温暖她那僵硬而冰冷的怀抱。

那一年妹妹和我一起参加高考，考试前一天晚上，我去宾馆看她，她一身黑，我惊讶至极，问她，你不是非常讨厌黑色吗？

岁月一直在飞逝，山川与湖泊依旧，我早就忘记妹妹当时是怎么回答我的了。不过，她当时的笑容还烙在我的心上，一度温暖，永远冰寒。

我非常之敏感，如果不是深处固若金汤之"高考"之中，换了平时，我是会察觉到一些蛛丝马迹，从而问出个所以然来的，妹妹生性怯懦且毫无心机，是经不住我再三盘问的。

不过也说不定，因为这一次她"伪装"得简直就是太天衣无缝了！父母早就千叮咛、万嘱咐过她了。不仅如此，她爱我，为了我，她瞬间强大起来了。

我知道家人是为我好。可是，今年考不上，明年还可以接着考；明年考不上，后年还可以接着考。

"子规夜半犹啼血，不信东风唤不回。"

祖母一旦走了,就一去不复返了。

假如一切可以重来,我宁可见祖母最后一面,宁可不要那个所谓的"前程",宁可她闭上眼睛离开人世间,离开我。

人生在世,最惨痛的是最亲之人死不瞑目。

我是知道祖母的,如若果真有灵魂,她的在天之灵是会安息的,因为她最疼最爱的孙子终于考上大学了。

祖母在世最大的愿望就是我能考上大学,这意味着我一辈子脱离黄泥巴地了,这更意味着我已经恢复正常,已经不再是大家眼里、心中的"精神病人"了。

祖母离开人世间之前大约半个月的时间,一个算命先生晃晃悠悠地走进我家,祖母连忙请他给我算命。

"你家今年肯定会有大喜事的。"算命先生慢条斯理地说。

祖母从床上坐起来。

"你家孙子今年肯定会考上大学的!"算命先生掷地有声。

祖母挣扎着从床上爬下来。

算命先生赚够了钱,心满意足地唱着黄梅小调走了。

谢天谢地!

祖母真的信了,心中宽慰了不少。

祖母的死不瞑目,一直是我心中巨大的疼痛,无论泪流成河,还是再也流不出一滴泪水来了,都不足以平复我的一丝一毫、一点一滴的疼痛。

时间的确是心灵创伤的最好医疗师,然而,时间终究不是万能的,有些创伤,随着岁月的流逝,是会不断地叠加、不断地巩固的。

高考前一天晚上,县城的宾馆里,我头脑发热起来,大声说:"你们一起用被子捂我呀,我命大,你们尽管使劲捂,无论怎么捂,我都会没事呢!"

大家一拥而上。

盛夏呀!

那么多床被子!

"我是捂不死的,我是捂不死的!"我大声叫喊起来,只有我自己听得见。

一床床被子、一床床被子,叠加、叠加。

"我是捂不死……"我自己都听不见自己了,我再也叫喊不出来了。

……

我真的没有被捂死,不是我命大,是祖母在保佑我。

高考结束之后,我们一群人,一群"狐朋狗友",去县城附近,我插班龙潭虎穴中学文科应届班时的最要好的同学阿帅家玩。

阿帅应届落榜,成绩惨痛至极,家里人死活让他接着复读,他考虑到方方面面,死活都不愿意复读了。

四面希望的田野,一颗艳阳高高地悬挂在一个个年轻而充满了未来的头颅上。

艳阳高高在上、高不可攀;头颅在艳阳的映照下,一只只蚂蚁。

我们一个接一个跳进田野中间一个偌大的水塘里。

好舒服呀!

无论高考结果如何,我们总算可以放松放松了。天是那么湛蓝,云是那么洁白;水好清澈。我们游啊游,洗去了身体上的污秽,暂时性地洗去了心灵上的疲惫不堪以及忧愁与烦恼。

晚上,我睡在阿帅家院子里的竹床上。

满天星星,满天一朵朵可爱的小精灵。

一个星期之前,祖母已经离开人世间了,死不瞑目。可是,我依旧被蒙在鼓里,浑然不知。

夜深人静,星星更加璀璨,更加蹦蹦跳跳了,仿佛就要下起一场巨大的美丽的星星雨来。

鸡叫一遍之后,我迷迷糊糊地睡着了,一个声音在遥远的地方呼唤我,熟悉至极,亲切至极,我从满头的星星雨之中惊醒过来。

祖母显灵了。

我回到了童年——

夏日,我躺在竹床上,数着天上的星星,天上的星星眨呀眨,眨着眼睛。

祖母坐在竹床旁边,不停地摇着芭蕉扇,为我驱赶蚊虫。

我睡着了,进入了甜美的梦乡,梦乡之中,星星依旧不停地眨着明亮的眼睛。

祖母依旧坐在竹床旁边,不停地摇着芭蕉扇。

祖母早就不在了,早就离开人世间了。

"蜡烛有心还惜别,替人垂泪到天明。"

天上的星星一直在看着我,祖母一直在看着我。

"被徘徊"在读与不读之间

鸟语花香中学复读期间,很快,我就旧病复发了,时好时歹,时歹时好,折磨、折磨、折磨,摧残、摧残、摧残,没有尽头,没有止境,看不到尽头,看不到止境,就连我自己都不知道自己那段时间是怎么熬过去的!

"行路难! 行路难! 多歧路,今安在?"

我徘徊在读与不读之间,我"被徘徊"在读与不读之间,我处在即将(就要)崩溃的境况之中。

至少有两次,我实在是扛不住了,不得不茫茫然、惶惶然地逃回了家。

一次,我是骑着一辆老爷车逃回家的,一路上,拼了命地骑,仿佛身后一直有一大群凶悍的恶鬼追赶似的。

天哪,一百多里呀,从搓衣板小镇到龙潭虎穴镇再到家,一路上疯狂下来,一路上险象环生。

阿弥陀佛!

从龙潭虎穴镇到家,总体上路况还是挺不错的,除了一处很长的大岭。我一咬牙,一口气冲上岭头。

仰望天空,天空是如此宽容而博大,一片大海一样的清澈的蓝色之上,白云朵朵,白云与蓝天相互衬托,大白、大蓝,浑然一体,蹦蹦跳跳着,婴儿一样,白与蓝冲进心灵之中,心灵婴儿起来。

我感觉不过瘾,掉转车头冲了下去,下去之后,扛着自行车一步步地走了上去。

唉——

我真的疯了!

鸟二哥,你太骄傲自满,太狂妄自大啦!

唉,好你个"胡搅蛮缠哥",你是不是吃错耗子药啦?这都哪儿跟哪儿呀!

急什么急,火什么火呀?我还没把话说完呢!鸟二哥呀鸟二哥,这不仅足以说明你没有疯,还足以表明你还没有屈服,还充满了强大的意志力——强大的战斗力!

原来如此呀,高山流水,千古知音,我的个最亲最爱的"胡搅蛮缠哥"!

"噫吁嚱,危乎高哉!蜀道之难,难于上青天!"

从搓衣板小镇到龙潭虎穴镇,全是山路,险峻而九曲回肠。

路上,为了躲避一头牛,我差一点就冲下悬崖峭壁;为了避开一头猪,我差一点就坠入万丈深渊。

呜呼!
终于到家啦!
夕阳在西下,我躲在我家的牛栏里,我无颜见祖母以及父母。
夕阳落山了,夕阳回家了,我依旧在牛栏里。
我听见父母在厨房里的交谈声,我听不清他们到底在说些什么。我在牛栏里睡着了,我做了一个梦——我考上大学了。

一早醒来,我慌里慌张地扛起来自行车,冲过屋后的坝埂,骑上去,疯狂地逃回学校。

我不是一个登山家,胜似一个登山家!

鸟语花香中学复读期间,为了锻炼自己的意志力,从而抵抗"精神病"的由内到外、由外到内的疯狂肆虐,我几乎爬遍了学校四周连绵起伏的高山。
我不是一个登山家,胜似一个登山家!
一到节假日,或者一旦再也在教室里待不下去了,我就逃离学校,走进大自然之中,东游游、西荡荡、东张张、西望望,心灵锁定一座山峰,独自钻进深山老林里,一直往前走,一直往上爬,用手披荆斩棘,用情冲锋陷阵,一路上蹦蹦跳跳的,要多么健康有多么健康,要多么阳光灿烂有多么阳光灿烂,冲、冲、冲、冲到山顶上,狼一样嚎叫起来。

"我欲穿花寻路,直入白云深处,浩气展虹霓。"
日光之下、月光(星光)之下,我是一只野狼,原始而疯狂,仰望头顶上的天空,俯瞰脚底下的大地,天地之间,风和日丽、风起云涌,唯"狼"独尊。
"脱巾挂石壁,露顶洒松风。"
来吧,电闪雷鸣,我是独立的,独立于山巅之上! 来吧,暴风骤雨,我是自由的,自由于宇与宙之中!

我根本就不是一个精神病人!精神病人有我这样独立不羁、自由奔放的吗?我怎么可能是一个精神病人呢?精神病人还会如此勇往直前、势不可挡吗?

"身既死兮神以灵,魂魄毅兮为鬼雄",拼了,大不了一死,"死得其所,痛哉快哉"!

一旦面对强大而凶悍的恶魔,不仅不能有丝毫的示弱,还要比它更加强悍起来。无论老太太、老爷爷,还是小年轻,一旦吃柿子,都会先拣软的捏。因此,如果你示弱了,它必然会得寸进尺、得尺进丈的;如果你奋勇抵抗了,它自然会花开花谢、潮起潮落的。

哈哈哈!

你是神经衰弱,你牛,是吧?你是精神强迫症,你更牛,是不是呀?

我不仅是鸟二哥董鸣鸟,我还是鸟二哥董鸟鸣!

"千锤万凿出深山,烈火焚烧若等闲。粉骨碎身浑不怕,要留清白在人间。"

我是鸟二哥!

我相信,总有一天,不是神经衰弱在衰弱我,而是我在衰弱"神经衰弱";不是精神强迫症在强迫我,而是我在强迫"精神强迫症"!

心在,人在;心不在,人不在。

即使我是一个精神病人,又何妨?照样活蹦乱跳,照样吃喝拉撒睡!

与其你走你的阳关道,我过我的独木桥(阳关道上一座桥——独木桥前阳关道),与其独木桥"断路"阳关道,阳关道"短路"独木桥(本来一个人——本来一条路),"窝里斗"加"窝里斗",倒不如同舟共济、生死与共。

啊哈!

就让精神病成为我吧!就让我成为精神病吧!我们朝夕相处,相亲相爱一家人,谈情说爱一颗心。

"骐骥筋力成,志在万里外。"

天空在上,大地在下,我是一条好汉,顶天立地,我是打不垮的!

一天傍晚,下山途中,一只纯白色的野狼膘肥体壮地站在小路中间,小路两边茅草丛生,野花盛开,白狼高大、威猛,神态自若,浑身散发出一股古老而庄重的贵族气息来。

"雄兔脚扑朔,雌兔眼迷离;双兔傍地走,安能辨我是雄雌?"
天哪,一时半会儿,我真的就实在是分不清白狼到底是公,还是母了,很是纠结起来。

天空,愈来愈高,一朵白云拥抱、亲吻一朵朵白云。
大山,八方纵横四面的大地,处处碧绿而苍翠欲滴。

我是一头狼,它也是一头狼。它深情地看着我,我也深情地看着它。
"一夫当关,万夫莫开";短兵相接,赤身肉搏。
我们一直目光对峙着。

大白狼走了,我原地不动。
还不赶紧跑呀,有病呀你!
大白狼掉过头来,一阵嚎叫,我紧跟着一阵阵号叫起来。
有病!
天空哈哈大笑,大山笑弯了腰。
不对,它才是狼,我不是!
我一路狂奔起来,大白狼一路狂追起来,噌噌噌,我爬到一棵高不可攀的大树上,大白狼站在大树下,仰天一声声长啸,我摸摸裤裆,裤裆一声尖叫,湿漉漉的。

此时不拼搏,更待何时

南无阿弥陀佛,观世音菩萨保佑,离高考已经不到两个月的时候,一天清晨,没有任何征兆,突然间,奇迹发生了,我"正常"起来,不再神经衰弱——不再精神强迫症了。

我不仅看到那一瞬间,还听到了那一瞬间。

"接天莲叶无穷碧,映日荷花别样红",那一瞬间,生命在我心中开花,开出太阳与月亮、星星来。

"天生我材必有用,千金散尽还复来。"

临阵磨枪,不快也光,冲锋、冲锋、冲刺、冲刺,我"急"红了眼,"杀"红了眼,斗志越来越昂扬,信心越来越十足。

啊哈,啊哈,啊哈哈,还是读书好呀,还是正正常常地读书好呀!

"力学如力耕,勤惰尔自知。但使书种多,会有岁稔时。"

呕心而沥血,心旷而神怡。

哇!舒服、舒服,读书怎么就这么舒服呢?痛快、痛快,读书怎么就这么痛快呢!

"会当凌绝顶,一览众山小。"

站得高,看得远。

一旦心灵站在巅峰上了,就不是巅峰之巅说了算啦,就是心灵说了算啦!

"荡胸生层云,决眦入归鸟。"

啊哈,啊哈,啊哈哈!啊哈,啊哈,啊哈哈!

老天不负有心人,与其说是高考在折磨我,倒不如说是我在折磨高考啦!

"长风破浪会有时,直挂云帆济沧海。"

要的就是这个效果!

那段时间,我常常独自秉烛夜读在教室里,"深山"与"老林"重重包围着偌大的教室与渺小的我。
夜色越来越深,越来越重;夜色越来越浅,越来越轻。
我听得见自己的翻书声,我听不见自己的翻书声了。

一天深夜,窗外发出奇特、怪异的声音来。是风不是风,是雨不是雨。既肆无忌惮,又鬼鬼祟祟的。沙沙沙、哗哗哗,介于两者之间,又似乎不介于两者之间。
到底是什么发出来的声音呀?谁谁谁?不是人,不是人!到底是什么东西呢?
"'我自横刀向天笑,去留肝胆两昆仑!'"我大声朗读起来。
怕了,就不是鸟二哥了!
"舍生取义,杀身成仁!"我高声说。
有种,显出原形来,显出真身来,大声地告诉我,你究竟意欲何为?如果你是来挑战我的,我一定奉陪到底,无论上刀山,还是下火海!
窗外的声音更加奇异起来了。
狼吗?狼吗?不是,好像——不是。"荒郊白骨卧枯莎,有鬼衔冤苦奈何。"鬼、鬼、鬼!

赶紧跑呀,鸟二哥,虽然你是一只蓝色的大鸟,但是,鬼吓得死人,更吓得死鸟呀!吸血鬼、吸血鬼,还不跑,找死呀你!鸣鸟、鸟鸣!吸血鬼一口咬住你的鸟脖子,吸血、吸血,吸得一干二净,干干净净的!咋还不跑呢?是不是已经吓傻啦?可怜的娃,可怜的鸟二哥!唉,事已至此,我,一个局外人,"有心杀贼,无力回天"!你,一个局内人,早死早解脱,早死早超生吧!
阿弥陀佛,善哉善哉!

"进来吧,美丽的女鬼!"

我站起来,面对黑黢黢的窗外,笑着说。

声音飘走了。

"幽兰露,如啼眼。无物结同心,烟花不堪剪。草如茵,松如盖。风为裳,水为佩。油壁车,夕相待。冷翠烛,劳光彩。西陵下,风吹雨。"

女鬼没有进来教室,进了"诗鬼"李贺的心中,进了一只蓝色的大鸟的心中。

时间一分一秒地过去。

啊哈,又看了不少书啦,又向金榜题名前进了一大步啦,路在脚下——路在眼前,幸福感汹涌澎湃起来。

鸡叫三遍的时候,外面又一次发出奇异的响声来,更加毛骨悚然。

我历经神经衰弱以及精神强迫症的反复折磨,早就凤凰涅槃、脱胎换骨了,早就不是人了。

我再次站了起来,伸伸老胳膊,踢踢老腿,面对隐隐约约的窗外,笑呵呵地说:"进来吧,美丽的女鬼,再不进来,就迟啦!"

好你个鸟二哥,小小年纪,乳臭未干,竟然如此之无耻之尤、痴心妄想,你到底想怎么的呀?做梦吧你!

息怒、息怒,气大伤肝!唉,我一个二进宫的高中复读生,除了做一个小小的美梦之外,我还能怎么的呢!

意淫!

又来了,我最痛恨的就是"意淫"这个词了,我想怎么的就怎么的,关你屁事呀!

生什么气呀?气大伤肾!你呀你,一个"胡思乱想"加"奇思妙想"的怪胎,"前无古人,后无来者",居然对人不太感兴趣,对鬼非常有意思上了!呜呼哀哉!既然都已经如此之狂放不羁了,那么我就慷慨解囊,免费送你一个面目狰狞的男鬼吧！

啊？您的好意我心领啦，男鬼——男鬼就免了吧，倒贴我都不干，死活不干！您还是恭送给鸟语花香吧，面目越狰狞越好，你让他倒贴，他都会心花怒放！

你还别说，我是多么希望进来一个美丽的女鬼呀，一个人天地之间，天高而地远，一切都深不见底，一切都深不可测，太孤单了，太寂寞了！
"美人卷珠帘，深坐颦蛾眉。"
美人，独自珠帘深处，不颦蛾眉才怪呢！
你很孤单，很孤单；我很寂寞，很寂寞。
"天仙配——绝配"！
来呀，过来呀！
蓝天拥抱白云，白云亲吻蓝天。
山高路远，山不高路不远。
天啊！
如果你果真来了，就你不孤单，我不寂寞啦，友谊无价，友谊天长地久，哇，多么美丽，多么美好的事呀！
"桃花潭水深千尺，不及汪伦送我情。"
美人啊美人，只要你静静地坐在我旁边，一往情深地看着我，即使通宵达旦地发奋读书，我都不仅不会觉得一丝一毫累，还会开心死了！

不是"书中自有颜如玉"吗？
哇！
美人真的从书中走了出来。

唉，都是蒲松龄和《聊斋志异》把我害惨了！

二十六　"春风得意马蹄疾，
　　　　　一日看尽'千山万水'花"

"春蚕到死丝方尽，蜡炬成灰泪始干"

恢复"正常"之前的半个月时间，是我在鸟语花香中学复读期间，生存与存在得最痛苦不堪的岁月。

我实在是忍无可忍神经衰弱以及精神强迫症，我就要崩溃了。

我读不进去书，我读不了书。

我对不起父母，对不起亲人，对不起自己。

我装起病来。

我病了，读不进去书了，读不了书了。

我对得起父母，对得起亲人，对得起自己了。

一天晚自习，我突然间就在教室里腹部疼得死去活来。

"急性阑尾炎"！

班上的兄弟姐妹吓死了，飞速叫喊过来洪大毛老师。

洪大毛老师急匆匆地走在前面，虫三哥、刀四哥以及瓢六哥、鱼七哥轮流背着我，猪五哥打着手电筒跌跌撞撞地跟在后面。

我们奔向卫生所。

我躺在医院的病床上，我好疼呀，我死死地抓住钢丝床的钢丝！

打点滴。

我不再疼痛了。

洪大毛老师长吁一口气。

"春蚕到死丝方尽,蜡炬成灰泪始干。"
本部长篇小说中,我装病之前的行文所描述的洪大毛老师,是想当年不懂事的我眼中、心里的洪大毛老师。

现如今回想起来,如果那一年我在鸟语花香中学复读时的班主任不是"教育方式独具一格"的洪大毛老师,我的神经衰弱以及精神强迫症的十有八九是好不起来的。

无论如何,洪大毛老师都是一个好老师——
一、他非常之敬业;二、他幽默,有一颗童心;三、推己及人,他也有自己的苦衷;四、我们一个个太调皮捣蛋了,他不仅没有放弃我们,还一直在关爱与激励着我们。

从某种意义上说,那一届鸟语花香中学文科复读班,我们最应该感激的是我们可爱的班主任洪大毛老师。

"落红不是无情物,化作春泥更护花"

往事,一旦刻骨铭心了,无论悲哀,还是幸福,都会在不经意间跳出来,尤其是夜深人静的时候。

鸟语花香中学读书期间,我还幸运遇到了王子虚老师。
王老师才高、德馨,是名副其实的名师,不是一家人,不进一家门,他的妻子杨竹香老师同样宽宏而悲悯。
"好雨知时节,当春乃发生。随风潜入夜,润物细无声。"
他们夫妇俩一直默默无闻地关心着学生,不求名利,不求回报,无论成绩好与坏,不管家境与家庭背景如何。

高考已然迫在眉睫了,我还深受各种"精神病"的各种惨烈折磨。

高考前 B 卷考试，我全班倒数第一，和倒数第二相差五十多分。

尽管都已经这样无药可救了，可是，王老师不仅没有放弃我，还一直格外用心地关爱与激励着我。

他深深知道我的过去——

知道我家境贫寒，知道我曾经是县重点龙腾虎跃中学的尖子生，知道我的"精神病"以及我的无可奈何的莫大的心理压力。

他还深深地知道我的现在——

知道我虽然备受磨折，备受熬煎，以至于精神状况都有些反常了，但是，还在竭尽全力地奋发向上着。

B 卷考试之后，一个星期六的傍晚，王老师将我叫到他家，轻声细语地对我说：

"鸣鸟呀，虽然 B 卷考试你的成绩不是很理想，但是，越接近高考之时，越重要，越有效果。千万不要松懈，千万不要放弃呀！你的情况，与班上其他同学是有所不同的，不仅有县重点尖子生的基础，还有强大的爆发力。我和杨老师都对你充满了信心。你不仅不要给自己加压，还要给自己减压，一旦心里放松了，一切都为时不晚……"

我静静地听着，春风在我的心里荡漾起来，春雨在我的心里甘霖起来，一朵朵绚丽之花绚丽地绽放开来。

"吃没吃晚饭呀，鸣鸟？"杨老师笑盈盈地说。

"吃过了呢。"我小声说。

"到底吃没吃呀？"王老师皱起眉头来，说。

"没吃。"我低声说。

杨老师转身离开，走进厨房之中，不一会儿工夫，杨老师将一大碗热乎乎的面条笑盈盈地端到我的面前。

我转过身去,背对着两位恩师,一口一口地吃着面条,面条热得我心里热乎乎的,热得我热泪盈眶起来。

大碗里埋藏着三个鸡蛋,我接二连三,一口一个。

"慢点吃,别噎着呀!"杨老师说。

"这孩子,看样子是真的饿坏了。"王老师说。

想当年,除了王子虚老师,几乎没有一个人相信我会考上大学的,成绩摆在那儿,铁证如山。

我一直坚信自己,只要老天爷给我两个月"正常"的时间,我就能撞开朝思暮想的美好的大学之门,一下接一下,踏踏实实、真真切切地撞开!

天遂人愿,历经千辛万苦,历尽十八层地狱般磨折与熬煎,我终于考上了梦寐以求的大学。

如若锦上添花,莫若雪中送炭。

感恩王子虚老师,他在我的"深重"逆境之中,分担、减轻了我的无比巨大的压力,从而更加坚定了我的信心与斗志。

你不要命,我们看着心疼得要命

高考之前半个月左右,班长牛大忧心忡忡地对我说:

"鸟二哥,你这样拼命,还要不要命呀?你不要命,我们看着心疼得要命!猫有九条命,人命只有一条!无论什么时候,命都是最重要的!命没了,什么都没了,知不知道呀?"

"要命呢,要命呢!"

"要命,还这么不要命?"

"机不可失,失不再来!"

"活着,一切皆有可能;死了……"

"死了,一切都不可能了!"学习委员牛二紧接着说。

"破釜沉舟!"

"破个屁釜,沉个屁舟呀! 再这样下去,还没高考,你就倒下了!"牛大说。

"倒下了,就再也爬不起来了!"学习委员牛二紧接着说。

"放心啦,放心啦,要倒下,也走出考场的那一刻倒下!"我高声说。

我考上大学了,我考上大学了!

"春风得意马蹄疾,一日看尽'千山万水'花。"

啊哈,啊哈,啊哈哈! 啊哈,啊哈,啊哈哈!

鸟语花香、鸟语花香,鸟语花香中学、鸟语花香中学!

感恩。

"我考上大学了,我考上大学了!"

我冲到家乡的田野上,冲向在田野上辛苦劳作的父亲,声嘶力竭地叫啸起来。

烈日一波波烈火,燃烧在广阔的、希望的田野上。

父亲根本就不相信自己的两只耳朵,抬起点点泥水的头来,一脸的茫茫然。

我穿着鞋一步踩进养活我们一大家子的烂泥巴田里。

"小畜生!"父亲叫骂起来,"鞋子、鞋子,新鞋子!"

管它新鞋子,还是旧鞋子呢! 天哪,泥田好深好深呀,比楚河汉界还要深! 我跌跌撞撞地走过去,泥巴四处飞溅,仿佛一个个美丽的舞蹈的精灵。

"小王八羔子,小王八羔子!"父亲怒吼起来,"鞋子是花钱买的呀,花不少钱买的呀!"

烈日恶狠狠地打在父亲的驼背上以及一根根白发上,一根根白发一根根地亮灿灿起来,驼背生硬地直起来。

我一头撞到父亲跟前,他步步后退,扑通一声,一头倒栽在烂泥巴田里。

烂泥巴,很臭——很香。父亲在烂泥巴田里连滚带爬起来,一个泥人"精彩纷呈"在我跟前,我哈哈大笑起来。

"疯了,疯了!"父亲挥舞着泥巴钢铁拳头,咆哮起来,"你个小兔崽子,看我今天打不打死你!"

我迎上父亲的拳头。

"不跑,还巴不得我揍你。"父亲放下拳头,忧心忡忡地说,"真的疯了,真的疯了!"

我没有疯呀,我没有疯呀,我从来都没有疯呢!
我考上大学啦,我考上大学啦,我终于考上大学了呀!

一只小鸟飞过我的头顶。

"鸟屎、鸟屎!"父亲龇牙咧嘴地说。

"我考上大学了!"我得意扬扬地说。

"真的吗?"

"真的!"

"真的?"

"当然是真的呀!"

父亲一屁股坐到烂泥巴田里,将一根劣质香烟叼到嘴里,我赶紧掏出一个打火机来。

"你怎么有打火机?"父亲说。

"我……"

"抽吧,抽吧!"父亲将嘴巴上的香烟递给我,自己重新拿出一根来。

母亲知道我考上大学之后,一路哭着跑到祖母的坟前,扑通跪下,一把鼻涕一把泪:

"妈,妈,您的孙子小狗考上大学了,您的孙子小狗考上大学了呀!"

姐姐和妹妹紧跟着跪下来。

尾　声

　　一只只麻子老鼠从面前的电脑里飞蹿而出,不一会儿工夫就遍布校园的角角落落了。
　　我吓出一身冷汗来,我从噩梦之中惊醒。
　　窗外阳光灿烂,春光明媚。
　　我躺在大学寝室的床上。
　　八妹应该早就在图书馆里等着我了。
　　我和八妹在同一个大学里攻读博士学位。
　　我赶紧下床,离开寝室,走出男生宿舍楼,走进阳光与春光之中,走向图书馆,走向未来。